Blackstorm

Schwere Zeiten

W0297804

CONNEXX VERLAG

Impressum

Im Gewerbegebiet 8, 77839 Lichtenau

Covergestaltung: Rauschgold
unter Verwendung von
Titelbild: Shutterstock / Undrey
Pferdekopf: Shutterstock / Moritz
Lektorat: Hoffmann / Connexx Verlag
Korrektorat: DKF - Korrekturen
Satz und Layout: Connexx Verlag
Druck und Bindung: Amazon Distribution GmbH, Leipzig

Prequel
Band 0

Außerdem in dieser Reihe erschienen:

Band 1: Zeit der Veränderung	978-3-946204-00-8
Band 2: Zeit der Erinnerung	978-3-946204-03-9
Band 3: Zeit der Ankunft	978-3-946204-06-0
Band 3.1: Turbulente Weihnachtszeit	978-3-946204-09-1

Weitere Bücher der Autorin:

Moesha - Die Suche nach Glück	978-3-946204-12-1

ISBN: 978-3-946204-15-2

www.connexx-verlag.de

Blackstorm

Schwere Zeiten

Liebesroman

Prequel

Manuela Fritz

Zur Autorin:

Manuela Fritz wurde in Kärnten geboren und ist mitten in den Alpen im schönen Gailtal auf einem kleinen Bauernhof aufgewachsen. Wenn sie sich als Kind nicht gerade - zum Leidwesen ihrer Eltern - im Stall herumtrieb oder irgendein Getier anschleppte, steckte ihre Nase meistens in einem Buch.
Die Liebe zog sie nach Deutschland. Dort lebt sie mit ihrem Mann und zwei Söhnen nahe der französischen Grenze.
Sie mag Tiere und schwärmt für Walt Disney & Disneyland.
Außerdem liebt sie Filme, egal ob Drama, Fantasy, Romanzen oder Komödien - Hauptsache mit viel Gefühl.
Zum Abschalten und Träumen greift sie auch heute immer noch gerne nach einem guten Buch.
Manuela Fritz schreibt romantische Liebesromane, mit und ohne einem Hauch Erotik. Sie schickt Ihre Protagonisten auf eine leidenschaftliche Reise, voller Drama und Gefühl.
Auf der Suche nach dem Happy End erleben sie immer wieder tragische und traurige, aber auch humorvolle Momente.
Ihr erstes Buch ›Blackstorm‹ entstand aufgrund einer Wette mit einer Freundin, der sie heute dankbar ist, dass dadurch ihre Leidenschaft für Geschichten neu geweckt wurde.

www.manuela-fritz.de

Für Mama

Ich danke dir, dass du immer hinter mir stehst,
egal welchen Spleen ich gerade auslebe.

Schwere Zeiten

»Es gibt Tage, an denen du denkst, dass du untergehst.
Wie stark du wirklich bist, merkst du erst,
wenn du es überstanden hast.«
(Quelle unbekannt)

Kapitel 1

Das Handy rutscht Mila aus den zitternden Fingern. Ihr Gesicht verliert an Farbe. Hilflos sackt sie in sich zusammen. Sie versucht, zu schreien, doch kein Wort kommt über ihre Lippen. Ihre Kehle ist trocken und sie vermag kaum zu schlucken. Auch das Atmen fällt ihr schwer. Es ist fast so, als wäre ihr gesamter Körper in eine Schockstarre gefallen. Nur am Rande nimmt sie wahr, wie Jonathan auf sie zustürzt und sie gerade noch auffangen kann, bevor sie am Boden aufschlägt.

Sie kann … nein, sie will nicht begreifen, was sie soeben erfahren hat. Ihre Eltern sind tot, bei einem Autounfall ums Leben gekommen. Tausende Kilometer entfernt, in einem fremden Land. Nie wieder wird sie in Moms lachendes Gesicht sehen oder Dads angenehm sonore Stimme hören. Sie wird sich nicht einmal von ihnen verabschieden können, denn ihre Leichen werden schon übermorgen in Deutschland verbrannt.

Dabei hat sie doch erst vor ein paar Stunden mit den beiden telefoniert. Mom war richtig aufgeregt gewesen, weil sie ihren ›Kleinen‹, wie sie Ryan immer noch nennt … genannt hat, endlich wiedersehen durfte.

Ihr Bruder war vor etwa drei Monaten mit zwei Pferden nach Europa gereist, um dort an einem Trainingscamp für talentierte Jungreiter teilzunehmen. Mehr als ein halbes Jahr hatte er dem Termin entgegengefiebert. Den Aufenthalt hatten ihm Mom und Dad zu seinem fünfzehnten Geburtstag geschenkt. Zwölf Wochen Deutschland, die gesamten Sommerferien lang. Ihre Eltern wollten ihn nun abholen. Erst gestern Morgen waren sie deshalb über den großen Teich geflogen und jetzt sollten sie nie wieder heimkommen.

Mila hört das Blut in ihren Ohren rauschen. Sie ist einer Ohnmacht nahe und eine unbeschreibliche Übelkeit steigt in ihr auf. Unfähig einen Ton hervorzubringen, liegt sie regungslos in den Armen ihres Arbeitskollegen.

»Mila? Was ist los? Wer war das am Telefon?« Jonathans Stimme zittert.

Obwohl sie sich erst seit Kurzem kennen, da Mila noch nicht lange im Manatee Rescue Resort arbeitet, verstehen sie sich gut. Jonathan ist meist bester Laune und bringt sie mit seinen Späßen zum Lachen. Mit den dunklen Haaren und den tiefgründigen Augen, in denen oft der Schalk blitzt, sieht er außerdem verdammt gut aus. Wenn Mila ehrlich ist, muss sie zugeben, dass sie ein wenig in ihn verliebt ist.

Er schüttelt sie sanft, um ihre Aufmerksamkeit zu erlangen. Allmählich gelingt es ihr, wieder zu atmen und sie erwacht aus ihrer Starre. Sie blickt in sein schreckerfülltes Gesicht. Nach wie vor geben ihre Augen die Tränen, die sie so gerne weinen würde, nicht frei.

Plötzlich kann sie Jonathans Nähe nicht mehr ertragen und windet sich aus seiner Umarmung. Es überkommt sie das Gefühl, am falschen Ort zu sein. Sie muss auf der Stelle nach Fort Myers zurückkehren, um sich um das Hotel ihrer Eltern zu kümmern.

Mein Gott, wie soll das jetzt weitergehen? Sie hat doch gar keine Ahnung, wie man ein Hotel führt. Ihre Eltern hatten sie immer darin bestärkt, ihren Wunschberuf ›Biologin‹ zu ergreifen und darauf gehofft, dass Ryan in Dads Fußstapfen treten würde. Er sollte einmal alles erben, aber im Moment liegt die Verantwortung bei ihr.

»Meine Eltern sind tot. Ich muss nach Hause«, eröffnet sie ihm mit tonloser Stimme.

»Was ist passiert, Mila?« Jonathan drückt sie sichtlich schockiert an seine Brust und ignoriert ihre Gegenwehr.

»Ich weiß es nicht genau. Mein Bruder hat nur gesagt, dass sie einen Autounfall hatten.«

Sie beginnt zu schluchzen. Endlich brechen ihre Tränen hervor. Heiß rinnen sie unaufhaltsam über ihre Wangen, benetzen Jonathans T-Shirt, doch das kümmert ihn wenig. Er hält sie weiterhin fest im Arm und streicht ihr beruhigend über das schwarze, kurz geschnittene Haar.

Mila fühlt Panik in sich aufsteigen. Sie fragt sich, wie sie die Aufgaben, die nun auf sie zukommen werden, bewältigen soll. Ihr bislang wohlbehütetes Leben ist mit einem Mal vorbei. Erst vor einigen Wochen hat sie ihr Elternhaus verlassen. Nun steht sie mit ihren zwanzig Jahren plötzlich ganz alleine da und soll sich um ein Hotel kümmern und für ihren jüngeren Bruder sorgen.

Ihr Bruder! Ryan. Wie schrecklich muss es ihm gehen. Er war dabei, als der Unfall geschah. Machtlos hatte er seinen Eltern beim Sterben zugesehen. Wird er das Erlebte verkraften? Wie schafft man es, über so ein Ereignis überhaupt hinwegzukommen?

Mila schließt resigniert die Augen. Egal was kommt, sie wird zurechtkommen müssen. Ryan zuliebe wird sie ihren Traumjob an den Nagel hängen und ins Blackstone Hotel zurückkehren. Er soll unter keinen Umständen auch noch sein Zuhause verlieren. Sie würde für ihn da sein, ihm eine gute Ausbildung ermöglichen und ihre eigenen Interessen zurückstellen, bis er erwachsen ist und auf eigenen Beinen stehen kann.

Familie ist das Allerwichtigste, das betonten Mom und Dad immer wieder, und sie hatten recht. Ihr Bruder und sie müssen nun zusammenhalten, dann können sie alle Hürden bewältigen, die sich ihnen in den Weg stellen werden.

Kapitel 2

»Seid vorsichtig! Der Gaul hat sie nicht mehr alle!«, brüllt einer der Pferdepfleger, die dabei behilflich sind, den Hengst aus dem Hänger zu laden.
Mila steht in sicherer Entfernung und beobachtet das Geschehen.

Der Rappe faucht und gibt ein schrilles Wiehern von sich. Seine Augen sind schreckgeweitet, sodass man das Weiße darin sehen kann. Er steigt und versucht, sich loszureißen.

Doch schon ist der Tierarzt zur Stelle und jagt ihm mit dem Blasrohr eine weitere Portion Betäubungsmittel in die Flanke. Es dauert nicht lange, dann beginnt das stolze Tier benommen zu torkeln und kämpft damit, auf den Beinen zu bleiben. Erst als sich die Männer absolut sicher sind, dass er genug damit zu tun hat, sein Gleichgewicht zu halten, nähern sie sich ihm.

»Bringt ihn auf die große Koppel, solange das Mittel wirkt.« Stallmeister Tom treibt seine Leute zur Eile an, deshalb bemerkt er den Jugendlichen nicht, der still und leise vom Beifahrersitz des Transporters klettert.

Mila allerdings entdeckt ihren Bruder sofort. Entsetzt stellt sie fest, wie abgekämpft er aussieht. Dunkle Augenringe zeugen davon, dass er in den letzten Tagen zu wenig Schlaf bekommen hat. Er lässt die Schultern hängen und sein leerer Blick bereitet ihr zusätzlich Sorgen. Kein bisschen von der für ihn typisch jugendlichen Fröhlichkeit ist mehr zu entdecken. Ausdruckslos und mit starrer Miene beobachtet er, wie Blackstorm weggeführt wird.

Dass er sich nicht selbst um sein Pferd kümmert, lässt Mila noch stutziger werden. Normalerweise flippt er schon aus, wenn sich jemand auch nur in die Nähe des Hengstes begibt. Da er jedoch einfach an Ort und Stelle stehen bleibt, geht sie zu ihm.

»Ryan! Mein Gott, was bin ich froh, dass du endlich hier bist.« Sie fällt ihm um den Hals.

Doch ihr Bruder erwidert die Umarmung nicht. Regungslos lässt er die Begrüßung über sich ergehen. Kein Wort des Trostes, kein Zeichen seines Schmerzes, kein Hinweis auf die Verzweiflung, die in ihm brodeln muss – nichts!

Mila schnürt es die Kehle zu. »Ryan, sag etwas!«, stammelt sie mit belegter Stimme und versucht, seine Hände zu ergreifen. Er steckt sie demonstrativ in die Hosentaschen.

»Die Urnen stehen da drin«, erklärt er sachlich, und nickt in Richtung des Lkws.

Entsetzt blickt sie ihn an, als sie begreift, dass er die Asche der Eltern den gesamten Flug über bei sich hatte. Erneut versucht sie, ihn zu umarmen, doch er weicht zurück. Betroffen lässt Mila die Arme sinken und öffnet die Beifahrertür des Pferdetransporters.

Im Fußraum steht ein kleiner Trolley, den sich Ryan extra für diesen Zweck besorgt hat. Behutsam hebt sie ihn heraus. Ihre Hände zittern und sie kämpft mit den aufsteigenden Tränen.

»Kleiner Bruder, wir werden es schaffen, auch wenn Mom und Dad nicht mehr bei uns sind.«

Anstatt ihr beizupflichten und ihr damit die nötige Zuversicht zu vermitteln, blickt er beschämt zu Boden. Mila steht hilflos neben ihm. Sie weiß nicht, wie sie mit dieser Situation umgehen soll.

Ryan schließt sie aus. Mit der Gleichgültigkeit, die er dabei zur Schau trägt, kommt sie nur schwer zurecht. Es gibt ihr das Gefühl, meilenweit von ihm entfernt zu sein.

»Komm! Du bist bestimmt müde, lass uns in die Wohnung gehen«, sagt sie dennoch tapfer und geht den schmalen Weg in Richtung der Hotelanlage entlang. Vorsichtig zieht sie den Trolley hinter sich her.

Ryan wirft einen letzten Blick zurück zu den Stallungen, anschließend folgt er seiner Schwester.

Erleichtert atmet Mila auf. Vielleicht braucht er einfach nur ein wenig Schlaf und ist dann besser drauf.

Sie laufen um den Pool herum zum Hintereingang des Hotels. Immer wieder betrachtet sie heimlich ihren Bruder, sucht nach einer Regung in seiner Miene, doch es scheint, als hätte er eine Maske aufgesetzt.

Als sie die Lobby betreten, spürt Mila die neugierigen Blicke der Angestellten auf ihnen ruhen. Obwohl es niemand wagt, sie anzusprechen, schiebt sie Ryan auf direktem Weg weiter zum Fahrstuhl, um in die elterliche Wohnung im obersten Stock zu fahren. Auch im Lift spricht er kein Wort. Er zeigt überhaupt keine Regung. Einzig und allein seine Finger spielen nervös mit dem Silberring an seiner Hand.

»Ist das Dads Ring?«, erkundigt sie sich betont leise.

Ryan blickt sie an, als hätte sie in einer fremden Sprache mit ihm gesprochen, deshalb wiederholt Mila die Frage.

»Ja, der Bestatter hat gemeint, dass sie keinen Schmuck verbrennen dürfen. Willst du ihn haben? Mom hatte ihren nicht dabei.«

»Nein, behalte ihn ruhig. Dad hätte bestimmt gewollt, dass du ihn trägst.«

Sie greift nach seiner Hand, doch er zieht sie sofort zurück und stürmt aus dem sich gerade öffnenden Fahrstuhl. Mila folgt ihm geknickt. Sie schließt die Wohnungstür auf und bittet ihren Bruder, vorauszugehen.

Ryan betritt die Wohnung und kann plötzlich nicht mehr atmen. Hektisch schnappt er nach Luft.

Mila kann ihn gut verstehen. Auch sie beschleicht abends oft ein beklemmendes Gefühl, wenn sie in die Räume zurückkehrt, in denen sie jahrelang glücklich mit ihrer Familie gelebt hat. Der unerfüllbare Wunsch, dass Mom jeden Moment um die Ecke kommt und sie mit offenen Armen willkommen heißt, schnürt ihr die Brust zu.

Ihrem Bruder ergeht es jedoch weitaus schlimmer. Verzweifelt wankt er zurück, dann macht er auf dem Absatz kehrt und stürzt aus der Wohnung.

»Ich … ich kann da nicht rein«, stammelt er und lässt sich an der Wand entlang niedersinken.

Mila geht neben ihm in die Hocke und legt ihre Hand beschwichtigend auf seine Schulter, doch Ryan schlägt sie weg. Der Blick, den er ihr zuwirft, veranlasst sie, auf Abstand zu gehen.

»Soll ich ein Hotelzimmer für dich herrichten lassen? Oder möchtest du in ein paar Minuten einen weiteren Versuch wagen?«, fragt sie und erhebt sich dabei.

Ryan bleibt, ohne zu antworten, einfach auf dem Boden sitzen. Mit leerem Blick fixiert er die gegenüberliegende Wand und ist nicht ansprechbar.

Mila ist hin- und hergerissen. Am liebsten würde sie ihren Bruder an sich reißen und ihn nie mehr loslassen. Aber er lässt ja nicht einmal den kleinsten Körperkontakt zu.

»Ryan?«

Da er nicht auf ihre Frage reagiert, geht Mila erneut vor ihm in die Hocke, um mit ihm auf Augenhöhe zu sein. Sie stupst ihn vorsichtig an.

Ruckartig dreht er den Kopf in ihre Richtung. »Was?«, knurrt er barsch.

»Soll ich dir ein Zimmer herrichten lassen?«

Statt ihr zu antworten, starrt er nachdenklich an ihr vorbei. Dann zieht er plötzlich sein Handy aus der Hosentasche und betrachtet traurig das Foto eines rothaarigen Mädchens, bevor er es löscht. Anschließend öffnet er die Kontaktliste und beginnt damit, einen nach dem anderen zu entfernen.

»Ryan? Was machst du da?« Besorgt greift sie nach dem Mobiltelefon und will es ihm abnehmen, doch er steckt es schnell in die Hosentasche zurück und springt auf.

Mila taumelt ein paar Schritte rückwärts und setzt sich dabei fast auf den Hosenboden. »Warum löschst du all die Nummern?«

»Ich … ich … ich will nicht andauernd an Deutschland erinnert werden!«

»Aber deshalb musst du doch nicht mit allen Freunden brechen, die du dort gefunden hast. Immer wenn wir miteinander telefoniert haben, hast du von diesem Olaf erzählt und wie gut ihr euch versteht.«

»Was soll das bringen? So eine Freundschaft bleibt doch eh nicht bestehen. Und überhaupt: Ich brauche keine Freunde!« Er klingt beinahe hysterisch, weshalb Mila beschließt, das Thema ruhen zu lassen.

»Willst du nun ein Zimmer oder versuchen wir es noch einmal?«, fragt sie ihn stattdessen.

»Wird schon gehen«, meint Ryan leise und betritt erneut die Wohnung, in der er eine glückliche Kindheit verbringen durfte.

Mila beobachtet ihn mit Argusaugen, aber diesmal bleibt die Panikattacke zum Glück aus.

»Vielleicht geht es dir besser, wenn du dich ausgeruht hast? Oder möchtest du mit mir über den Unfall reden?«, erkundigt sie sich hoffnungsvoll.

Ryan beginnt, wie ein eingesperrtes Tier hin- und herzulaufen.

Mila entdeckt, dass er wieder mit dem Fingerring spielt. Plötzlich bleibt er stehen und erklärt: »Du hast recht, ich sollte mich ein wenig hinlegen.«

Sofort beschleicht Mila das Gefühl, dass er das nur sagt, um ihr entfliehen zu können. Obwohl sie gerne mehr über den Tod der Eltern erfahren würde, geht sie darauf ein.

»Na gut. Ruh dich aus. Ich werde dafür sorgen, dass dich bis morgen niemand stört.«

Er murmelt ein ›Danke‹ und holt sich ein frisches T-Shirt aus dem Schrank. Ohne sie weiter zu beachten, begibt er sich ins Bad.

Mila blickt ihrem Bruder traurig nach. Dass ihm der Verlust der Eltern nahegeht, damit hat sie selbstverständlich gerechnet. Aber sie hat einen zu Tode betrübten jungen Mann erwartet, der dringend ihre Unterstützung braucht.

Er schiebt sie jedoch von sich und schließt sie aus seinen Gefühlen aus. Mila befürchtet, dass er sogar sich selbst aus seinem Herz verbannt hat. Wenn Ryan nicht trauert, wird er nie über den Tod der Eltern hinwegkommen.

Sie hingegen hat fast zwei Tage durchgehend geweint und nun geht es ihr bedeutend besser. Natürlich schmerzt es noch immer, daran zu denken. Allein das Gefühl der Ausweglosigkeit ist schwächer geworden.

Kapitel 3

»Ryan, beeil dich! Der Schulbus ist gleich da!« Mila klopft hektisch an die Badezimmertür.

Die letzten Wochen sind wie im Flug vergangen. Sein Wunsch, einfach tot umzufallen, hat sich leider nicht erfüllt. Seit ein paar Tagen quält er sich deshalb jeden Morgen aus dem Bett, um zur Schule zu gehen.

Ryan hebt den Kopf und betrachtet sich im Spiegel. Unter seinen Augen befinden sich dunkle Ringe. Er sieht abgekämpft aus. Die Tabletten, die ihn bislang haben schlafen lassen, sind aufgebraucht, weshalb er andauernd übernächtigt ist.

Nach wie vor kann er keine einzige Träne über den Tod seiner Eltern vergießen. Von der Beerdigung hat er kaum etwas mitbekommen, da er sich mit dem Inhalt einer Minibar zugedröhnt hatte. Milas anschließendes Donnerwetter war vom Feinsten gewesen.

»Ryan!« Abermals klopft sie an die Tür. »Willst du schon wieder zu spät kommen?«

Highschool, pah, darauf verzichtet er gerne. Doch leider erwarten seine Schwester und der Staat Florida von ihm, dass er dort hingeht.

Er konnte die Schule noch nie leiden. Da er weder besonders klug noch überdurchschnittlich sportlich ist, geht er sowieso in der Masse der normalen Schüler unter. Darüber hinaus ist ihm durch den Reitsport kaum Zeit für Freundschaften geblieben. Er hat sich auch nie um welche bemüht, denn die meisten Jungs sind ohnehin der Meinung, Pferde seien etwas für Mädchen.

»RYAN!«

Mist, nun ist Mila sauer. Ryan öffnet die Tür und blickt in das vorwurfsvolle Gesicht seiner Schwester.

»Mann, Mann, Mann, willst du von der Schule fliegen, bevor sie richtig angefangen hat? Jetzt muss ich dich fahren, dabei habe ich genug andere Dinge zu tun.«

»Ist doch egal, ob ich zu spät komme. Ist überhaupt alles egal«, murmelt er und drängt sich an ihr vorbei.

»Jetzt reiß dich endlich zusammen! Das bist du unseren Eltern schuldig. Mom und Dad haben immer gewollt, dass du einmal aufs College gehst und das wirst du gefälligst auch tun!«

Die Worte seiner Schwester prallen an ihm ab, wie Wasser an einem Lotusblatt. Ryan schnappt sich seine Tasche und schlüpft in die Sneakers, ohne sie zuzubinden. »Können wir?«, will er patzig wissen.

Mila nickt und schluckt ihre Antwort herunter, da sie genau weiß, dass sie nicht an seine Vernunft appellieren kann. Seit er aus Europa zurück ist, erkennt sie ihn kaum wieder. Er ist in sich gekehrt und lässt niemanden an sich heran, reagiert unangemessen und gibt ständig Widerworte. Erst hat sie ihn in Ruhe gelassen und gehofft, dass er nach einiger Zeit von selbst auf sie zukommt. Doch nichts dergleichen geschah. Seit ein paar Tagen ist es sogar noch schlimmer geworden. Sobald sie auch nur das Wort an ihn richtet, explodiert er.

»Soll ich dich heute Nachmittag abholen?«, erkundigt sie sich, als Ryan vor den Toren der Highschool aus dem Chevrolet Tahoe springt.

»Ich fahre mit dem Bus!« Mit Schwung knallt er die Autotür zu. Mila zuckt unweigerlich zusammen. Kopfschüttelnd blickt sie ihm nach. Natürlich hat sie bemerkt, dass ihn Nacht für Nacht Albträume quälen und er immer wieder aufschreckt. Ihr Bruder ist längst nicht über den Tod der Eltern hinweg. Seine Trauer hat noch nicht einmal richtig begonnen. Nur dass er in der Wohnung von weiteren Panikattacken verschont bleibt, lässt Mila hoffen, dass er sich auf dem Weg der Besserung befindet.

Ryan verschwindet aus ihrem Blickfeld und sie fährt mit einem mulmigen Gefühl nach Hause. Ein Gefühl, das sich später bestätigen soll, denn gegen Mittag klingelt das Telefon. Das Sekretariat der Highschool ist am Apparat und bittet sie, ihren Bruder umgehend abzuholen.

Als sie an der Schule ankommt, steht Ryan schon wartend vor dem Tor. Sein T-Shirt ist blutverschmiert und seine Nase dick geschwollen.

Mila steigt aus dem Auto. »Autsch! Wer hat dich denn in die Mangel genommen?«, erkundigt sie sich besorgt und will sich die Verletzung genauer ansehen, doch er dreht den Kopf zur Seite.

»Lass gut sein, es ist nichts weiter!«, faucht er und klettert in den Tahoe.

Mila holt tief Luft und ermahnt sich zur Gelassenheit. Sie umrundet das Fahrzeug und steigt ebenfalls ein.

»Erzählst du mir, was los war?«, fragt sie mit herausforderndem Blick.

»Nein!« Ryan verschränkt die Arme und starrt aus dem Seitenfenster.

»Auch gut, dann frage ich morgen die Direktorin.« Mila startet den Wagen und fährt los.

»Er konnte einfach nicht die Klappe halten. Da hat er eben eine geknallt bekommen«, grummelt Ryan.

»Wer?«

»Irgendwer. Ist doch nicht wichtig. Ich hab's geklärt und gut ist.«

»Gar nichts ist gut, du kannst dich doch nicht prügeln, nur weil dir jemand quer kommt.« Mila schüttelt fassungslos den Kopf. »Um was ging es denn?«

»Um nichts.«

Ryan dreht sich von ihr weg und blickt demonstrativ wieder zum Fenster hinaus.

Obwohl Mila ihrem Bruder liebend gerne die Leviten lesen würde, sorgt sie sich mehr um seine Nase als um seine Erziehung. Deshalb fährt sie auch nicht auf direktem Weg nach Hause, sondern lenkt den Wagen in Richtung Innenstadt.

Als Ryan an der dritten Kreuzung auffällt, dass Mila keineswegs zurück zum Hotel will, rutscht er nervös auf dem Ledersitz hin und her.

»Wohin bringst du mich?«, fragt er beunruhigt.

»Zum Arzt. Der soll sich deine Nase ansehen, wenn du mich schon nicht ranlässt.«

Mila riskiert einen Seitenblick auf ihren Bruder. Bevor er ihr eine patzige Antwort geben kann, sagt sie: »Außerdem verschreibt er dir vielleicht etwas, damit du besser schlafen kannst.« Sie richtet ihren Blick zurück auf die Straße und gibt ihm so zu verstehen, dass sie in diesem Fall keine Widerrede duldet.

Ryan würde gerne auf den Arztbesuch verzichten, da ihm der Schmerz in seiner Nase höchst willkommen ist. Zum ersten Mal seit Wochen spürt er wieder etwas. Das Gefühl, das seinen Körper durchströmte, als die Faust in seinem Gesicht auftraf, wirkte befreiend. So, als könne er sich dadurch selbst bestrafen. Allerdings war es nur von kurzer Dauer. Der Schmerz ließ schnell nach, weshalb er erneut auf den Mitschüler losging. Sein Sportlehrer stellte sich jedoch dazwischen. Warum er zu streiten begonnen hat, weiß Ryan gar nicht mehr. Es ist für ihn auch in keinster Weise wichtig.

»Wir sind da«, erklärt Mila, als wüsste ihr Bruder nicht, dass im Gebäude vor ihm ihr Hausarzt praktiziert.

»Ich war hier schon einmal. Erinnerst du dich?«, motzt er sie an, doch Mila verlässt unbeeindruckt den Wagen.

In der Praxis ist kaum etwas los, was daran liegt, das Dr. Reynolds zu den exklusiveren Ärzten in Fort Myers zählt. Nachdem die Sprechstundenhilfe einen Blick auf Ryan geworfen hat, hält sie es für besser, ihn gleich in den Untersuchungsraum zu führen.

Ryan kann leider nicht verhindern, dass Mila ihn begleitet. Die ganze Zeit über, in der sie schweigend auf den Doktor warten, mustert sie ihn intensiv. Ein unbändiges Gefühl der Wut steigt plötzlich in ihm hoch und er springt auf.

»Kannst du woanders hinschauen?«, fährt er seine Schwester an und geht drohend auf sie zu.

Mila bekommt es mit der Angst zu tun. Unauffällig versucht sie, einen Weg zu finden, um an ihrem Bruder vorbeizukommen. Doch er steht zwischen ihr und der Tür, die sich zu ihrem Glück soeben öffnet.

»Miss Dearing. Ryan«, grüßt Dr. Reynolds die beiden freundlich und entschärft so unbewusst die Situation.

Ryan ballt die Hände zu Fäusten. Er kämpft mit der Beherrschung, während Mila den Arzt über den Tod ihrer Eltern unterrichtet und erzählt, wie es ihnen seither geht.

»Warum seid ihr nicht gleich zu mir gekommen?«, fragt Dr. Reynolds vorwurfsvoll. »Ich verschreibe dem Jungen etwas, damit er besser schlafen kann. Wenn dennoch keine Besserung eintritt, solltet ihr zu einem guten Psychologen gehen … Dr. Moyaert zum Beispiel …«

»Vergiss es!«, knurrt Ryan, als Mila ihn fragend ansieht.

»Du musst das keinesfalls jetzt entscheiden«, beschwichtigt ihn der Arzt. »Vielleicht reichen dir die Tabletten. Und nun lass mich mal nach deinem hübschen Riechkolben sehen.«

Vorsichtig tastet er Ryans Nase ab, stellt jedoch bis auf eine Schwellung nichts Schlimmes fest. »Die wird noch ein paar Tage schmerzen, aber es ist alles in Ordnung, nichts gebrochen.«

Ryan wirft seiner Schwester einen Blick zu, der so viel heißen soll wie: Und du schleifst mich hierher.

Nachdem sie das Schlafmittel in der Pharmacy um die Ecke geholt haben, begeben sie sich auf den Heimweg. Kurz bevor sie das Hotel erreichen, verlangt Ryan plötzlich, dass Mila den Wagen anhält.

»Den Rest laufe ich«, erklärt er und steigt aus.

Mila spielt kurz mit dem Gedanken, es ihm zu verbieten, entscheidet jedoch zu seinen Gunsten und fährt alleine weiter. Vielleicht braucht er einfach nur ein wenig Zeit für sich. Seit er aus Europa zurück ist, hat sie ihn kaum aus den Augen gelassen.

Ryan atmet erleichtert auf. Er hat nicht vor, auf direktem Weg nach Hause zu gehen, und schlendert deshalb zum Strand. Dort angekommen setzt er sich nah ans Wasser, sodass die Wellen seine Füße berühren.

Wie sehr hat er dieses Fleckchen Erde immer gemocht, doch jetzt kommt ihm alles befremdlich vor. Er legt sich auf den Rücken und starrt in den Himmel.

Das monotone Geräusch des regen Treibens um ihn herum lullt ihn ein und die Übermüdung der vorangegangenen Tage fordert nun ihren Tribut. Ryans Lider werden schwer und schon bald befindet er sich im Reich der Träume. Allerdings ist der Schlaf alles andere als erholsam. Nach und nach drängen sich Bilder in sein Unterbewusstsein.

Die Hand seines Vaters, die klatschend auf seiner Wange landet. Das enttäuschte Gesicht seiner Mutter, als Dad ihr erklärt, warum sie mit Ryan den Platz tauschen soll. Der Pferdeanhänger, der ins Schlingern gerät und letzten Endes zur Seite fällt.

Zwischen diese Momentaufnahmen drängt sich hin und wieder das Antlitz eines rothaarigen Mädchens mit achatgrünen Augen. Mit einem lauten ›Nein‹ schreckt er abrupt hoch und blickt sich orientierungslos um. Verwundert stellt er fest, dass der Strand fast leer und die Sonne längst untergegangen ist.

Verzweifelt fährt er sich mit den Fingern durchs Haar. All das, was ihm sein Unterbewusstsein soeben vermittelt hat, muss er Nacht für Nacht durchleben … und noch einiges mehr. Ryan schüttelt unwillig den Kopf. Er will nicht an Deutschland denken. Nicht jetzt, nicht morgen, überhaupt nie mehr. Er möchte, dass endlich Ruhe in seinem Kopf herrscht.

Der Lärm einer ausgelassenen Party dringt an sein Ohr. In der Nähe ist ein Hotel mit einer Stranddisco.

Neugierig nähert er sich dem Gebäude. Aufgrund seines Alters darf er es zwar nicht betreten, doch der Strand ist öffentlich zugänglich und es verirren sich andauernd betrunkene Gäste hierhin.

Schon nach kurzer Zeit kommt eine Gruppe junger Leute torkelnd auf ihn zu und schließt ihn lachend in ihre Mitte. Auf einmal hat er einen Becher Alkohol in der Hand und kippt den

Inhalt, ohne zu zögern, hinunter. Das Zeug brennt sich seine Kehle hinab und breitet sich warm in seinem Körper aus. Einer der Männer holt eine Flasche aus seinem Rucksack und schenkt eine weitere Runde ein. Ryan leert den Becher abermals auf ex. Das Spiel wiederholt sich mehrere Male.

»Der Kleine ist aber durstig«, lallt eines der Mädchen und versucht, ihm um den Hals zu fallen. Da flackert unvermittelt eine Erinnerung vor Ryans innerem Auge auf. Hastig stößt er die junge Frau von sich und sucht das Weite.

»Hey, du musst doch nicht gleich abhauen!«, grölt ihm die Gruppe hinterher, aber Ryan reagiert nicht darauf. Ohne sich umzusehen, läuft er heimwärts. So entgeht ihm auch, wie knapp er den beiden Polizisten entkommt, die soeben zwischen den Hotelgebäuden den Strandabschnitt betreten.

Es dauert nicht lange, bis Ryan das Hotel erreicht. Auf die Begegnung mit Mila freut er sich jetzt schon. Sie wird ihn nicht einen, sondern gleich zwei Köpfe kürzer machen. Das ist ihm jedoch egal.

Da er keinen Alkohol gewöhnt ist und zudem kaum etwas gegessen hat, entfaltet das Teufelszeug schnell seine volle Wirkung. Ein Hochgefühl durchströmt ihn und lässt ihn den Kummer vergessen. Endlich driften seine Gedanken nicht mehr an den schicksalhaften Tag zurück. Dementsprechend gut gelaunt erreicht er den obersten Stock. Er torkelt in die Wohnung und damit direkt in Milas Arme.

»Ryan? Hast du etwa getrunken?«, erkundigt sie sich fassungslos. »Du riechst, als wärst du in ein Schnapsfass gefallen!«

»Vielleicht bin ich das auch.« Er grinst sie unbekümmert an. Dann schiebt er seine Schwester zur Seite und lässt sich auf die Couch fallen.

Entgeistert blickt ihm Mila dabei zu. Sie weiß nicht, ob sie schreien oder weinen soll. Wie konnte sie nur annehmen, dass sie mit einem Jugendlichen fertig wird. Ihr Bruder bringt sie noch an den Rand des Wahnsinns.

»Du bist erst fünfzehn, hast du den Verstand verloren? Wenn die Polizei dich erwischt hätte.«

»Fast sechzehn!«, korrigiert er seine Schwester. »Aber du hast recht. Das nächste Mal lasse ich mich von ihnen schnappen, dann muss ich nicht zu Fuß laufen. Die bringen mich bestimmt nach Hause.«

»Ryan!« Sie betrachtet ihn hilflos. »Das ist kein Spaß. Wenn du Pech hast, kannst du deinen Führerschein für die nächsten Jahre vergessen. Mal abgesehen davon ist Alkohol alles andere als gut für dich!«

»Chill mal! Mir geht es bestens!«

Noch während Ryan das sagt, beginnt er zu würgen. Hastig springt er auf und rennt ins Bad. Mila folgt ihm angewidert, da sie es nicht übers Herz bringt, ihn sich selbst zu überlassen. Sie bleibt bei ihm, bis sich sein Magen beruhigt hat, und verfrachtet ihn anschließend ins Bett. Als ihr Bruder friedlich schlummernd auf seinem Kissen liegt, kommen erneut Zweifel in ihr auf, ob sie der Aufgabe überhaupt gewachsen ist.

Kapitel 4

Ryan erwacht mit einem Brummschädel, der sich gewaschen hat. Jedes noch so leise Geräusch dröhnt in seinem Kopf, als wäre ein Presslufthammer am Werk. Leider nimmt seine Schwester darauf wenig Rücksicht und poltert in der Küche mit dem Geschirr.

Seufzend quält er sich aus dem Bett und schleppt sich unter die Dusche. Die Erinnerungen an den gestrigen Abend sind nur vage, also muss er ganz schön einen über den Durst getrunken haben. Wenigstens hat er durchgeschlafen, stellt er mit gemischten Gefühlen fest. Einerseits ist er zwar weder aufgewacht, noch kann er sich an Albträume erinnern, andererseits geht es ihm keine Spur besser, als nach einer schlaflosen Nacht.

»Ach nee? Bequemt sich der gnädige Herr auch endlich aus den Federn?«, begrüßt ihn seine Schwester gehässig, als er die Küche betritt.

»Wie spät ist es?«, erkundigt er sich und nimmt am Tisch Platz.

»Kurz nach zwei Uhr. Ich habe dich in der Schule entschuldigt und ausschlafen lassen. Mit der Fahne hättest du dort auf gar keinen Fall auftauchen können.«

Mila stellt ihm ein Glas mit Orangensaft vor die Nase. »Trink, das wird deinen Kater vertreiben.«

Verwundert nimmt Ryan einen großen Schluck. Er hätte mit allem gerechnet, jedoch keinesfalls mit Nachsicht.

»Danke«, murmelt er und meint es auch so.

»Glaub bloß nicht, dass du mir so einfach davonkommst«, entgegnet ihm Mila. Sie setzt sich zu ihm an den Tisch und mustert ihn streng.

»Ich verspreche dir, ich lasse in Zukunft die Finger vom Alkohol«, erklärt er feierlich.

»Das will ich zwar hoffen, allerdings traue ich dir in dieser Beziehung nicht über den Weg. Deshalb werde ich dich bis auf

Weiteres nach der Schule abholen. Ohne mich gehst du nirgendwohin. Wenn du deine Schularbeiten erledigt hast, kannst du Rodriguez beim Müllaufsammeln helfen oder du leistest Tom im Stall Gesellschaft und mistest die Boxen aus. Entscheide selbst.«

»Mila? Reicht es nicht, dass ich dir mein Wort gebe? Immerhin habe ich es erst einmal getan.« Ihr Bruder legt den Kopf schief und blickt sie treuherzig an. Doch diesmal erzielt er mit seinem Hundeblick nicht im Entferntesten die gewünschte Wirkung. Mila bleibt hart und schüttelt den Kopf.

»Da haben wir auch schon das Dilemma. Wir wissen beide, dass es nicht das erste Mal war. Muss ich dich etwa an die Beerdigung von Mom und Dad erinnern? Solange ich mir nicht sicher sein kann, dass deine Gehirnzellen wieder richtig funktionieren, stehst du unter Beobachtung. Also? Mist oder Müll?«

Ryan holt tief Luft. Da hat er den Bogen wohl ein wenig überspannt. Nach kurzer Überlegung entscheidet er sich für den Stall.

»In Ordnung, dann gebe ich Tom Bescheid.«

Mila steht auf, greift zum Telefon und ruft den Stallmeister an. Während sie Tom in Kenntnis setzt, lässt sie ihren Bruder nicht aus den Augen. Er verfolgt mit Desinteresse ihr Gespräch, weshalb er zusammenzuckt, als sie ihn nach dem Telefonat anspricht.

»Du wirst in zehn Minuten bei Blackstorm auf der Koppel erwartet.«

Ryan nickt und trinkt den letzten Schluck seines Orangensafts. Mila hat recht, seinem Kopf geht es schon bedeutend besser.

»Möchtest du noch etwas essen?«

»Nein, mir ist nach wie vor übel. Vielleicht, wenn ich aus dem Stall zurückkomme.«

»Alles klar, dann hau ab. Tom soll sich bei mir melden, sobald du fertig bist.«

»Oh Mann, übertreibst du jetzt nicht ein bisschen? Wo kann ich denn schon groß hin? Der Stall befindet sich auf dem Gelände.« Missbilligend schüttelt er den Kopf.

»Das ist mir egal. Wenn du keinen Wert darauf legst, dass ich dir einen GPS-Sender einpflanze, sorgst du dafür, dass er anruft und du zeitnah zu Hause bist!«

»Wenn es unbedingt sein muss«, mault Ryan und begibt sich auf den Weg zum Stall. Blackstorms Wiese liegt im hinteren Bereich der Weideplätze, deshalb lässt er die Stallungen links liegen und nimmt den schmalen Pfad zwischen den Koppeln. Nach wenigen Metern erblickt er den Rappen friedlich grasend unter einem Baum. Seine Mähne ist zerzaust, das Fell über und über mit Schlamm bedeckt. Ein Schmunzeln stiehlt sich in Ryans Gesicht. Der Schwarze liebt es, sich in die nächstbeste Pfütze zu schmeißen.

»Hey Großer!«, ruft er ihm zu.

Blackstorm hebt sogleich den Kopf und blickt in seine Richtung. Ryan bleibt unschlüssig stehen. Normalerweise würde der Hengst ihn jetzt mit einem freudigen Wiehern begrüßen und auf ihn zu galoppieren, doch er rührt sich keinen Zentimeter von der Stelle. Noch nicht einmal ein leises Schnauben ist zu hören. Stattdessen mustert er ihn abschätzend und scheint zu überlegen, ob er ihm wirklich trauen kann.

»Stormy, ich bin' s. Kennst du mich denn nicht mehr?«

Ryan steigt auf das unterste Brett des Zauns. Blackstorm macht einen zögerlichen Schritt auf ihn zu. Der Junge will gerade über die Umzäunung klettern, da wird er von zwei starken Armen zurückgerissen.

»Hast du sie noch alle? Willst du dich etwa umbringen?«

Bevor Ryan fragen kann, warum Tom so erzürnt ist, bäumt sich der Hengst auf und galoppiert mit angelegten Ohren auf sie zu. Kurz vor dem Zaun stoppt er und schlägt mit den Vorderhufen nach ihnen. Angsterfüllt weicht Ryan zurück. So hat er sein Pferd noch nie erlebt.

»Seit du ihn zurückgebracht hast, geht das so«, erklärte der Stallmeister. »Ich wollte sehen, ob er bei dir anders reagiert. Das scheint wohl nicht der Fall zu sein. Du solltest dir überlegen, dich von ihm zu trennen, Junge.«

»Niemals!«, brüllt Ryan panisch. »Er ist alles, was mir von Mom geblieben ist.« Endlich vermag er es, ein paar Tränen zu vergießen. Nicht für sich, aber für den geliebten Gefährten, dem der Unfall genauso in den Knochen steckt wie ihm selbst.

»Ist schon gut, Junge. Ich werde nichts tun, womit du nicht einverstanden bist. Lass uns zum Stall gehen, dort gibt es genug Arbeit für dich.«

Ryan nickt und folgt Tom schweigend. Was der Hengst wegen ihm erleiden muss, nagt schwer an seinem Gewissen. Blackstorm überlebte den Unfall nur, weil er oben lag, als sich der Transporter zur Seite legte. Der junge braune Wallach, der sich ebenfalls im Hänger befand, war sofort tot. Das Gewicht seines Kameraden hatte ihn erdrückt. Dafür erlitt der Rappe kaum Verletzungen, jedenfalls keine, die man sehen konnte. Seine Psyche jedoch hat schrecklichen Schaden genommen.

Je näher sie dem Stall kommen, desto unwohler fühlt sich Ryan. Hier hat er viele glückliche Stunden erlebt, allerdings wurde er dabei fast immer von seiner Mutter begleitet. Plötzlich bleibt er wie angewurzelt stehen.

»Ich kann das nicht«, flüstert er und geht ein paar Schritte rückwärts.

Tom bemerkt sein Zögern und dreht sich zu ihm um. »Was ist los, Junge?«

»Ich kann das hier alles nicht«, wiederholt Ryan nun lauter. »Ich …«

Er wirbelt herum und rennt zurück zum Hotel. Der Stallmeister zückt sein Telefon und informiert Mila. Sie eilt ihrem Bruder entgegen und passt ihn am Ende des Pfades ab.

»Wo genau willst du hin, Bürschchen?«, fährt sie ihn an, als er an ihr vorbeirennen will, und stellt sich ihm in den Weg.

»Lass mich durch!«, fordert Ryan in einem ruhigen, aber bedrohlichen Ton. Mit festem Blick sieht er seine Schwester an. Seine Augen glitzern und Mila erkennt, dass er kurz davor ist, die Fassung zu verlieren. Sie tritt einen Schritt zur Seite. Er rauscht an ihr vorbei und läuft den Pool entlang zum Hotel.

Langsam folgt sie ihm. Wenn er doch nur endlich um seine Eltern trauern könnte. Sie hat sich mehr als einmal die Augen ausgeweint und danach ist es ihr jedes Mal bedeutend besser gegangen. Er hingegen hat noch keine einzige Träne vergossen.

Mila beschließt, ihm ein wenig Zeit für sich zu geben, und schlendert deshalb gemächlich zum Haupteingang. Sie will gerade das Hotel betreten, da hört sie eine ihr wohlbekannte Stimme rufen. Überrascht bleibt sie stehen und starrt fassungslos den jungen Mann an, der soeben aus dem Auto steigt.

»Jonathan? Was machst du denn hier?« Mila freut sich sehr, ihren Arbeitskollegen wiederzusehen. Seit sie ihre Arbeitsstelle gekündigt hatte, herrschte Funkstille zwischen ihnen.

Jonathan versuchte zwar mehrmals, sie anzurufen, doch sie lehnte die Gespräche allesamt ab. Und nun taucht er plötzlich ohne Vorwarnung bei ihr auf.

»Na, wenn du meine Anrufe ignorierst, bleibt mir ja nichts anderes übrig«, erklärt er vorwurfsvoll.

»Nate, ich wollte … ich konnte …«, stammelt Mila, da sie keinen plausiblen Grund für ihr Verhalten findet.

»Jetzt beruhige dich erst einmal. Hast du in deinem tollen Hotel noch ein Zimmer für mich frei? Ich habe eine Woche Urlaub. Die würde ich gerne bei dir verbringen, wenn du einverstanden bist.«

Da sie nach wie vor kein Wort herausbringt, ohne ins Stottern zu geraten, nickt sie lediglich. Erfreut zerrt er seinen Trolley aus dem Kofferraum und übergibt den Autoschlüssel an den neben ihm wartenden Hotelboy.

Gemeinsam betreten sie die Lobby. Erst als er einchecken will, erklärt sie hastig: »Lassen Sie bitte das private Gästezimmer für meinen ehemaligen Arbeitskollegen herrichten.«

Dann wendet sie sich verlegen an ihren Besucher. »Du hast mich mit deinem Auftauchen komplett durcheinandergebracht. Natürlich schläfst du bei mir. Ähm ... ich meine in meiner Wohnung ... äh ... im Gästezimmer.«

»Solange ich euren Pool nutzen darf«, witzelt Jonathan. Dass Mila seine Anwesenheit nervös werden lässt, gefällt ihm.

»Klar kannst du das!«

Sie atmet tief durch. »Komm, wir bringen dein Gepäck nach oben und anschließend musst du mir alles erzählen. Habt ihr bereits einen Ersatz für mich gefunden?«

Sie zerrt den grinsenden Jonathan in den Lift. Als sich die Türen schließen, stellt er den Trolley in die Ecke und lehnt sich an die Wand.

Sein intensiver Blick lässt ihr Herz schneller schlagen. Sie wünscht sich, er würde sie in seine Arme reißen und bis zur Besinnungslosigkeit küssen. Das könnte sie ihren Kummer für kurze Zeit vergessen lassen. Natürlich geschieht nichts dergleichen. Er starrt sie nur weiterhin durchdringend an. Ein wenig enttäuscht bittet sie ihn in die Wohnung.

Jonathan betritt ihr Reich und blickt sich interessiert um. »Schön hast du' s. Man merkt gar nicht, dass man sich in einem Hotel befindet.«

»Das liegt wohl daran, dass meine Familie die Räume von Anfang an bewohnt hat. Hier bin ich groß geworden. Mom und Dad ...« Die Worte bleiben ihr im Hals stecken.

»Oh nein, jetzt hab ich Dussel dich traurig gemacht. Das wollte ich nicht. Komm her!«

Er öffnet seine Arme und Mila schmiegt sich dankbar an ihn. Es tut gut, ein wenig Halt zu finden.

»Schon in Ordnung«, murmelt sie. »Es ist einfach noch zu frisch.«

Jonathan umarmt sie fester und drückt ihr einen Kuss auf die Stirn. »Kommst du zurecht?«, erkundigt er sich mit echtem Mitgefühl.

»Geht so.« Seufzend löst sie sich aus seiner Umarmung. »Mein Bruder ist gewaltig neben der Spur. Ich hoffe, er fängt sich bald wieder. Aber lass uns lieber über etwas anderes sprechen. Wie läuft es in Crystal River? Ist das Gebärbecken für die Manatis bereits fertig?«

Sie bittet ihn, Platz zu nehmen, und er kommt ihrer Aufforderung nach.

»Ja, fast. Wir warten nur noch auf die Freigabe. Mila, willst du nicht zu uns zurückkommen? Alle vermissen dich.«

»Ich kann nicht, Nate. Ryan braucht mich … und das Hotel auch.«

Gerne würde sie das Angebot annehmen, da sie sich unter den Kollegen immer sehr wohlgefühlt hat, doch es geht beim besten Willen nicht.

»Schade, da kann man wohl nichts machen. Aber das habe ich mir schon gedacht.«

»Und du bist trotzdem gekommen?«

»Ich bin nicht wegen des Jobs hier, Mila. Ich bin gekommen, weil ich nach deiner Abreise gemerkt habe, wie bescheuert ich war.« Aufs Neue mustert er sie durchdringend.

»Wie meinst du das?«, fragt Mila, da sie ihrem Gefühl keinen Glauben schenken will.

»Ich bin hier, weil du mir fehlst. Du bedeutest mir mehr, als ich zugeben wollte.« Jonathan nimmt ihre Hände. »Ich musste dich wiedersehen.«

»Warum?«, flüstert sie. »Du hast mich in Crystal River immer auf Abstand gehalten. Du musst doch bemerkt haben, dass ich dich mag.«

»Ich wollte nichts mit einer Arbeitskollegin anfangen, das geht meistens schief. Aber als du weg warst, hatte ich das Gefühl, du hättest mein Herz mitgenommen.« Sacht streicht er eine Haarsträhne hinter ihr linkes Ohr. »Ich will dich, Mila!«

Ein Schauder läuft ihr über den Rücken. Wie oft hat sie davon geträumt, in Jonathans Armen zu liegen und seine Lippen zu spüren. Nun blickt er sie aus heißhungrigen Augen an. Er begehrt sie, das ist unübersehbar. Ihr Herz klopft wie verrückt.

»Was erwartest du jetzt von mir?«, fragt sie unsicher, da sie immer noch nicht glauben kann, was hier gerade passiert.

»Dass du zugibst, dass du mich auch willst ... Das würde mir fürs Erste schon genügen.« Jonathan mustert sie interessiert.

Mila blickt ihn schweigend an. Kann das gut gehen? Soll sie sich zum jetzigen Zeitpunkt auf ein Abenteuer mit ihm einlassen? Wie soll das überhaupt funktionieren? Er arbeitet in Crystal River, sie hier in Fort Myers. Dazwischen liegen drei Stunden Autofahrt. Wegen ihres Bruders wird sie Jonathan nicht besuchen können. Ist er wirklich bereit, sein Leben nach ihrem auszurichten? Immer zu geben, während sie nur nehmen kann?

»Natürlich will ich ... aber ...«, beginnt sie ihren Einwand vorzubringen, doch Jonathan drückt zärtlich ihre Hände.

»Lass es uns einfach versuchen«, bittet er sie inständig. »Mehr als schiefgehen kann es ja nicht.«

»Ich werde nicht zu dir kommen können. Ich darf Ryan und das Hotel im Moment nicht alleine lassen.«

»Das ist doch kein Problem. Wo ist dein kleiner Bruder eigentlich? In der Schule?« Interessiert rückt er näher an Mila heran.

Sie blockt ihn jedoch ab. »Nein, der müsste in seinem Zimmer sein.«

Vor lauter Aufregung hat sie Ryan völlig vergessen. Mila springt hastig auf und eilt zu seinem Zimmer. Leise öffnet sie die Tür einen Spalt und späht hinein. Tief und fest schlafend liegt er in seinem Bett. Endlich hat er geweint. Die Tränenspuren auf seinen Wangen sind noch deutlich zu sehen. Zufrieden kehrt Mila zu Jonathan zurück.

»Alles klar?«, erkundigt er sich.

Mila nickt und setzt sich wieder zu ihm auf die Couch.

»Er liegt in Morpheus' Armen.« Sie streicht Jonathan durchs Haar. »Willst du erst mal auspacken?«

»Hm … auspacken hört sich gut an«, meint er verschmitzt und öffnet den obersten Knopf an ihrer Bluse.

»So habe ich das nicht gemeint«, schmunzelt sie und ergreift seine Hand.

»Verzeih mir, Nate, aber das geht mir zu schnell. Du hast mich bislang nicht einmal geküsst und willst mir jetzt sofort an die Wäsche?«

»Das können wir auf der Stelle nachholen«, flüstert er und zieht sie zu sich. Seine Hände umfassen ihr Gesicht. In freudiger Erwartung schließt sie die Augen. Ihre Lippen berühren sich zärtlich. Sanft streicht er mit seiner Zunge über ihren Mund, den sie daraufhin bereitwillig öffnet. Ihre Zungen treffen aufeinander und umspielen sich vorsichtig. Dabei vergisst sie fast zu atmen.

Herrlich! Es ist noch viel besser, als sie es sich in ihren Träumen je vorgestellt hatte. Mila schlingt ihre Arme um seinen Hals und wühlt in seinen schwarzen Haaren. Sie riechen nach Meer und vermitteln ihr ein Gefühl der Vertrautheit. Seufzend legt sie ihren Kopf in seine Halsbeuge. Eine innere Ruhe erfasst sie und gibt ihr wieder Kraft.

Jonathans rechte Hand schlüpft unter ihre Bluse und streichelt über ihren Bauch hinauf zu ihren Brüsten. Wenngleich Mila sich nichts sehnlicher wünscht, als von ihm berührt zu werden, nimmt sie seine Hand und schiebt sie weg.

»Stopp«, bittet sie leise, obwohl sie viel lieber ›hör bloß nicht auf‹ gesagt hätte.

»Ich habe dich lange genug auf Abstand gehalten«, erklärt er ungeduldig, doch Mila schüttelt den Kopf.

»Dann kannst du sicher noch einen Tag warten. Solange mein Bruder zu Hause ist, geht das auf gar keinen Fall.«

»Warum ist er eigentlich nicht in der Schule?«, fragt Jonathan enttäuscht. »Ist er krank?«

»So ähnlich«, murmelt Mila. »Ich habe Hunger. Lass uns hinunter ins Restaurant gehen. Dort erzähle ich dir alles.«

»Na gut, überredet«, schmunzelt Jonathan, der genau durchschaut, dass Mila nur vor ihm flüchten will. Draußen vor der Wohnung nimmt er ihre Hand.

Ein warmes Gefühl durchströmt sie und sie lehnt sich an seine Schulter. Es tut ihr verdammt gut, endlich jemanden an der Seite zu haben, der ihr Halt gibt.

Kapitel 5

»Du solltest dich schleunigst nach einem anderen Küchenchef umsehen.« Jonathan spricht das aus, was Mila schon seit geraumer Zeit denkt.

Der Koch, den ihre Eltern damals bei der Hotelgründung eingestellt haben, ist der Aufgabe nicht mehr gewachsen. Er bringt mit seiner cholerischen Art so viel Unruhe in die Küche, dass dort mittlerweile das totale Chaos herrscht. Trotzdem. Ihn einfach vor die Tür zu setzen, ist für sie keine Option.

»Ich kann Bob nicht rauswerfen, er gehört zum Inventar. Außerdem würde er in seinem Alter niemals eine neue Anstellung finden.«

»Dann musst du jemanden einstellen, der ihm zur Hand geht.«

»Das kann ich mir wiederum auf Dauer nicht leisten.« Missmutig lässt sich Mila auf die Couch fallen. »Ich hasse es, solche Entscheidungen treffen zu müssen.«

»In dem Fall bring ihn woanders unter. Lass ihn einen jungen Koch anlernen und gib ihm einen anderen Job. Ein paar Monate wirst du die doppelten Ausgaben doch tragen können?« Jonathan setzt sich zu Mila und nimmt sie in den Arm.

Dankbar kuschelt sie sich an ihn und genießt das Gefühl, endlich nicht mehr alleine zu sein. Sanft streichen seine Finger über ihren Rücken. Sie schließt die Augen und atmet tief ein. Er riecht so gut.

Unbewusst steckt Mila eine Hand unter sein T-Shirt und spielt gedankenverloren an seiner Brustwarze.

Jonathans Brustkorb hebt und senkt sich an Milas Wange. Behutsam drückt er mit zwei Fingern ihr Kinn empor, sodass sie ihn ansehen muss.

»Nicht, dass es mich stören würde, ich dachte nur, du wolltest es langsam angehen lassen.«

»Stimmt, aber du siehst ja, wie schwer es mir fällt.«

Was hält sie eigentlich auf, mit Nate ein paar schöne Stunden zu verbringen? Sie ist niemandem Rechenschaft schuldig. Bloß, was ist, wenn ihr Bruder … Ryan!

Siedend heiß kommt ihr in den Sinn, dass er bestimmt Hunger bekommen wird. Schließlich hat er heute noch nichts gegessen. Die Wahrscheinlichkeit, dass er in ihr Techtelmechtel hineinplatzen wird, ist somit sehr groß. Mit einem tiefen Seufzer löst sie sich von Jonathan und steht auf.

»Was ist los? Warum flüchtest du vor mir?« Er hält sie an der Hand zurück.

Mila lächelt ihn an und beugt sich zu ihm hinunter. Sie küsst seine Nasenspitze und streicht ihm liebevoll über die Wange.

»Bin gleich wieder da. Ich muss nur schnell nach meinem Bruder sehen und ihm sagen, dass sein Essen in der Küche steht. Danach können wir in mein Zimmer verschwinden.«

Vorfreude blitzt in Jonathans Augen auf, angesichts des verlockenden Angebots. Doch er soll nicht in den Genuss einer heißen Nacht mit Mila kommen – vorerst jedenfalls nicht.

Als Mila die Zimmertür ihres Bruders aufstößt, beginnt sie zu fluchen. »Ich bringe ihn um! Ich warne dich, Ryan, wenn du Blödsinn anstellst, kette ich dich ab sofort zu Hause an.«

»Alles in Ordnung?«, erkundigt sich Jonathan besorgt.

»Nichts ist in Ordnung. Er ist weg! Und das, obwohl ich klipp und klar gesagt hatte, dass er Hausarrest hat.« Mila läuft hektisch hin und her. »Verdammt, wo kann er stecken?«

»Gibt es einen Ort, an dem er sich mit seinen Freunden trifft?« Jonathan ergreift ihre Schultern.

»Er hat sich nie irgendwo mit Freunden getroffen. Er war lieber im Stall bei den Pferden. Aber dort ist er bestimmt nicht.«

»Beruhige dich. Vielleicht ist er im Restaurant, um etwas zu essen.«

»Das klären wir gleich«, meint Mila und schnappt sich das Telefon, schon nach wenigen Sekunden sieht sie sich jedoch in ihrer Befürchtung bestätigt. Niemand hat ihn gesehen.

»Was ist eigentlich so schlimm daran, dass er sich verkrümelt hat? Mal abgesehen davon, dass er sich über deine Anweisung hinweggesetzt hat, natürlich. Er ist kein kleines Kind mehr und es ist erst acht Uhr.«

Jonathan versteht die ganze Aufregung nicht. Teenager halten sich oft nicht an Abmachungen und setzen Regeln außer Kraft. Er selbst war genauso gewesen.

»Im Normalfall nichts, aber Ryan tickt nicht mehr richtig. Er trinkt Alkohol, prügelt sich mit Mitschülern, wer weiß, was ihm sonst noch alles einfällt.«

»Sollen wir ihn suchen gehen?«

Auch wenn Jonathan der Meinung ist, dass sich Mila unnötig sorgt und ihr Bruder in ein paar Stunden heil und gesund wieder auftauchen wird, merkt er, dass sie nicht untätig darauf warten kann.

»Ja, lass uns zum Strand fahren, da war er früher gerne.« Sie schnappt sich die Autoschlüssel und zerrt Jonathan hinter sich her. Nach wenigen Minuten erreichen sie Fort Myers Beach.

Mila parkt den Wagen und läuft auf direktem Weg zum Wasser. Angestrengt sucht sie die Uferlinie ab, kann ihren Bruder jedoch nirgendwo entdecken. Dann rennt sie zu dem Hotel mit der berüchtigten Strandbar, aber auch dort findet sie ihn nicht.

»Sollen wir den Strand ablaufen?«, fragt Jonathan, als er sie eingeholt hat.

Mila schüttelt den Kopf. »Das hat keinen Sinn. Das war überhaupt eine blöde Idee«, entgegnet sie verzweifelt.

»Gibt es ein weiteres Lokal, in dem er sein könnte?«

»Jonathan, Ryan ist fünfzehn, die lassen ihn nirgends rein.«

»Den Alkohol hat er sich doch auch irgendwo besorgt«, gibt Jonathan zu bedenken.

Mila überlegt. Es gibt in der Stadt einen Club, der hin und wieder Teenpartys veranstaltet. Der Besitzer kennt Ryan jedoch und würde ihn an den anderen Tagen hochkant rauswerfen, sonst riskiert er seine Schanklizenz. Trotzdem beschließt sie, es im ›JumpIn‹ zu versuchen.

Sie hat den Wagen gerade erst abgestellt, da erblickt sie ihren Bruder auch schon. Wild gestikulierend steht er vor dem Türsteher, der mit verschränkten Armen und einem belustigten Grinsen den Kopf schüttelt.

»Dort ist er!«, ruft sie und springt aus dem Tahoe. Jonathan kann Mila im letzten Moment davon abhalten, blindlings über die stark befahrene Straße zu laufen. Sie müssen eine Weile warten, um gefahrlos auf die gegenüberliegende Straßenseite zu gelangen. Nervös beobachtet Mila, wie Ryan zum wiederholten Male versucht, an dem bulligen Mann vorbeizukommen.

»Junge, wie oft muss ich dir eigentlich sagen, dass du hier keinen Zutritt hast?«, erklärt der Türsteher schon leicht gereizt, als sie den Eingangsbereich endlich erreichen.

»Hast du den Verstand verloren?«, zetert Mila, bevor ihr Bruder sie überhaupt entdeckt hat.

Ryan fährt herum und flucht: »Mist! Auch das noch!«

»Ja, Mist, das kannst du wohl laut sagen! Mach dich auf etwas gefasst, Bürschchen.« Mila packt Ryan am T-Shirt und will ihn zum Auto zerren, doch er reißt sich mit einem Ruck los.

»Ich habe es satt, mir von dir sagen zu lassen, was ich tun oder lassen soll. Du hast gar keine Ahnung, wie es mir geht!« Seine Hände sind zu Fäusten geballt und er kneift wütend die Augen zusammen.

Obwohl Mila sich nicht vorstellen kann, dass Ryan ihr wehtun könnte, weicht sie zur Sicherheit ein Stück von ihm ab.

»Wie denn auch! Du sprichst ja nicht mit mir. Du lässt es überhaupt nicht zu, dass ich dir helfe!«

»Das kannst du auch nicht, niemand kann das!«, brüllt er zurück.

»Ich glaube, ihr beiden solltet das zu Hause klären«, mischt sich Jonathan in den Streit ein, da sich schon einige Passanten nach ihnen umdrehen.

»Was hast du eigentlich zu melden? Wer bist du überhaupt?«, will Ryan aufgebracht wissen.
»Ein Freund, aber darum geht es hier nicht. Ich denke, dass ihr das nicht auf der Straße besprechen solltet.«
»Ach, denkst du? Und wenn ich dir sage, dass es mir völlig egal ist, was du denkst?« Drohend geht Ryan auf ihn zu.
Jonathan lässt sich davon keineswegs beeindrucken. Milas Bruder ist zwar drahtig, jedoch um fast einen Kopf kleiner als er. Außerdem wird der Junge bestimmt nicht so blöd sein, in Gegenwart des Türstehers auf ihn loszugehen.
Doch Jonathan irrt sich. Schneller als er sich umsehen kann, landet Ryans Faust in seinem Bauch. Zu einem weiteren Schlag kommt Milas Bruder allerdings nicht mehr. Der Türsteher packt seinen rechten Arm und dreht ihn Ryan auf den Rücken. Schmerzerfüllt brüllt der Junge auf und beugt sich nach vorne.
Mila hält vor Schreck die Luft an. Obwohl er die grobe Behandlung durchaus verdient, tut er ihr in diesem Moment leid. Trotzdem gilt ihre Hauptsorge erst einmal Jonathan, der sich weiterhin den Bauch hält und zischend Luft holt.
»Nate? Hat er dich arg erwischt?«
»Es geht schon. Ich hätte rascher reagieren müssen. Aber wer rechnet denn damit, dass er wirklich zuschlägt«, knurrt Jonathan und blickt Ryan verärgert an, der davon jedoch nichts mitbekommt. Er hat genug damit zu tun, dem Schmerz nachzugeben. Immer tiefer beugt er sich hinab, doch das Brennen in der Schulter bleibt.
»Bist du wieder fähig, klar zu denken?«, will der Türsteher nach einer Weile wissen. Ryan nickt.
»Dann kann ich dich jetzt loslassen, ohne dass du ihm an die Gurgel springst?«
Ryan nickt erneut.
Daraufhin löst der bullige Mann den Griff und Ryan richtet sich auf. Mit zusammengebissenen Zähnen massiert er die schmerzende Schulter. Er hat Tränen in den Augen, die jedoch nicht nur vom verdrehten Arm herrühren.

»Können wir nun heimfahren?«, erkundigt sich Mila gereizt.

Da sich Ryan keinen Millimeter rührt, geht Jonathan einen Schritt auf ihn zu. Er will ihm aufmunternd die Hand an den Oberarm legen, doch Milas Bruder weicht knurrend zurück.

»Soll ich dir noch eine knallen?«

Jonathan hebt abwehrend die Hände.

»Schon gut, Kleiner. Ich habe es kapiert. Dann komm aber freiwillig mit. Okay?«

Mila beobachtet die Szene mit Entsetzen. Für einen kurzen Moment sieht sie Panik in den Augen ihres Bruders aufblitzen.

»Ryan, bitte! Stell dich jetzt nicht quer. Lass uns nach Hause fahren.«

Zwischen den Geschwistern entwickelt sich ein stiller Kampf. Jeder versucht, den anderen mit Blicken niederzuringen. Ryan ist kurz davor, das Duell zu gewinnen, da meldet sich der Türsteher ein letztes Mal zu Wort: »Geh mit den beiden mit, Junge! Ich habe eigentlich eine mordsmäßige Geduld, aber auch die ist einmal zu Ende. Wenn du nicht vernünftig wirst, rufe ich die Polizei, denn so langsam wird es mir zu dumm mit dir.«

Endlich gibt Ryan nach und stiefelt voraus zum Wagen. Als Mila den Tahoe über die Fernbedienung entriegelt, will er die Beifahrertür öffnen und einsteigen. Schnell hält sie ihn zurück.

»Das kannst du vergessen! Wer sich wie ein Kleinkind benimmt, der darf auf der Rückbank Platz nehmen.«

»Du spinnst doch!«

Unbeeindruckt reißt er die Tür auf.

»Hinten! SOFORT!« Sie fixiert ihn mit eisigem Blick.

»Lass ihn doch, Mila. Sei froh, dass er überhaupt mitkommt. Mir macht es nichts aus, hinten zu sitzen«, meint Jonathan und nimmt Ryans zugewiesenen Platz ein.

Mit einem breiten Grinsen im Gesicht setzt sich Ryan auf den Beifahrersitz.

Mila kocht innerlich vor Wut. Der Zorn auf ihren Bruder wird von Minute zu Minute größer. Nicht nur er hat seine Eltern verloren, auch sie weiß genau, was es bedeutet, wenn einem Mom und Dad fehlen. Es wird Zeit, dass er das endlich begreift. Da sie jedoch keine Ahnung hat, ob sie ihn erst vierteilen und dann erwürgen soll, oder umgekehrt, schweigt sie die gesamte Rückfahrt über. Sie wird ihm zu Hause den Kopf zurechtrücken.

Am Hotel angekommen springt Ryan sofort aus dem Wagen und eilt ins Gebäude. Als Mila und Jonathan in der Wohnung ankommen, ist seine Zimmertür verschlossen.

»Glaub bloß nicht, dass du mir so davonkommst! Mach auf, wir müssen reden!«

Mila trommelt mit der Faust gegen das Türblatt, doch aus dem Zimmer kommt kein Laut.

»Ryan!«

Stille.

»Ich breche die Tür auf!«

»Hau ab und lass mich in Ruhe!«, dringt es endlich gedämpft an ihr Ohr.

Mila atmet auf. Sie hebt gerade den Arm, um erneut an die Tür zu trommeln, da hindert Jonathan sie daran.

»Meinst du wirklich, dass du jetzt mit ihm reden solltest?«

»Wann wäre deiner Meinung nach der richtige Zeitpunkt? Wenn er auf einer Brücke steht und springen will?«, faucht Mila.

»Ich rate dir ja nicht, es gänzlich sein zu lassen, aber mir scheint, dass du im Moment sowieso nicht zu ihm durchdringst. Da kannst du auch gleich mit einer Wand reden. Lass ihn eine Nacht darüber schlafen, morgen ist er bestimmt einsichtiger.«

Unschlüssig starrt Mila die Tür an, dann nickt sie und lässt sich von Jonathan zur Couch führen.

»Was soll ich mit Ryan bloß anstellen?« Mila seufzt laut auf und rauft sich die Haare.

»Ist das ›Normalzustand‹, was ich da gerade miterleben durfte?«, erkundigt sich Jonathan mitfühlend.

Mila schüttelt den Kopf. »Er ist zwar oft schlecht gelaunt und gibt mir patzige Antworten, aber irgendetwas muss heute im Stall vorgefallen sein. Ich sollte morgen bei Tom nachfragen.«

»Dann ist es vielleicht besonders wichtig, dass du ihm Zeit gibst, sich zu beruhigen.« Er legt einen Arm um Milas Schultern und sie kuschelt sich an ihn.

»Danke, dass du hiergeblieben bist«, seufzt sie an seiner Brust.

Ein Lächeln huscht über sein Gesicht und er drückt ihr einen Kuss ins Haar. »Warum sollte ich nicht hierbleiben? Um mich in die Flucht zu schlagen, muss dein Bruder schon härtere Geschütze auffahren.«

»Bitte sag das nicht so laut«, stöhnt Mila. »Mittlerweile überrascht mich wirklich gar nichts mehr.«

»Er wird sich sicher wieder entspannen. Was hat er denn über den Unfall erzählt?«

»Das ist es ja! Er schweigt sich aus. Er hat nur erwähnt, dass er sich für den Tod von Mom und Dad verantwortlich fühlt.«

»Das klingt böse«, murmelt Jonathan. »Soll ich einmal mit ihm reden?«

Mila setzt sich auf und blickt ihren Besucher traurig an. »Ob das etwas bringt? Wir hatten eigentlich einen sehr guten Draht zueinander. Wenn er sich schon bei mir weigert, wird er dir sicher auch nichts erzählen.«

»Manchmal spricht man über solche Dinge mit einem Fremden leichter, als mit der eigenen Schwester.«

Mila zuckt mit den Schultern. »Wenn du meinst. Schaden kann es sicher nicht.«

Jonathan nimmt Milas Gesicht in seine Hände. »Manche Wunden brauchen länger, um zu heilen«, sagt er und küsst sie zärtlich.

Mila erwidert den Kuss, jedoch als Jonathan sie an der Brust berührt, unterbricht sie ihn schnell.

»Bitte verzeih. Ich kann das heute nicht. Mein Bruder spukt mir andauernd im Kopf herum. Lass uns einfach ein bisschen kuscheln und einen Film gucken. Okay?«

Obwohl Jonathan sich auf mehr eingestellt hatte, beherzigt er ihren Wunsch und öffnet seine Arme.

Sie fischt nach der Fernbedienung und nimmt sein Angebot an. Entspannt legt sie ihren Kopf in seinen Schoß. Nach kurzem Zappen finden sie eine Serie, die ihnen beiden zusagt.

Mila genießt das Gefühl der Geborgenheit, das von Jonathan ausgeht. Seine linke Hand streicht beruhigend über ihren Rücken, während er die Finger der anderen mit ihren verschränkt. Dankbar schließt sie die Lider und schläft wenige Minuten später ein.

Kapitel 6

Vorsichtig öffnet Ryan die Tür. Im Wohnzimmer flackert das Licht des Fernsehers. Er späht um die Ecke und erblickt seine Schwester eng an den fremden Mann gekuschelt.

Der Typ schaut ihn an und hält sich mahnend einen Finger an den Mund. Ryan nickt und schleicht in die Küche.

Behutsam windet sich Jonathan unter Mila hervor, ohne sie zu wecken. Er legt liebevoll eine Decke über sie und folgt ihrem Bruder.

Ryan steht unschlüssig vor dem geöffneten Kühlschrank und starrt hinein.

»Hi! Ich bin Nate«, stellt Jonathan sich flüsternd vor und reicht Ryan die Hand. Da Milas Bruder sie nicht annimmt, lässt er sie nach kurzer Zeit wieder sinken.

»Hast du Hunger?«

Erstaunt hebt Ryan eine Augenbraue. Aufgrund seiner glanzvollen Vorstellung hat er eher eine Standpauke erwartet. Daher sagt er versöhnlich: »Ja, ein wenig.«

»Mila hat dir etwas aus dem Restaurant mitgebracht. Ich glaube, es steht in der Mikrowelle.«

Ryan öffnet das Gerät, holt den abgedeckten Teller heraus und schnappt sich Besteck aus der Schublade. »Die macht zu viel Krach«, erklärt er und setzt sich an den Küchentisch.

»Darf ich dir Gesellschaft leisten?«, erkundigt sich Jonathan. Da Ryan nickt, wirft er einen kurzen Kontrollblick auf Mila und schließt die Tür.

»Nun müssen wir nicht mehr so leise sein.«

»Woher kennen Sie meine Schwester?«

»Wir können ruhig beim Du bleiben«, bietet Jonathan an. »Wir waren Arbeitskollegen in Crystal River.«

»Sind Sie … ähm … bist du Milas Freund?«

»Noch weiß ich nicht genau, was ich bin.«

Ryan steht auf und geht erneut zum Kühlschrank.

»Auch etwas zu trinken?«

»Gerne.«

»Da Mila mir in Sachen Alkohol kein bisschen traut, kann ich dir bloß Saft oder Wasser anbieten.«

»Dazu hat sie wohl allen Grund, oder?«

Ryan bleibt ihm eine Antwort schuldig. Mit einem verlegenen Grinsen stellt er zwei Gläser und eine Gallone Orangensaft auf den Tisch und setzt sich wieder.

»Willst du darüber reden?«

Ryan schüttelt den Kopf.

Jonathan akzeptiert seine Entscheidung und beobachtet schweigend, wie er sich heißhungrig auf das kalte Essen stürzt. Da er Ryan zu nichts drängt, vertraut ihm der Junge schließlich freiwillig seine Sorgen an.

»Hätte ich mich nicht mit Dad gestritten, wäre das alles gar nicht passiert. Und wenn doch, dann wäre ich neben ihm im Transporter gesessen und Mom hätte das Taxi genommen und würde noch leben. So wäre Mila wenigstens ein Elternteil geblieben.«

»Und du glaubst wirklich, dass das für deine Schwester einen Unterschied machen würde? Sie hätte trotzdem zwei Menschen verloren, um die sie weinen müsste.«

Unsicher starrt Ryan Jonathan an. Er hat keine Ahnung, was er darauf erwidern soll. Milas Freund verschränkt seine Finger und stützt sich mit den Ellbogen auf den Tisch.

»Mila hat erzählt, dass du glaubst, für den Tod eurer Eltern verantwortlich zu sein? Hast du etwa das Auto manipuliert?«

»Nein! Natürlich nicht!« Ryan blickt ihn entsetzt an.

»Pst, etwas leiser. Dann verstehe ich nicht, wieso du der Meinung bist, dass du die Schuld dafür trägst.«

»Weil ich mit Dad einen bösen Streit hatte.«

»Aber doch nicht im Auto. Du hast gesagt, du bist deinen Eltern im Taxi gefolgt.«

»Das ist in dem Fall das Gleiche. Hätte er sich weniger über mich aufregen müssen, wäre er bestimmt langsamer in die Kurve gefahren. Dann wäre der Hänger nicht umgestürzt und das Auto nicht über die Brüstung geschossen.«

Ryans Stimme zittert. Jonathan sieht ihm an, wie sehr ihn diese Sache quält.

»Das kannst du nicht wissen, Ryan. Es spielen viele Faktoren eine Rolle, damit es zu einem Unfall kommt. Kannst du sicher ausschließen, dass die Pferde unschuldig waren? Vielleicht haben sie im Hänger miteinander gekämpft und ihn dadurch zum Schlingern gebracht. Oder dein Vater war durch etwas anderes abgelenkt. Du warst nicht bei deinen Eltern im Auto. Deshalb kannst du nicht genau sagen, woran es lag, dass dein Dad die Kontrolle über den Wagen verloren hat. Genauso gut könnte er mit dem Handy telefoniert haben, oder …«

Ryan schüttelt heftig den Kopf. »Dad hat nie während der Fahrt telefoniert.«

Nervös lässt er den Ring um seinen Finger kreisen. »Er war so wütend auf mich. Ich …«

»Trotzdem trifft dich keine Schuld.«

Erschrocken dreht sich Ryan um. Seine Schwester steht mit tränennassen Augen im Türrahmen. Wie lange sie wohl schon zuhört? Er schluckt schwer und hätte am liebsten die Flucht ergriffen.

Sie geht auf ihn zu und je geringer der Abstand zwischen ihnen wird, desto mehr wächst sein Unbehagen. Tausend Gedanken schießen ihm durch den Kopf. Mila ahnt nicht, wie falsch sie mit ihrer Annahme liegt. Würde sie die ganze Wahrheit kennen, könnte sie ihm niemals verzeihen. Deshalb muss er sein Geheimnis bewahren. Er darf ihr unter gar keinen Umständen erzählen, was wenige Stunden vor dem Unfall vorgefallen war.

»Kleiner Bruder, lass unsere Eltern gehen. Sie kommen nicht zurück, nur weil du dich selbst quälst. Wenn du so weiter machst, werde ich dich auch noch verlieren und das könnte ich nicht verkraften.«

Sie geht vor Ryan in die Hocke und nimmt seine Hände. Dieses Mal lässt er es zu. Schluchzend legt sie ihren Kopf auf seinen Schoß. Jonathan steht auf und verlässt leise die Küche. Er spürt, dass die Geschwister das Gespräch nun besser alleine fortführen.

»Mila, verzeih mir«, flüstert Ryan kaum hörbar und eine einsame Träne rollt über seine Wange.

»Es gibt nichts, was ich dir verzeihen müsste. Du hast keine Schuld am Tod unserer Eltern«, betont Mila erneut und zieht sich einen Stuhl heran. Ohne seine Hände loszulassen, setzt sich ihm gegenüber. Sie fühlen sich kalt an.

»Leider habe ich das doch.«

»Warum sagst du das? Du konntest schließlich nicht verhindern, dass …«

»Wegen mir ist es überhaupt erst dazu gekommen. Dad und ich hatten einen bösen Streit.«

»Das bedeutet aber noch lange nicht, dass du der Auslöser warst. Dass der Unfall passiert ist, war Schicksal. Nichts hätte das Unglück abwenden können.«

»Dad war so sauer auf mich, dass er mir den Platz neben sich verweigert hat. Nur aus diesem Grund ist Mom bei ihm im Wagen gesessen.«

Ryans Tränen laufen nun in Sturzbächen über seine Wangen. »Ich hätte an ihrer Stelle sterben sollen.«

»Bist du aber nicht. Und auch das kannst du nicht ändern, indem du dich selbst fertigmachst.« Mila drückt seine Hände.

»Ich hätte es aber verdient«, schluchzt er auf.

»Ryan, egal worüber ihr euch gestritten habt. Nichts kann so schlimm sein, dass du dafür den Tod verdient hättest.«

Entsetzt zieht sie ihren Bruder an die Brust.

Da Ryan Mila unmöglich die Wahrheit sagen kann, lässt er sich ohne Gegenwehr in den Arm nehmen. Gequält schließt er die Augen. Für sie wird er darüber hinwegkommen – irgendwie. Da er ihr die Eltern genommen hat, muss er für sie da sein. Denn in einem hat sie recht, sollte sie ihn ebenfalls verlieren, würde sie das umbringen.

Nach einer Weile löst er sich aus ihrer Umarmung und wischt sich die Tränen aus dem Gesicht. Endlich weinen zu können, hat ihm ein wenig Erleichterung verschafft.

»Versprich mir, dass du dir auf gar keinen Fall etwas antust«, bittet ihn Mila plötzlich.

Fassungslos starrt Ryan sie an. Erweckt er tatsächlich den Eindruck, dass er selbstmordgefährdet ist? Klar wünscht er sich, anstelle seiner Mutter gestorben zu sein, doch er würde sich nie umbringen.

»Ich werde mir nichts antun, Mila, das schwöre ich dir. Ich lasse dich nicht alleine«, erklärt er mit fester Stimme.

Erleichtert atmet Mila auf und betrachtet ihn eine Weile. Dann holt sie kurz Luft und verkündet: »Trotzdem hast du weiterhin Hausarrest. Du hast es heute ein wenig übertrieben.«

Ryan nickt einsichtig. »Schick mich aber bitte nicht zurück in den Stall, das schaffe ich nicht.«

»In Ordnung«, lenkt sie ein und lehnt sich nachdenklich zurück. »Du wirst die Strafe bei mir im Büro absitzen. Da darfst du mir bei so langweiligen Sachen wie ›Buchhaltung‹ und ›Arbeitspläne erstellen‹ helfen. Das wird sowieso irgendwann deine Aufgabe sein, warum also nicht gleich damit anfangen?«

»Wie lange?«

»Das hängt von dir ab. Zunächst für vier Wochen, dann sehen wir weiter.«

Abschätzend beobachtet sie ihren Bruder, doch Ryan zeigt keine Regung.

»Und habe ich eine Chance, die Zeit zu verkürzen?«

Wieder versucht er, mit seinem Hundeblick ihr Herz zu erweichen. Diesmal geht ihm Mila ins Netz.

Schmunzelnd schüttelt sie den Kopf. »Mal sehen, vielleicht wirst du ja wegen guter Führung frühzeitig entlassen.«

Sie steht auf und deutet auf den Teller. »Soll ich dir das aufwärmen?«

»Ich denke, das esse ich zur Strafe jetzt noch kalt auf.«

»Das musst du nicht«, betont sie.

»Ich weiß, aber es schmeckt auch so gut und das bisschen lohnt sich nicht, um es aufzuwärmen. Geh du ruhig zu deinem Freund. Ich komme nach, wenn ich fertig bin.« Er schiebt sich demonstrativ eine Gabel voll in den Mund.

»Jonathan ist nicht mein Freund«, entgegnet Mila verlegen.

»Er wäre es aber gerne«, sagt Ryan und grinst seine Schwester zögerlich an.

»Du willst mich doch bloß verkuppeln, weil du glaubst, dass ich dann abgelenkt bin.«

»Hm, gute Idee, nur liegst du damit falsch. Er hat es mir gesagt. Durch die Blume natürlich.«

»Wie findest du ihn?«, will Mila wissen und späht ins Wohnzimmer, wo Jonathan auf der Couch sitzt und sich durch alle Sender zappt.

»Scheint in Ordnung zu sein. Ist das der Arbeitskollege, von dem du mir am Telefon vorgeschwärmt hast?«

Mila nickt.

»Na, auf was wartest du dann noch? Ran an den Speck!« Ryan deutet mit dem Kopf in Richtung Jonathan. »Ich verzieh mich gleich in mein Zimmer und leg mich wieder aufs Ohr.«

»Du kannst ruhig bei uns bleiben.«

»Nee, danke. Ich will euch nicht vom Knutschen abhalten. Außerdem ist morgen Schule.« Ryan nimmt den leeren Teller und stellt ihn ins Spülbecken. Anschließend begleitet er seine Schwester zurück ins Wohnzimmer.

»Na ihr zwei, habt ihr alles klären können?« Jonathan legt die Fernbedienung beiseite.

»Noch nicht alles, aber wir sind auf einem guten Weg, denke ich«, antwortet Mila und setzt sich zu ihm.

»Ich wünsche euch beiden eine schöne Nacht«, sagt Ryan und will sich schnellstens verkrümeln.

»Du musst nicht gleich abhauen. Setz dich zu uns. Wir finden bestimmt etwas, das wir gemeinsam gucken können«, schlägt Jonathan vor, weil er Milas Bruder nicht das Gefühl geben will, dass er stört.

»Nein danke. Ich muss morgen früh raus und euch fällt sicher eine Beschäftigung ein, die ihr ohne mich machen könnt«, schmunzelt Ryan und verschwindet in seinem Zimmer.

»Hab ich das gerade richtig verstanden?«, grinst Jonathan.

»Ich glaube es nicht. Mein Bruder fordert mich auf, mit dir rumzumachen!«

Mila setzt sich rittlings auf Jonathans Schoß und legt ihre Hände auf seine Schultern.

»Danke!«, haucht sie ihm entgegen.

»Wofür? Früher oder später wäre er sowieso zu dir gekommen und hätte mit dir geredet.«

»Vielleicht, so war es aber eben ›früher‹. Was mir einiges an Leid erspart – und ihm auch.«

Sie beugt sich zu ihm hinunter und küsst ihn dankbar. Sanft streicht sie mit der Zunge über seine Lippen. Er schmeckt ein wenig nach Orange und den Erdnüssen, die er eben genascht hat. Mila liebt Erdnüsse.

Ihre Zunge drängt sich in seinen Mund. Jonathans Hände finden wie von selbst unter ihre Bluse und streichen ihren Rücken hinauf. Ein heiseres Stöhnen dringt aus ihrer Kehle und sie richtet sich vor ihm auf, sodass sich ihre Brüste nun in seiner Augenhöhe befinden. Er kann der Versuchung nicht widerstehen und knabbert an ihrer Warze, die sich unter dem dünnen Stoff leicht abzeichnet.

Ein Schauder lässt Milas Körper erzittern. Ungeduldig knöpft sie die Bluse auf und lässt sie zu Boden rutschen. Mit beiden Händen nestelt Mila am Verschluss ihres BHs, doch Jonathan greift nach ihren Handgelenken.

»Ich möchte mein Geschenk selbst auspacken«, erklärt er und drückt den Verschluss auf. Viel zu langsam streift er die Träger über ihre Schultern und Oberarme hinab.

Mila kann es kaum erwarten, seine heißen Lippen an ihren Brüsten zu spüren. Aber das Warten lohnt sich. Jonathan umspielt gekonnt eine ihrer Brustwarzen mit der Zunge. Sofort reckt sie sich ihm steil entgegen. Mila schließt die Augen und legt den Kopf in den Nacken.

»Ich war so bescheuert, dass ich versucht habe, dich auf Abstand zu halten«, gesteht er mit rauer Stimme. Er umfasst ihre Brüste, die bequem in seine Hände passen, und knetet sie sanft. Genüsslich nimmt er den anderen Nippel zwischen die Zähne und zieht vorsichtig daran.

Mila holt zischend Luft. Der leichte Schmerz bringt sie erst richtig auf Touren. Feucht vor Erregung verlangt ihre Mitte pulsierend nach Erfüllung.

Auch Jonathan ist längst mehr als bereit für sie, wie ihr die Beule in seiner Jeans verrät. »Sollten wir nicht lieber in dein Zimmer gehen?«, raunt er in ihr Ohr.

Mila nickt. Jonathans Arme umschlingen ihren Körper und drücken sie fest an sich. Dann erhebt er sich mit ihr von der Couch. Instinktiv schlingt Mila ihre Beine um seine Hüften und klammert sich an seinen Hals. Bevor er sie in ihr Schlafzimmer trägt, gönnt sich Jonathan noch einen intensiven Kuss.

»Das ist besser als alle meine Träume zusammengenommen«, flüstert Mila, als er sie auf ihrem Bett absetzt.

»Du hast von mir geträumt?«

»Jede Nacht … und gelegentlich auch am Tag!«

»Das erklärt, warum du bisweilen so abwesend warst«, feixt Jonathan.

Sie will gerade kontern, da beugt er sich zu ihr herunter und verschließt ihren Mund mit seinem. Sofort vergisst sie ihren Protest. Heißhungrig gibt sie sich seinen Lippen hin.

Jonathans Hände wandern über ihre Haut und erkunden jeden Winkel ihres Körpers. Ausgehend von ihrem Hals streichen seine Finger federleicht die Brüste entlang und den Bauch hinunter bis zum Bund ihrer Jeans.

Mit wenigen geschickten Handgriffen öffnet er Knopf und Reißverschluss der Hose und zieht sie ihr samt Slip aus. Dann entledigt er sich bis auf die Shorts ebenfalls seiner Klamotten.

Mila gefällt, was sie zu sehen bekommt. Obwohl es nicht ganz neu für sie ist. Schließlich durfte sie ihn schon bei der Arbeit mit freiem Oberkörper bewundern.

Er bleibt vor dem Bett stehen und betrachtet Mila eingehend. Ungeduldig windet sie sich unter seinen Blicken.

»Lass mich nicht so lange warten«, wimmert sie.

»Wie hast du dich ausgedrückt? Du hast so lange auf mich gewartet, dann wirst du es noch ein wenig länger aushalten?« Er zeigt keine Anstalten, ihrem Verlangen nachzukommen.

»Du bist gemein«, stöhnt Mila und richtet sich auf. Sie rutscht bis an die Kante des Bettes. Jonathan geht einen Schritt nach vorne, sodass er direkt vor ihr zum Stehen kommt.

Kaum spürbar streicht Mila seine Oberschenkel entlang, spielt mit den schwarzen Härchen unter seinem Bauchnabel und berührt wie zufällig die Beule unter dem dünnen Stoff, der sie noch trennt. Keck hakt sie zwei Finger in den Bund der Shorts und zieht sie über seinen Po nach unten. Hart und bereit springt ihr sein bestes Stück entgegen.

Mila legt ihre Hände auf seine Pobacken und spürt, wie er sie anspannt. Gemächlich nähert sie sich seinem Heiligtum mit dem Mund, umkreist erst die Spitze mit der Zunge, bevor sie ihn endgültig mit den Lippen umfasst.

Jonathan stöhnt auf. Seine Finger wühlen sich in Milas Haare und er genießt es sichtlich, so verwöhnt zu werden. Doch schon bald hebt er ihren Kopf.

»Ich fürchte, wenn ich dich weitermachen lasse, kommst du heute nicht mehr auf deine Kosten.« Lächelnd geht er vor ihr in die Knie und spreizt ihre Beine.

Quälend langsam wandern seine Finger über Milas Innenseiten der Schenkel hinauf. Sie schnappt kurz nach Luft, als er endlich ihre Mitte berührt. Sanft streicht er durch ihre Spalte, bevor er die Schamlippen teilt und sie nun seinerseits mit dem Mund verwöhnt.

Sie lässt sich zurück aufs Bett fallen und stellt die Beine auf die Kante. Wie losgelöst von dieser Welt gibt sie sich den Empfindungen hin.

Jonathan spielt erst mit der Zunge hingebungsvoll mit ihrer Lustperle, bevor er behutsam an ihr saugt. Wie eine gewaltige Welle rast der Höhepunkt auf sie zu. Als er einen Finger tief in ihr versenkt, ist es um sie geschehen. Zuckend und pulsierend zeigt sie ihm, dass sie ihre Erfüllung gefunden hat.

Mit sanftem Druck bringt er Mila dazu, im Bett hinaufzurutschen. Er greift nach seiner Jeans, holt das Kondom hervor, das er in weiser Voraussicht eingesteckt hatte, und streift es sich über. Endlich positioniert er sich zwischen ihren Beinen und dringt behutsam in sie ein. Da er bemerkt, wie sie sich verkrampft, hält er kurz inne. Er gibt ihr die nötige Zeit, sich an ihn zu gewöhnen, bevor er sie mit kreisenden Bewegungen erneut einem Orgasmus entgegentreibt.

»Nate … oh Gott … ja«, jammert sie unter seinen Stößen und krallt ihre Finger in seinen Rücken.

Jonathan ignoriert den Schmerz. Immer schneller wird sein Rhythmus, immer tiefer dringt er in sie ein, um schließlich selbst Erleichterung zu finden. Stöhnend bricht er über ihr zusammen.

Ob er Mila ein zweites Mal befriedigen konnte, kann er beim besten Willen nicht sagen. Doch so atemlos, wie sie unter ihm liegt, geht er davon aus.

»Das war unglaublich, Babe«, haucht er zufrieden, als er sich neben sie legt.

»Hmmm«, ist Milas einzige Antwort. Müde kuschelt sie sich an ihn und lauscht seinem Herzschlag, der sich nach und nach wieder beruhigt.

Kapitel 7

Wenn Ryan nicht bald Dampf ablassen kann, platzt ihm der Kopf. Seit fast drei Monaten sitzt er nun Tag für Tag nach der Schule in Milas Büro, beantwortet E-Mails, heftet Rechnungen ab und unterstützt sie beim Erstellen der Arbeitspläne. Eigentlich kann er sich schlimmere Beschäftigungen vorstellen, doch Milas abschätzende Blicke machen ihn kirre. Andauernd versucht sie, mit ihm über den Unfall zu sprechen, und jedes Mal wird es schwieriger, ihr auszuweichen.

»Wollen wir für heute Feierabend machen?«, erkundigt sie sich und reckt stöhnend die Arme über den Kopf.

»Von mir aus!« Schlecht gelaunt klappt Ryan den Ordner zu. »Darf ich dann gleich in mein Zimmer, oder muss ich mir mit dir einen Film ansehen?«, will er schnippisch wissen, da er die Dauerüberwachung satthat.

Mila lässt ihn seit Wochen nicht eine Sekunde aus den Augen. Es ist schon aufreibend genug, sich Tag für Tag in der Schule zusammenzureißen und in die mitleidigen Gesichter der anderen zu blicken, die ihn wegen des Verlustes seiner Eltern bedauern. Da kaum jemand mit der Situation umzugehen weiß, meiden sie ihn unbewusst, was die Sache nicht unbedingt besser macht. Darum gelingt es ihm selten, nicht an Deutschland zu denken.

Aber noch viel schwerer fällt es ihm, vor Mila seine wahren Gefühle zu verbergen.

»Ich dachte, dir hätten die Filme gefallen, die wir uns in letzter Zeit angesehen haben.«

Ryan bekommt augenblicklich ein schlechtes Gewissen, denn eigentlich hat seine Schwester recht. Die Abende waren im Großen und Ganzen okay gewesen. Doch seine Nerven sind dermaßen angespannt, dass er das im Moment nicht offen zugeben will.

»Die Dauerüberwachung nervt.«

»Ryan, ich würde gerne darauf verzichten, aber du lässt mir keine andere Wahl.«

Mila will ihrem Bruder mitfühlend die Hand auf die Schulter legen, doch er zuckt wie so oft zurück.

Nichts hat sich geändert. Ryan ist immer noch vollständig in sich gekehrt. Seinen Geburtstag wollte er ausfallen lassen, was für Mila nur schwer nachzuvollziehen war, schließlich wird man nur einmal sechzehn.

Da er seine Führerscheinprüfung ohne Probleme bestanden hatte, hat sie es sich nicht nehmen lassen, ihm einen schwarzen Dodge Neon SRT 4 zu kaufen. Mit dem ist er jedoch erst zweimal gefahren, da er sich ein weiteres Mal an einer Minibar vergangen hatte. Daraufhin kassierte Mila die Schlüssel ein.

Sie hofft, dass ihr Bruder bald über die Sache hinwegkommt. Wenn er nicht endlich Vernunft annimmt, könnte der Alkohol zu einem größeren Problem werden, als ihr lieb ist. Gelegentlich erwischt sie sich dabei, wie sie an den Armen ihres Bruders nach Einstichstellen schaut. Doch zum Glück konnte sie bislang keine entdecken.

Die Hoffnung, dass Ryan jemals von sich aus auf sie zukommen würde, hat sie längst aufgegeben. Er wirkt meist abwesend. Mila kann nur ahnen, wie es ist, mit der Vorstellung zu leben, die Eltern getötet zu haben. Was sie auch versucht, er ist nicht von dieser These abzubringen.

»Ich koch uns heute etwas, okay?« Tapfer überspielt sie ihre Enttäuschung.

»Mir egal, ich habe eh keinen Hunger.« Ryan blickt seine Schwester trotzig an.

Sie seufzt laut auf, nickt jedoch, da sie weiß, dass sie ihn nicht zum Essen zwingen kann. Wenigstens geht er in der Schule regelmäßig zum Lunch. Mila fragte extra bei der Direktorin nach, da er die Mahlzeiten zu Hause tagelang verschmäht hatte.

Als die beiden das Büro verlassen, kommt ihnen einer der Beiköche aufgelöst entgegen. »Miss Dearing, kommen Sie rasch in die Küche. Dort ist die Hölle los. Jetzt dreht er völlig durch.«

Mila ist auf Anhieb klar, von wem der junge Mann spricht. Schon seit Tagen gibt es Probleme mit dem alten Koch. Erst gestern warf er mit einem Topf nach einer Köchin, nur weil sie nicht schnell genug mit den Beilagen zur Stelle war.

»Gehst du schon vor? Ich muss mich sofort darum kümmern, sonst gibt es womöglich noch Tote«, sagt Mila ohne Ryan anzusehen und folgt dem empörten Beikoch. Weshalb ihr auch das freudige Aufblitzen in Ryans Augen entgeht.

Ihr Bruder wartet, bis sie um die Ecke verschwunden ist, und macht sich aus dem Staub. Er überlegt kurz, sein neues Auto zu testen, steigt dann aber vor dem Hotel doch in ein Taxi und lässt sich in die Innenstadt fahren.

Als Mila nach einer halben Stunde in die Wohnung kommt, findet sie diese leer vor. Fluchend ergreift sie ihr Handy und wählt seine Nummer. Natürlich nimmt er nicht ab. Mila ist auf hundertachtzig. Da lässt sie nach Wochen einmal die Zügel etwas lockerer und er reißt sofort aus. Sie ist den Tränen nahe. Wie so oft würde sie dringend moralische Unterstützung benötigen, doch Jonathan ist in Crystal River und kommt erst in vier Tagen zurück. Ob sie ihn anrufen soll? Bestimmt kann er ihr sagen, was zu tun ist. Schon nach wenigen Klingeltönen hebt ihr Freund ab.

»Hi, Babe. Alles klar bei dir?«

»Leider nicht«, stöhnt Mila.

»Was ist los? Braucht dein Bruder mal wieder ein paar hinter die Ohren?«, erkundigt sich Jonathan gut gelaunt. »Was hat er diesmal verbrochen?«

Das letzte Mal, als sich Mila bei ihm beklagte, erwischte sie Ryan beim Plündern einer Minibar. Jonathan fand das nicht weiter tragisch, aber Mila sah das anders und verlängerte den Hausarrest um ganze vier Wochen.

»Er ist verschwunden.«

»Was heißt verschwunden? Du kontrollierst ihn doch rund um die Uhr.«

Genau aus diesem Grund verliefen seine Besuche an den letzten Wochenenden eher langweilig. Bis auf die Nächte hatte er sie nie für sich alleine. Sie weigert sich auszugehen, da sie ihr Brüderchen angeblich nicht unbeaufsichtigt lassen kann. Ihre Beziehung leidet darunter, auch wenn keiner von beiden es zugeben will.

»Berechtigt, wie du siehst. Ich habe ihn für dreißig Minuten aus den Augen gelassen und er hat die Gelegenheit sofort genutzt und ist abgehauen. Nate? Was soll ich jetzt tun?« Sie hört, wie er tief Luft holt.

»Mila, warte erst mal ab. Was soll schon groß passieren? Schlimmstenfalls wird er einmal mehr von der Polizei heimgebracht oder er taucht in ein paar Stunden von selbst wieder auf.«

»Ich kann nicht einfach nur abwarten, das weißt du genau. Ich fahr ins ›JumpIn‹. Oder zum Strand. Oder …«

»Und dann? Wenn er sich querstellt, bekommst du ihn doch eh nicht nach Hause«, gibt Jonathan zu bedenken, da er Ryans Dickkopf in den letzten Wochen zur Genüge kennenlernen durfte.

»Beruhige dich. Möglicherweise hast du es mit der Strafe ein wenig übertrieben. Ich würde auch ausreißen, wenn ich monatelang unter Beobachtung stünde.«

»Ryan hat soeben bewiesen, dass ich nicht übertreibe! Du bist mir heute überhaupt keine Hilfe!«

Wütend beendet sie das Gespräch. Wie kann Jonathan nur behaupten, sie würde überreagieren? Ihr Bruder braucht eine feste Hand, wie er gerade gezeigt hat. Wenn er heimkommt, wird sie ihn für die nächsten zehn Jahre, ach was, lebenslang unter Hausarrest stellen.

Rastlos läuft Mila in der Wohnung umher. In einem Punkt liegt Jonathan leider richtig. Vorausgesetzt sie könnte ihn irgendwo aufgabeln, würde er nicht einfach mit ihr mitkommen. Wenn er nicht will, wovon im Moment auszugehen ist, hätte sie keine Chance. Deshalb beherzigt sie seinen Vorschlag und harrt zu Hause aus. Alle fünf Minuten blickt sie auf die Uhr, bis nach eineinhalb Stunden endlich die Wohnungstür aufgeht und Ryan völlig betrunken ins Wohnzimmer stolpert.

»Ryan! Bist du denn …«, zetert Mila sofort los, doch dann bleiben ihr die Worte im Hals stecken.

Ihr Bruder sieht aus, als hätte ihn jemand durch den Fleischwolf gedreht. Seine Lippe ist aufgeplatzt und das rechte Auge schwillt bereits zu. Auch seine Kleidung hat schon bessere Tage gesehen. Die Hose und das T-Shirt sind blutbefleckt, der Kragen zerrissen. Ein Anblick, den sie mittlerweile gewohnt sein sollte, der sie jedoch jedes Mal aufs Neue aus der Fassung bringt.

»Nicht schon wieder«, japst sie, nachdem sie den ersten Schock überwunden hat.

»Mir geht´s gut!« Ryan wankt in sein Zimmer und fällt stöhnend ins Bett.

»Ryan! Zieh wenigstens die schmutzigen Klamotten aus.«

Mila geht zu ihm und versucht, ihm das T-Shirt über den Kopf zu ziehen.

»Lass mich!«, protestiert er, doch sie denkt gar nicht daran. Unnachgiebig zerrt sie an dem Kleidungsstück. Als sie seinen Oberkörper freilegt, bleibt ihr die Luft weg. Nicht nur sein Gesicht zeigt Spuren einer Schlägerei.

»Meine Güte, wer hat dich denn dermaßen vermöbelt? Du musst den Kerl anzeigen.«

»Keine gute Idee. Ich habe angefangen.« Mit einem zufriedenen Grinsen dreht er sich ächzend zur Seite und zieht sich die Decke über den Körper.

Fassungslos stellt Mila fest, dass Ryan auch noch stolz darauf ist. Gerne würde sie ihm jetzt alles Mögliche an den Kopf werfen, doch so betrunken, wie er ist, würde jedes Wort an ihm abprallen. Wütend verlässt sie das Zimmer und hebt sich die Standpauke für den nächsten Tag auf.

Als Ryan am darauffolgenden Morgen aus seinem Bett gekrochen kommt, sieht er noch schlimmer aus als am Abend zuvor. Ein dunkelblauer Bluterguss bedeckt sein geschwollenes Auge und die Lippe ist doppelt so dick als normal.

Er ist darauf bedacht, seinen Oberkörper so wenig wie möglich zu bewegen, da er bei jedem Schritt seine malträtierten Rippen spürt. So toll er sich gestern nach der Schlägerei gefühlt hat, so mies geht es ihm heute.

Ryan schleicht in die Küche und holt den Orangensaft aus dem Kühlschrank. Durstig setzt er den Kanister an den Mund und trinkt in großen Schlucken.

»Kannst du dir kein Glas nehmen?«, ertönt Milas vorwurfsvolle Stimme hinter ihm. Reflexartig dreht er sich um. Ein stechender Schmerz in seinem Brustkorb nimmt ihm kurz die Luft zum Atmen.

Mila steht mit verschränkten Armen in der Tür und betrachtet ihn böse mit zusammengekniffenen Augen. »Ich hoffe, dir geht es richtig dreckig.«

»Mir geht es blendend«, erklärt Ryan bockig und nimmt einen weiteren Schluck aus der Flasche.

Wutschnaubend macht Mila kehrt und knallt die Tür ins Schloss. Er kann von Glück reden, dass sie die nächsten zwei Tage zu viel zu tun hat, um sich intensiv mit ihm auseinanderzusetzen. Um ihn an einem weiteren ungenehmigten Ausflug zu hindern, sperrt sie ihn kurzerhand in der Wohnung ein. Somit ist das Wochenende für ihn gelaufen.

Als Mila kurz nach Mittag mit dem Essen zurückkehrt, hört sie laute Musik aus Ryans Zimmer dröhnen. Ohne zu klopfen, öffnet sie die Tür. Ihr Bruder liegt auf seinem Bett und starrt die Zimmerdecke an. Mila geht zur Anlage und schaltet sie aus.

»Hey!«, protestiert Ryan, was sie geflissentlich ignoriert. »Komm essen«, befiehlt sie ihm, bevor sie den Raum wieder verlässt.

Lustlos stiefelt er hinter ihr her. »Eigentlich will ich …«

»Es ist mir völlig egal, was du willst. Du setzt dich jetzt lieber an den Tisch und isst, außer du bist darauf erpicht, dir auf nüchternen Magen anzuhören, was ich zu sagen habe.«

Ryan zuckt zusammen, beschließt aber, besser still zu sein. Tapfer schaufelt er das Mittagessen in sich hinein. Mila hat bei der Auswahl sorgsam darauf geachtet, dass die Speisen auf seinem Teller nicht gerade zu seinen Favoriten zählen. Schweigend und mit erkennbarer Schadenfreude beobachtet sie, wie er jeden Bissen hinunterwürgt.

»Möchtest du einen Nachschlag?«, erkundigt sie sich süffisant, als er den Teller leergeputzt hat.

»Nein danke, ich bin satt.«

»Gut, dann können wir ja zum Wesentlichen übergehen. Eigentlich wollte ich dir heute deine Autoschlüssel wiedergeben, da du zwei Wochen keinen Tropfen angerührt hast. Aber jetzt kannst du deinen Wagen bis auf Weiteres vergessen. Du hast mir gestern gezeigt, dass du nicht reif genug bist, um dich hinter das Steuer zu setzen. Solange du dir die Birne zuknallst und dich wie ein Kindergartenkind prügelst, bleibt der Dodge in der Garage.« Mila reckt herausfordernd ihr Kinn in die Höhe.

»Das kannst du nicht bringen!« Seine Fäuste knallen auf die Tischplatte.

»Und wie ich das kann. Wenn die Polizei dich geschnappt hätte, wäre dein Führerschein sowieso für ein halbes Jahr weg. Ryan, Alkohol ist kein Kavaliersdelikt. Wie oft muss ich dir das noch sagen? Wenn sie dich erwischen, kannst du ins Gefängnis kommen.«

»Mich hat aber niemand erwischt!«

»Das tut nichts zur Sache! Außerdem versaust du dir damit möglicherweise sogar deine Schullaufbahn. Du hast weiterhin Hausarrest.«

»Wie lange?«

»Auf unbestimmte Zeit. Solange ich nicht sicher sein kann, dass du vernünftig wirst, werde ich dich auch wie ein Kleinkind behandeln.« Mila hält seinem trotzigem Blick stand.

»Du bestrafst mich gleich zweimal, nur weil ich …«

»Ich bin noch nicht fertig!«, unterbricht sie ihn. »Du wirst obendrein einen Psychologen aufsuchen.«

»Niemals! Du kannst mich nicht dazu zwingen, zu einem Seelenklempner zu gehen!«

Ryan springt auf und stößt dabei den Stuhl um. Er rennt in sein Zimmer und knallt wütend die Tür hinter sich zu. Absperren kann er sie nicht mehr, da Mila ihm den Schlüssel ebenfalls abgenommen hat. Wenige Sekunden später dröhnt es aus den Lautsprechern seiner Stereoanlage.

Mila räumt seufzend das Geschirr ab. Punkt drei wird sie wohl von ihrer Liste streichen müssen, so wie ihr Bruder darauf reagiert hat. Nach einiger Zeit begibt sie sich in sein Zimmer, da ihr die laute Musik tierisch auf die Nerven geht. Die Rüge, die ihr auf den Lippen liegt, bleibt unausgesprochen.

Ryan sitzt auf seinem Bett und hat schluchzend das Gesicht in die Hände gelegt. Sie dreht die Musik leiser und setzt sich zu ihm. Er zuckt zusammen, als sie ihren Arm um seine Schultern legt. Noch bevor sie etwas sagen kann, bettelt er: »Schick mich nicht dorthin, bitte! Ich verspreche dir, mich ab sofort am Riemen zu reißen. Ich bin doch nicht bescheuert.«

»Natürlich bist du das nicht. Es würde dir aber guttun, mit jemandem über den Unfall zu sprechen. Sieh doch, was mit dir los ist. Das bist nicht mehr du selbst. Du rastest wegen jeder Kleinigkeit aus, gehst nicht mehr zu den Pferden, obwohl du früher fast den ganzen Nachmittag dort rumgehangen bist.«

»Ich habe Hausarrest, schon vergessen?«

»Das ist eine faule Ausrede und das weißt du«, sagt Mila traurig.

Ryan hebt den Kopf und blickt seine Schwester aus tränenverschleierten Augen an.

»Mom und Dad. Sie fehlen mir so«, schluchzt er.

»Mir doch auch, kleiner Bruder, mir doch auch«, seufzt Mila und zieht ihn in ihre Arme.

Zum ersten Mal seit seiner Rückkehr hat sie das Gefühl, dass er es nicht nur duldet, sondern ihren Trost auch annimmt. Tränen brechen aus ihm hervor und benetzen ihre Bluse.

Mila streicht ihm sanft über den Kopf, da er jedoch zu zittern beginnt, anstatt sich zu beruhigen, lässt sie es bleiben und hält ihn einfach nur fest. Es dauert lange, bis er sich wieder fängt und sich aus ihrer Umarmung löst.

»Ich gehe morgen zu Mom und Dad. Willst du mitkommen?«, flüstert Mila.

Ryan schüttelt sofort den Kopf. »Ich kann nicht zu ihrem Grab gehen.« Er ist davon überzeugt, dass seine Eltern ihn dort nicht sehen wollen.

»Es war nur ein Vorschlag. Ich bestelle ihnen liebe Grüße von dir«, beschwichtigt sie ihn und steht auf.

»Glaubst du, dass du in einer halben Stunde mit ins Büro kannst?«

Auch wenn es ihrem Bruder mies geht, ist sie nicht bereit, nachsichtig zu sein. Er wird seine Strafe weiterhin absitzen, schließlich ist er allein für seine Situation verantwortlich.

Ryan nickt, obwohl er sich vor Schmerzen kaum bewegen kann. Der Typ, mit dem er sich gestern geprügelt hatte, hat ihn ganz schön erwischt. Er fürchtet, dass eine Rippe gebrochen ist. Jedenfalls fühlt es sich so an. Ein stechender Schmerz begleitet jeden tieferen Atemzug.

Kapitel 8

Obwohl Mila nun noch achtsamer geworden ist, gelingt es Ryan wenige Tage später, abermals zu türmen. Er nutzt die Gelegenheit, dass Jonathan zu Besuch ist und verschwindet in einem günstigen Augenblick. Mila bemerkt seine Abwesenheit erst, als das Telefon klingelt und die Polizei sie darum bittet, ihren Bruder bei ihnen abzuholen.

»Mila?« Jonathan stürzt besorgt zu seiner Freundin, da sie zitternd mitten im Flur steht. »Babe, geht es dir gut? Wer war das?«

»Das Sheriff's Office. Sie haben Ryan betrunken am Strand aufgegriffen.«

»Der Junge bringt sich noch in Teufelsküche.« Er nimmt seinen Autoschlüssel. »Komm, ich fahre dich.«

Gemeinsam erreichen sie wenige Minuten später das Büro des Sheriffs. Ryan hat Glück im Unglück. Der diensthabende Polizist ist ein ehemaliger Schulkollege von Mila und lässt deshalb Gnade vor Recht ergehen. Er ermahnt den Jungen und schickt ihn nach Hause. Die Verhaftung bleibt für Ryan somit ohne Folgen – diesmal! Ein weiteres Mal wird der Officer jedoch kein Auge mehr zudrücken.

Wortlos schiebt Mila ihren Bruder aus dem Gebäude zu Jonathans Wagen. Demonstrativ öffnet sie auf der Fahrerseite die hintere Tür und Ryan krabbelt hinein. Mila drückt das Zäpfchen der Kindersicherung nach unten und knallt die Tür zu. Anschließend verriegelt sie die andere Seite auf die gleiche Weise, bevor sie auf dem Beifahrersitz Platz nimmt. Auch hier fällt die Autotür geräuschvoll ins Schloss.

»Babe, ich weiß, dass du sauer bist. Aber könntest du ein wenig sanfter mit meiner Kutsche umgehen?«

»Fahr los«, knurrt Mila Jonathan an, ohne auf seine Bitte einzugehen.

Sie sind erst einige Meter gefahren, da räuspert sich Ryan auf der Rückbank. »Ähm … Mila?«

»Kein Wort!«, blafft sie ihn an. »Ich will von dir kein einziges verdammtes Wort hören.«

Ryan schluckt. Seine Schwester flucht normalerweise nie. Er steckt tief in der Scheiße.

Auf dem Heimweg überschlagen sich Milas Gedanken. Noch bevor das Hotel in Sicht kommt, hat sie einen Entschluss gefasst. Als der Wagen vor dem Haupteingang stoppt, steigt sie aus und öffnet ihrem Bruder die Tür. Ryan klettert aus dem Auto und versucht abermals, mit ihr zu reden, doch sie ignoriert ihn und wendet sich stattdessen an Jonathan.

»Nate, ich möchte, dass du gehst. Ich kann mir im Moment keinen Freund leisten. Wäre ich nicht durch dich abgelenkt gewesen, hätte es Ryan niemals geschafft, die Wohnung zu verlassen. Ich lasse dir für heute Nacht ein Zimmer herrichten.«

Jonathan ist über diese Entscheidung nicht wirklich überrascht. Er hatte es anhand der Entwicklungen der letzten Wochen schon fast erwartet. Trotzdem ist er enttäuscht.

»Du lässt es zu, dass dein Bruder dein Leben bestimmt?«

»Mein Bruder ist mein Leben.«

»Mila! Gib ihn nicht meinetwegen auf.« Ryan blickt seine Schwester entsetzt an. Sie würde es ihm jahrelang vorhalten, dass sie seinetwegen Jonathan hat ziehen lassen.

»Wenigstens einer, der die Sache vernünftig sieht. Babe, hör auf ihn!« Jonathan versucht, Mila umzustimmen, indem er sie in seine Arme zieht. Sie versteift sich jedoch augenblicklich. »Meine Entscheidung steht fest«, erklärt sie und drückt sich von ihm weg. »Ich lasse dir deine Sachen auf das Zimmer bringen.«

»Nicht nötig«, entgegnet Jonathan. »Ich fahre noch heute zurück.«

»Gut!« Mila nickt und wirbelt herum. Sie packt Ryan am Arm und zerrt ihn hinter sich her in Richtung Eingangstür. Bevor sie das Hotel betritt, bereut sie ihren Entschluss auch schon, doch der Verstand siegt über das Herz und sie zwingt sich dazu, weiterzugehen. Sie kann sich keine weitere Ablenkung leisten.

Wenn sie dafür sorgen will, dass Ryan sich nicht seine Zukunft versaut, darf so etwas wie heute nie wieder passieren. In der Wohnung angekommen schiebt sie ihren Bruder in sein Zimmer und verschließt von außen die Tür.

»Mila?«, tönt es gedämpft nach draußen.

»Wir reden, sobald Jonathan weggefahren ist.«

»Überleg dir das bitte noch einmal. Ich verspreche, nie mehr abzuhauen.« Verzweifelt klopft er gegen die Tür. »Daran will ich nicht auch noch Schuld haben.«

Mila bleibt unschlüssig stehen. Zu oft hat sie in den letzten Wochen gehofft, dass Ryan endlich aufwacht. Soll sie ihm eine weitere Chance geben? Wird er sie dann abermals enttäuschen? Sie bemerkt nicht, dass ihr Tränen über die Wangen rinnen.

»Mila? Alles okay mit dir?« Jonathan steht wie ein begossener Pudel vor ihr.

Langsam geht sie auf die Knie. Sie zittert am ganzen Körper. Mit einem lauten Schluchzer verbirgt sie ihr Gesicht in ihren Händen.

»Komm her, Babe!«, sagt er sanft und hilft ihr hoch. Seine Arme umschließen sie behutsam und Mila erkennt, dass sie Jonathan gar nicht gehen lassen kann. Wie könnte sie die Situation meistern, wenn sie ab sofort auf seinen Rückhalt verzichten müsste?

Jonathan führt sie ins Wohnzimmer und setzt sich mit ihr auf die Couch. Wortlos zieht er sie auf seinen Schoß. Verzweifelt klammert sich Mila an ihn. Wie soll sie ihm bloß erklären, dass sie ihre Meinung geändert hat? Es wird ihm sicher nicht gefallen, dass sie mit ihm Pingpong spielt. Doch in die Verlegenheit kommt sie erst gar nicht, denn Jonathan drückt ihr einen Kuss aufs Haupt und flüstert: »Ich frage dich jetzt noch einmal: Willst du wirklich, dass ich verschwinde?«

»Nein«, haucht sie an seinem Hals. »Ich habe keine Ahnung, was mich da gerade geritten hat. Bitte bleib!«

»Du hast nach einem Schuldigen gesucht, was verständlich ist, und auch wenn du das jetzt nicht gerne hörst, aber der Einzige, der etwas an der Situation ändern kann, ist Ryan selbst. Du musst ihn eigene Entscheidungen treffen lassen.«

»Soll ich etwa zusehen, wie er in sein Verderben rennt. Er ist mein Bruder!« Tiefe Verzweiflung spricht aus Milas Stimme.

»Natürlich sollst du das nicht. Nur wird er niemals Verantwortung zeigen, solange er das Gefühl hat, dass du alles für ihn regelst. Gib ihm ein bisschen mehr Freiraum.«

Jonathan streicht ihr zärtlich über den Rücken.

»Wie stellst du dir das vor? Du hast doch gesehen, wohin das führt. Kaum ist er meinem Einfluss entkommen, bringt er sich in Schwierigkeiten. Soll ich ihn dafür auch noch belohnen?«

»Nicht belohnen, nur ein wenig Verständnis zeigen.« Jonathan küsst abermals ihr Haar.

»Wie das?«

»Mila, ich denke, er schlägt über die Stränge, weil er sich eingeengt fühlt. Gib ihm eine oder zwei Stunden am Tag, in denen er tun und lassen kann, was er will. Sag ihm, dass du darauf vertraust, dass er in dieser Zeit keinen Blödsinn anstellt. Wenn er dich enttäuschen sollte, streichst du sie ihm wieder.«

»Das klappt nie.«

»Gib ihm eine Chance. Stellt gemeinsam Regeln auf und legt fest, welche Konsequenzen es für Verstöße gibt.«

Jonathan überlegt kurz, dann entschließt er sich dazu, Mila einzuweihen.

»Ich war vor ein paar Jahren in einer ähnlichen Situation. Mir hat es damals geholfen, Halt zu finden.«

»Was meinst du damit?« Mila richtet sich auf und blickt ihn erstaunt an.

Er zwinkert ihr zu.

»Ich war nicht immer der tolle Vorzeigekerl, der ich heute bin. Als Teenager hab ich meine Eltern ganz schön auf Trapp gehalten. Meine Mutter wollte nicht wahrhaben, dass ich erwachsen werde. Sie nahm mir jede Entscheidung ab, las mir jeden Wunsch von den Lippen, erdrückte mich mit ihrer Liebe. Ich rebellierte dagegen, indem ich zu klauen begann.«

»Haben sie dich erwischt?«

»Was denkst du denn.« Jonathan wischt ihr eine Träne von der Wange.

»Wobei?«

»In der Schule; als ich mich aus der Sporttasche eines Mitschülers bedient habe. Natürlich kam raus, dass ich auch für die anderen Diebstähle verantwortlich war.«

»Und wie ging es für dich aus? Bist du geflogen?« Mila rutscht von seinem Schoß herunter und wartet gespannt auf seine Antwort.

Jonathan lacht laut auf. »Nein, ich kam relativ glimpflich davon. Da das Geld, das ich gestohlen hatte, noch in meinem Spind lag und ich somit jeden einzelnen Cent zurückzahlen konnte, gab sich die Schule mit drei Wochen Kantinendienst zufrieden. Meine Eltern hingegen taten genau das, was du jetzt tust. Sie sperrten mich ein und verschlimmerten dadurch alles. Erst als ich mir beim Versuch, durch die geschlossene Terrassentür zu laufen, Schnittverletzungen zugezogen habe, nahm mein Vater die Sache in die Hand. Er war schon länger davon überzeugt, dass mich Mutter zu sehr einengte. Wir stellten Regeln auf, die ich natürlich nicht immer alle einhielt, aber von da an wurde es besser.«

»Du kannst deine Situation nicht mit der meines Bruders vergleichen. Er tut das auf gar keinen Fall, weil ich ihn einenge. Ich habe ihn erst eingesperrt, nachdem er zum Alkohol gegriffen hat«, gibt Mila zu bedenken.

»Das mag ja stimmen. Trotzdem glaube ich, dass du mit deiner generalstabsmäßigen Überwachung die Lage noch verschlimmerst. Ryan muss wieder zu sich finden. Wie soll er das schaffen, wenn er andauernd vor dir auf der Hut sein muss?«

»Wie meinst du das?« Milas Stimme zittert.

»Babe, dein Bruder liebt dich. Deshalb reißt er sich für dich zusammen, tut es aber nicht für sich selbst. So ist es für ihn ein täglicher Kampf, um dich glücklich zu machen, den er jedoch verliert.«

Jonathan nimmt ihren Kopf in seine Hände und sieht sie zärtlich an.

»Ich bin eine lausige Erziehungsberechtigte, oder?«, seufzt Mila plötzlich.

»Nein, du machst das toll.« Sachte küsst er sie auf den Mund.

»Ja, richtig toll«, erwidert sie ironisch. »So toll, dass ich ihn bei der Polizei abholen durfte.«

»Einmal ist keinmal. Und bedenke, du steckst in keiner normalen Situation. Euch hat ein Schicksalsschlag die Eltern genommen. Damit muss ein Fünfzehnjähriger erst einmal zurechtkommen.«

»Sechszehn«, verbessert Mila und legt ihm eine Hand in den Nacken. »Wäre es sehr dreist, wenn ich dich jetzt bitte, mich zu lieben?«, fragt sie, bevor sie ihn leidenschaftlich küsst.

Kapitel 9

Jonathan lässt sich nicht zweimal bitten. Er steht auf, nimmt Milas Hand und zieht sie zu sich hoch. In ihrer Hilflosigkeit sehnt sie sich nach Ablenkung, und was wäre dazu besser geeignet, als eine heiße Nummer mit ihrem Kerl. Kichernd folgt sie ihm ins Schlafzimmer. Dass Ryan immer noch in seinem Zimmer eingesperrt ist, blendet sie erfolgreich aus. Er wird es überleben.

Ungeduldig zerrt sie Jonathan das T-Shirt über den Kopf und streicht mit ihren Fingern über seine blank rasierte Brust. Sie bedeckt seine Haut mit Küssen und knabbert an seinen Brustwarzen. Unterdessen genießt sie die Wärme und den Duft, die von ihm ausgehen.

»Ich liebe es, wie du riechst«, murmelt sie und zieht eine weitere Portion seines männlichen Aromas in die Nase.

Jonathan lacht leise, dabei vibriert sein Brustkorb unter ihren Händen.

»Ich meine das ernst«, erklärt Mila beleidigt.

»Das weiß ich doch, Babe«, beschwichtigt er sie. Er fasst an ihre Hüfte und hebt sie hoch. Mila schlingt ihre Beine um ihn und er stolpert küssend rückwärts in Richtung Bett. Mit einer Drehung wirft er Mila in die Kissen und kniet sich über sie. Knopf für Knopf öffnet er ihre Bluse, streift sie zur Seite und fährt mit den Fingerspitzen am Rand ihres BHs entlang.

»Mein Geschenk steht dir richtig gut«, stellt er erfreut fest. Die tiefroten Dessous hat er ihr vor zwei Wochen ohne besonderen Anlass mitgebracht.

»Trägst du auch den String dazu?«

»Guck nach!«, erwidert Mila keck und hebt auffordernd ihr Becken. Schnell öffnet Jonathan ihre Hose und zieht sie an ihren Schenkeln herunter. Mit einem zufriedenen Raunen entdeckt er, dass er nicht enttäuscht wird.

»Schade, dass ich von der Unterwäsche immer nur kurz etwas habe«, murmelt er und streicht über den zarten Spitzenstoff.

Mila fängt sofort Feuer. Wie ein Blitz schießt die Erregung durch ihren Leib und sammelt sich pulsierend in ihrer Mitte. Heiß und feucht wartet sie ungeduldig darauf, dass er ihr den Slip auszieht.

Leider lässt sich Jonathan Zeit. Ausgiebig verwöhnt er ihren Körper mit Streicheleinheiten, ohne dabei auch nur in die Nähe ihrer hoch erogenen Zonen zu kommen. Mila versucht, ihn zu überlisten, indem sie sich ihm entgegenreckt, doch er zieht seine Hand rechtzeitig zurück.

»Berühre mich endlich!«, fleht sie ihn schließlich an, da sie befürchtet, jeden Moment zu sterben.

»Was tue ich denn die ganze Zeit?« Jonathan grinst sie frech an.

»Du weißt genau, wie ich das meine«, stöhnt Mila, setzt sich auf und öffnet eigenhändig ihren BH.

Zärtlich streift er die Träger über ihre Oberarme hinunter. Dann versenkt er seine Nase zwischen ihren Brüsten und holt tief Luft.

»Ich mag deinen Geruch übrigens auch«, stellt er trocken fest.

Mila boxt ihm leicht gegen die Schulter. »Du spinnst total«, kichert sie und lässt sich zurück in ihre Kissen fallen.

Schnüffelnd erkundet er ihren Körper und löst dabei fast einen Lachflash bei Mila aus. Als er sie jedoch von ihrem Slip befreit, um seine olfaktorische Reise an ihrer Mitte weiterzuführen, hält sie gespannt den Atem an. Statt sie mit der Nasenspitze zu berühren, schnellt seine Zunge hervor und flattert über ihre empfindlichste Stelle. Mila drückt ihm ihr Becken entgegen und Jonathan dringt tief mit seiner Zunge in sie ein.

»Deinen Geschmack mag ich noch viel lieber«, gesteht er, nachdem er sie beinahe zum Höhepunkt gebracht hat, und rutscht an ihr hoch. Durch einen Kuss lässt er sie ebenfalls kosten.

Ungeduldig zerrt Mila an seinem Gürtel. Da sie es nicht schafft, ihn zu öffnen, knurrt sie leise. Jonathan zeigt Mitleid und entledigt sich kurzerhand selbst der Jeans. Bevor er sie auf den Boden fallen lässt, zieht er ein Kondom aus der Hosentasche. Als er das Päckchen aufreißen will, nimmt es ihm Mila aus der Hand.

»Lass mich das übernehmen«, bittet sie und er erfüllt ihr gerne diesen Wunsch. Mila holt das Präservativ aus der Verpackung und setzt es an seiner Penisspitze an, dann rollt sie es quälend langsam seinen Schaft hinauf. Mit zusammengepressten Lippen beobachtet Jonathan sie dabei. »Du bringst mich noch um, Babe«, raunt er ihr zu.

Mit einem Grinsen legt sich Mila zurück aufs Bett und öffnet bereitwillig ihre Beine. Jonathan fackelt nicht lange und nimmt sie mit einem tiefen Stoß in Besitz. Mila atmet zischend ein, als er sie mit einem Mal vollständig ausfüllt. Langsam kreisend dringt er immer wieder in sie ein. Im Gleichklang mit ihm bewegt sie ihre Hüfte und animiert ihn dazu, schneller zu werden. Er beugt sich ihrem Wunsch, und als sich ihre Mitte zuckend um sein bestes Stück legt, erreicht auch er mit einem letzten Stoß seinen Höhepunkt. Stöhnend und nach Luft ringend bettet er seine Stirn auf ihre Brust, dabei stützt er sein Gewicht auf den Unterarmen ab.

Mila streicht ihm sacht über den Rücken. Ein Zittern durchläuft seinen Körper. Plötzlich lacht er leise.

»Was findest du gerade so witzig?«

»Kann es sein, dass du Ryan in seinem Zimmer eingesperrt hast?«

»Ja. Warum?«

»Ich glaube, er muss mal.« Prustend lässt er sich zur Seite fallen.

Erst jetzt bemerkt Mila das energische Hämmern an Ryans Zimmertür. Hastig springt sie auf und schlüpft in ihre Klamotten. Dann rennt sie hinaus in den Flur und befreit ihren Bruder aus seinem ›Gefängnis‹.

Mit einem vernichtenden Blick stürzt Ryan an ihr vorbei ins Bad. Mila blickt ihm mit schlechtem Gewissen nach, da ertönt ein lautes Lachen hinter ihr. Jonathan lehnt nur mit einer Hose bekleidet am Türrahmen und amüsiert sich prächtig.

»Hör auf! Das ist gemein«, tadelt sie ihn, schmunzelt aber selbst. Grinsend gehen beide in die Küche, um sich etwas zu trinken zu holen. Als Mila hört, wie sich die Badezimmertür kurze Zeit später wieder öffnet, ruft sie nach ihrem Bruder.

»Stell ihm das nächste Mal einen Eimer ins Zimmer«, raunt Jonathan ihr ins Ohr, bevor Ryan die Küche betritt, und bringt Mila damit endgültig zum Kichern.

»Schön, dass ihr euch auf meine Kosten amüsiert«, beschwert sich Ryan und bleibt mit finsterem Blick in der Tür stehen. »Ich fand es weniger witzig.«

»Ich lass euch dann besser alleine«, erklärt Jonathan, nachdem er sich etwas beruhigt hat.

»Gute Nacht, Kleiner.«

Er zwinkert Ryan zu und verschwindet in Milas Schlafzimmer.

»Saft?« Mila hält fragend den Plastikkanister in die Höhe.

»Nein danke! Bleibt er jetzt doch hier?« Als seine Schwester nickt, atmet er erleichtert auf.

»Setz dich!«, fordert sie Ryan auf, aber er schüttelt den Kopf. »Sag mir, wie lange ich diesmal Hausarrest habe und lass mich in Ruhe.«

Mila beobachtet ihn genau. So cool, wie er sich gerade gibt, ist er bei Weitem nicht. Das erkennt sie sofort, denn er nestelt am Ring seines Vaters und dreht ihn hektisch um seinen Finger. Möglicherweise hat Jonathan recht. Vielleicht ist sie wirklich zu hart zu ihm.

»Bitte setz dich zu mir«, sagt sie deshalb sanft und schiebt den Stuhl neben sich ein wenig zurecht. Argwöhnisch kommt Ryan ihrer Aufforderung nach und nimmt am Tisch Platz.

Mila atmet tief ein, dann blickt sie ihren Bruder ernst an.

»Du weißt hoffentlich, wie knapp du heute an einer Riesenkatastrophe vorbeigeschlittert bist? Hätte ein anderer Officer Dienst gehabt …«

»War aber nicht so! Also kannst du dich wieder abregen.«

»Ich bin ruhig, Ryan. Ich wollte nur wissen, ob dir bewusst ist, in welch eine Lage du dich gebracht hast. Muss ich dich noch einmal daran erinnern, dass sie dir den Führerschein abnehmen werden? Für. Ein. Halbes. Jahr.« Eindringlich ruht ihr Blick auf ihm.

»Sollen sie doch, du lässt mich ja eh nicht fahren.« Trotzig reckt er ihr sein Kinn entgegen.

Mila schließt kurz die Augen, um sich zu sammeln. Wenn Ryan ihr so kommt, fällt es ihr sehr schwer, gelassen zu bleiben.

»Darüber versuche ich gerade, mit dir zu sprechen.«

»Worüber?«

»Darüber, dass du für den Schulweg ab sofort dein Auto nutzen kannst.«

Zufrieden stellt Mila fest, dass Ryan sich entspannt. Seine Haltung wirkt plötzlich viel weniger aggressiv als zuvor.

»Wir fangen bei null an. Du bekommst deinen Wagen zurück.«

»Wo ist der Haken? Du sitzt neben mir, oder?« Ryan traut seiner Schwester nicht über den Weg.

»Kein Haken, nur eine Bedingung.«

»Ich wusste es!«

»Jetzt lass mich ausreden, bevor du dich aufregst. Diese Abmachung gilt, solange du keinen Alkohol trinkst. Fährst du auch nur ein einziges Mal unter Alkoholeinfluss, kassiere ich den Schlüssel ein und gebe ihn dir erst wieder, wenn du mindestens zwei Monate trocken bist. Außerdem kommst du nach der Schule ohne Umwege heim.«

Sie legt die Autoschlüssel auf den Tisch.

»Das sind aber mehrere Bedingungen.«

Mila geht nicht auf seine Stichelei ein. »Bist du damit einverstanden?«

Zögerlich nickt er und nimmt den Schlüssel an sich. »War's das?«

»Nein. Ich bin noch nicht fertig. Hier hast du deinen Zimmerschlüssel.« Sie schiebt auch den zu ihm rüber.

»Du bekommst obendrein täglich zwei Stunden für dich. In der Zeit darfst du mich aussperren, den Rest des Tages bleibt die Tür offen.«

»Toll! Zwei Stunden, die ich in meinem Zimmer verbringen darf. Sehr prickelnd.« Verächtlich zieht Ryan einen Mundwinkel hoch.

»Okay!«, lenkt Mila nach kurzer Bedenkzeit ein. »Solange du Hausarrest hast, steht dir in der Zeit das Hotelgelände offen. Geh in den Fitnessraum, zum Pool, zu den Pferden. Egal. Ich möchte aber wissen, wo du bist, und du kommst pünktlich zurück. Hältst du dich nicht daran oder trinkst Alkohol, streiche ich dir die Freizeit für eine Woche.«

»Ich dachte, wir fangen bei null an?«

»Du glaubst doch nicht wirklich, dass du für die letzte Aktion keine Konsequenzen zu spüren bekommst? Du hast weiterhin Hausarrest, nur ist der jetzt eben ein wenig gelockert.«

»Wann gibt es dann den ›Freigang‹?«

»Du wirst mir nach den Hausaufgaben wie bisher im Büro helfen, also bleiben nur die zwei Stunden vor dem Zubettgehen.« Mila lehnt sich zurück und wartet gespannt auf seine Antwort.

»In Ordnung«, stimmt Ryan widerwillig zu. »Und wie viele Wochen brummst du mir diesmal auf?«

»Das ist eine gute Frage. Hättest du mich vor einer Stunde gefragt, hätte ich auf lebenslänglich plädiert.«

Ihr Bruder zuckt zusammen und sieht plötzlich ziemlich geknickt aus. Ein Lächeln huscht über ihre Lippen. Sie liebt Ryan sehr und würde ihn gerne freisprechen, doch damit täte sie ihm keinen Gefallen und sich selbst schon zweimal nicht. Genau aus dem Grund bleibt sie hart. Sie hat ihm sowieso bereits mehr zugestanden, als sie wollte.

»Einen Monat.«

»Aber ...«

»Nein, Ryan, das hast du dir selbst zuzuschreiben. Und jedes Mal, wenn ich dich beim Trinken erwische, beginnt der Monat von vorne.«

»Dann kannst du mir aber nicht die zwei Stunden für eine Woche streichen, sonst bestrafst du mich doppelt für ein Vergehen.«

Mila muss schmunzeln. Dass ihr Bruder mit ihr feilscht, lässt sie hoffen, dass er gewillt ist, sich an die Abmachung zu halten.

»Du hast recht. Also keine Streichung.«

»Mir wäre lieber, wir lassen das mit dem Hausarrest«, murmelt er.

»Das hättest du wohl gerne. Reiß dich einfach eine Zeit lang zusammen. Du hast es doch die letzten zehn Tage auch geschafft. Wenn du willst, bekommst du das locker hin.« Mila klopft ihm aufmunternd auf den Schenkel.

Er verzieht gequält das Gesicht. Mila hat überhaupt keine Ahnung. Wie gerne würde er sich jeden einzelnen Tag ins Koma saufen, bloß, um zu vergessen. Er schafft es nicht, seine Erinnerungen erfolgreich wegzusperren.

Der Alkohol verdrängt das Erlebte wenigstens für ein paar Stunden und der Schmerz, den er bei den Prügeleien verspürt, lässt ihn endlich wieder irgendetwas fühlen. Dass es keine Dauerlösung sein kann, weiß er selbst. Er sieht nur keinen anderen Weg.

»Alles in Ordnung?«, fragt Mila besorgt. Der leere Blick ihres Bruders ängstigt sie.

»Ich gehe schlafen.«

Ryan springt auf, als hätte ihn jemand mit einer Nadel gestochen. »Oder hast du noch mehr?«

Mila schüttelt den Kopf. »Nein, geh. Es ist schon spät.« Sie blickt ihm nach.

»Und Ryan ...«

Er dreht sich fragend um.

»… du kannst jederzeit zu mir kommen, wenn du reden willst. Das weißt du, oder?«

Wortlos nickt er kurz, dann verschwindet er in seinem Zimmer.

»Na hoffentlich geht das gut!«, murmelt Mila und wartet, bis sich die Tür hinter ihm geschlossen hat. Danach begibt sie sich zu Jonathan, der bereits tief und fest schläft.

Kapitel 10

»Miss Dearing, schön, dass Sie heute doch noch Zeit gefunden haben. Gehen wir in mein Büro.«

Die Direktorin der Highschool begrüßt Mila freundlich, obwohl der Grund ihres Besuchs alles andere als erfreulich ist. Im letzten Monat verging kaum ein Tag, an dem die Schule ihres Bruders nicht anrief. Mal störte Ryan den Unterricht, dann schrieb er keine Hausaufgaben oder ging grundlos auf seine Mitschüler los.

Mila hat schon viel früher mit ihrer Einbestellung gerechnet. Sie fürchtet sich ein wenig vor dem Gespräch, das sie nun führen muss. Ryan ist kurz davor, von der Schule zu fliegen, und sie hat keine Ahnung, ob sie etwas tun kann, um das zu verhindern.

Das Experiment, das sie vor Wochen auf Jonathans Anraten gestartet hat, bringt bislang nur mäßigen Erfolg. Ryan hielt gerade einmal fünf Tage durch, dann tauchte er nach vier statt zwei Stunden Freizeit völlig ramponiert wieder auf. Ein anderes Mal kam er betrunken nach Hause und ein paar Tage später prügelte er sich erneut. Die Krönung des Ganzen war jedoch das Tattoo, das er sich hat stechen lassen. Mila hat gute Lust, das Studio zu verklagen, das ihrem Bruder den galoppierenden Hengst auf den Rücken tätowiert hat. Doch was würde das ändern? Trotzdem will sie das Projekt nicht aufgeben, denn Ryan ist im Allgemeinen umgänglicher geworden.

»Setzten Sie sich, Miss Dearing«, fordert die Direktorin sie auf und schließt die Tür. Gemächlich umrundet Misses Hayes den großen Schreibtisch und nimmt ebenfalls Platz. Sie öffnet eine Akte, als müsse sie erst nachlesen, warum Mila herbestellt wurde und hebt den Kopf.

Mila kann den Blick der Schulleiterin nicht einschätzen. Neben Bedauern und Verständnis meint sie, auch ein wenig Verachtung und Schadenfreude zu erkennen.

Ryan war schon früher ein kleiner Rebell gewesen. Bislang gelang es ihm, die Lehrer mit seinem Charme um den Finger zu wickeln. Die Zeiten scheinen jedoch vorbei zu sein.

»Miss Dearing, ich will nicht lange um den heißen Brei herumreden. Wir wissen durchaus, welch schreckliche Dinge Ihr Bruder erleben musste, aber …«

Die Direktorin legt eine bedeutungsvolle Pause ein.

»… so, wie Ryan sich im Moment benimmt, ist er für unsere Schule untragbar.«

»Was wollen Sie mir damit sagen?«, japst Mila mit trockenem Mund. Obwohl sie mit einem Ausschluss gerechnet hat, ist sie nicht bereit dies kampflos hinzunehmen.

»Soll mein Bruder etwa die Schule wechseln? Nach seinen Eltern obendrein seine Freunde verlieren? Glauben Sie wirklich, das würde die Situation verbessern? Ihre vielleicht, jedoch bestimmt nicht seine.«

»Miss Dearing, bitte beruhigen Sie sich. Wir sind noch lange nicht so weit, Ryan von der Schule zu verweisen. Jedoch können wir den jetzigen Zustand auch nicht akzeptieren. Er hat gestern sein Essen quer durch die Mensa geworfen.«

Entsetzt schlägt Mila die Hände vor den Mund. Ryan hat den Vorfall mit keiner Silbe erwähnt.

»Sie sehen sicherlich ein, dass wir etwas unternehmen müssen. Es geht aber nicht nur um sein Verhalten. Uns bereiten zudem die vielen Fehlstunden Sorgen.«

Mila nickt eingeschüchtert. Wie soll sie vernünftig begründen, warum sie Ryan so oft zu Hause behält, ohne die Sache noch zu verschlimmern? Mila schluckt den Kloß in ihrem Hals hinunter und holt tief Luft. »Was schlagen Sie also vor?«

»Leider habe ich auch kein Patentrezept. Im Moment sieht es so aus, dass Ryan, wenn er denn mal seine Kurse besucht, geistig eher abwesend wirkt. Die Lehrer versuchen, ihn aus seinem Schneckenhaus herauszuholen, doch das gelingt nur selten. Haben Sie schon einmal an psychologische Hilfe gedacht?« Misses Hayes mustert Mila neugierig.

»Natürlich habe ich daran gedacht, aber er weigert sich so sehr, dass ich fürchte, das würde alles noch schlimmer machen.«

»Miss Dearing, reden Sie mit Ihrem Bruder. Wir sind gewillt, ihm bis zu den Weihnachtsferien Zeit zu geben. Jedoch muss sich dann einiges ändern, sonst bleibt es Ihnen tatsächlich nicht erspart, sich eine andere Highschool zu suchen.«

Mila bekommt vom restlichen Gespräch kaum etwas mit. Sie zerbricht sich angestrengt den Kopf darüber, wie sie Ryan endlich aus seinem seelischen Tief herausholen kann. Ihr Bruder befindet sich in einer Abwärtsspirale, der er aus eigener Kraft nicht mehr entfliehen kann. Doch auch sie weiß keinen Ausweg. Niedergeschlagen verabschiedet sie sich von der Direktorin und geht in die Aula, wo Ryan auf sie warten sollte.

Der große Saal ist gespenstisch leer. Nur Ryans Umhängetasche steht neben dem Eingang. Mila nimmt sie an sich, bleibt jedoch unschlüssig stehen. Ob er kurz zur Toilette ist?

Hoffnungsvoll blickt sie den Flur hinunter, aber bis auf die Raumpflegerin ist niemand mehr anwesend. Da sie sowieso in die Richtung gehen muss, um das Gebäude zu verlassen, beschließt sie, die schon etwas ältere Frau nach Ryans Verbleib zu fragen. Vielleicht hat sie ihn ja gesehen.

»Guten Tag, Misses Freelander. Wissen Sie zufällig, wo ich meinen Bruder finden kann?«, begrüßt sie die Reinigungskraft, die bereits zu ihrer Schulzeit für Sauberkeit sorgte.

»Hallo Mädchen, wenn du Ryan Dearing meinst, der ist vor wenigen Minuten rausgelaufen.« Ächzend hebt sie den Putzeimer hoch, um ihn ein paar Meter weiter zu tragen.

»Misses Freelander, warten Sie.« Mila springt ihr helfend zur Hand.

»Ach, Mädchen«, seufzt die alte Frau. »Lange werde ich das hier nicht mehr machen können.« Stöhnend stemmt sie eine Hand in ihren Rücken und streckt sich schwerfällig.

»Ich war sehr bestürzt, als ich von diesem schrecklichen Unfall erfahren habe. Wie geht es dir? Dein Bruder hat damit zu kämpfen, wie ich mitbekommen habe.«

»Ja, er kommt nicht darüber hinweg«, bestätigt Mila.

»Die Zeit heilt alle Wunden, du wirst sehen.«

»Wollen wir es hoffen, Misses Freelander. Ich muss jetzt leider los. Ryan wartet nicht gerne.« Freundlich aber bestimmt gibt sie der Frau zu verstehen, dass sie im Moment keinen Nerv hat, über den Tod ihrer Eltern zu sprechen.

»Seine Geduld war wohl schon zu Ende. Er ist vor ein paar Minuten weggefahren.« Bedauern liegt in Misses Freelanders Blick.

»Seine Tasche stand doch noch in der Aula.« Mila hält verunsichert inne.

»Ich kann dir nur sagen, was ich gesehen habe, Mädchen. Und das war eindeutig dein Bruder, der mit dem schwarzen Wagen vom Hof gebraust ist.« Die alte Dame bleibt beharrlich bei ihrer Aussage.

Mila ahnt Böses. Mit höchster Wahrscheinlichkeit ist Ryan nicht zum Hotel gefahren. Jedoch, die Hoffnung stirbt zuletzt.

»Dann werde ich mich also beeilen, damit ich nach Hause komme. Machen Sie' s gut, Misses Freelander.«

»Du auch, Mädchen. Und sei nicht zu streng zu deinem Bruder. Junge Leute brauchen Platz, um ihre Flügel ausbreiten zu können. Er wird sich schon wieder fangen.«

Misses Freelander lächelt aufmunternd und wendet sich laut summend ihrer Arbeit zu.

Warum bloß alle andauernd betonen, sie solle nachsichtig mit Ryan sein. Schließlich verlangt sie doch nichts Außergewöhnliches von ihm. Sie wünscht sich nur ihr kleines Brüderchen zurück. Jenen verschmitzten übermütigen Jungen, der vor etwas mehr als einem halben Jahr nach Europa reiste und sich zuvor mit erwartungsvollen Augen bei ihr verabschiedet hatte. Jetzt sind diese Augen von einer Traurigkeit erfüllt, die ihr tagtäglich die Luft zum Atmen raubt. Ryan hat sein Lachen verloren und das ist beinahe schwerer zu ertragen, als der Tod der Eltern.

Mit zitternden Händen öffnet Mila die Wohnungstür. Natürlich ist ihr Bruder nicht zu Hause. Sie stellt seine Tasche in die Ecke und macht sich auf das Schlimmste gefasst. Völlig erschöpft setzt sie sich im Wohnzimmer auf die Couch und schließt zur Entspannung ein wenig die Lider.

Kurze Zeit darauf ist sie auch schon eingeschlafen. Als sie vom Klingeln des Telefons geweckt wird, ist es draußen bereits dunkel.

Ein Blick auf die Uhr lässt sie erschrocken hochfahren. Sie hat fast acht Stunden in Morpheus' Armen verbracht und ihr Bruder ist immer noch nicht aufgetaucht.

Erneut ertönt der penetrante Klingelton und Mila fischt genervt nach dem Telefon.

»Ja bitte?«, ächzt sie.

»Miss Dearing, das Büro des Sheriffs hat vor zwanzig Minuten angerufen. Sie sollen bitte umgehend dort vorbeikommen. Ihr Bruder war in eine Schlägerei verwickelt.«

»Und wieso informiert man mich erst jetzt?«

»Verzeihen Sie, Miss. Ich habe die ganze Zeit versucht, Sie zu erreichen, aber Sie sind nicht rangegangen.«

»Warum sind Sie dann nicht zu mir hochgekommen?«, will Mila ungehalten wissen.

Hastig schlüpft sie in Schuhe und Jacke.

»Es ist nach zehn Uhr und ich bin im Moment alleine hier«, entschuldigt sich das Empfangsmädchen.

»Schon in Ordnung«, beschwichtigt Mila, als sie ihren Fehler erkennt. »Ich fahre umgehend los. Hat der Sheriff noch etwas gesagt?«

»Nein, Miss. Er hat mich nur gebeten, Ihnen auszurichten, dass Sie kommen sollen.«

Mit versteinerter Mine betritt Mila das Sheriff's Office. Sie erblickt ihren Bruder sofort. Er sitzt alleine am vordersten Schreibtisch. Seine linke Hand ist mit einer Handschelle an den Stuhl gekettet. Mit der rechten hält er sich einen Kühlbeutel an die Nase.

Ein Stück weiter hinten kauern fünf ebenfalls lädierte Jungs in unbequemen Positionen. Im Gegensatz zu Ryan sind sie mit beiden Armen hinter dem Rücken an die Bank, auf der sie sitzen, gefesselt und werfen ihrem Bruder böse Blicke zu.

»Guten Abend, Mila«, wird sie freundlich von dem Officer begrüßt, der bei ihrem ersten Besuch Dienst hatte.

»Ich hätte nicht erwartet, dass wir uns so bald wiedersehen.«

»David. Ich wünschte auch, es wäre nicht so. Was hat er heute angestellt?«

»Nichts, er ist diesmal wohl eher das Opfer. Obwohl die Burschen etwas anderes behaupten.«

Er zeigt mit einem Nicken in ihre Richtung.

»Nur keiner von uns nimmt ihnen die abstruse Geschichte ab, die sie uns auftischen wollen. Niemand ist so blöd und greift gleich fünf Schlägertypen an.«

Mila betrachtet die jungen Kerle mitleidig. Sie ist sich ziemlich sicher, dass sie die Wahrheit sagen. Da Blut bekanntlich dicker ist als Wasser, behält sie ihre Vermutung lieber für sich.

»Warum hat man meinem Bruder dann Handschellen angelegt?«

»Reine Vorsichtsmaßnahme. Der junge Mann hat versucht, sich zu verdrücken. War bis eben einiges los hier. Wir konnten keinen Beamten entbehren, um ihn zu bewachen. Deshalb die Handschellen«, grinst er verlegen. »Komm, wir erlösen ihn.«

»Haben wir nicht noch ein wenig Papierkram zu erledigen?«, erkundigt sich Mila augenzwinkernd.

David versteht sofort, worauf sie damit abzielt. Grinsend nickt er und führt sie zu seinem Schreibtisch.

»Du willst ihm wohl eine Lektion erteilen, was?«

»Genau! Er ist im Moment recht schwierig, folglich schadet es nicht, wenn er ein paar Minuten länger dort ausharren muss.« Mila setzt sich auf den ihr angebotenen Stuhl.

»Ja, mit Teenagern hat man es oft schwer.« Der Officer grinst sie an. Die beiden unterhalten sich eine Weile über alte Zeiten, bis David anmerkt, dass er nun leider weiterarbeiten sollte. Er schließt Ryans Handschellen auf und verabschiedet sich von Mila.

Ryan reibt sich das Handgelenk. Mit zusammengepressten Lippen mustert er seine Schwester. Erst draußen im Wagen knurrt er ungehalten: »Warum hat das so ewig gedauert?«

Mila fährt wütend zu ihm herum. »Das nächste Mal lasse ich dich dort versauern!«

»Was regst du dich so auf? Du hast doch gehört: Ich bin das Opfer.« Ryan sieht sie herausfordernd an.

»Siehst du, und genau das, nehm ich dir nicht ab. Ich bin mir ziemlich sicher, dass die Geschichte der anderen stimmt.«

Mila hält dem Blick ihres Bruders ohne Weiteres stand.

Er zuckt mit den Schultern. »Nur hast du dafür keine Beweise.«

»Im Gegensatz zur Polizei brauche ich die auch nicht«, erklärt sie mit eisiger Stimme. »Hauch mich mal an.«

Widerwillig kommt Ryan der Aufforderung nach. Ein Schwall Alkoholdunst trifft auf Milas empfindliche Nase.

Wütend verengt sie die Augen. »Sei froh, dass die auf einen Alkoholtest verzichtet haben.«

»Ich habe kaum etwas intus«, verteidigt sich Ryan.

»Aber du hast getrunken, somit nehm ich dir für den Rest der Woche das Auto weg. Wo ist das überhaupt?«

»Irgendwo in der Stadt.« Ryan zuckt gleichgültig mit den Schultern.

»Geht das ein wenig genauer?« Mila ist kurz vorm Verzweifeln. Wie soll sie diesen Teufelskreis nur durchbrechen? Mit jedem Vergehen und der darauffolgenden Bestrafung entgleitet ihr Ryan mehr. Da er ihr eine Antwort schuldig bleibt, meint sie: »Auch gut, du brauchst es die nächsten Tage sowieso nicht. Vielleicht fällt dir bis dahin ein, wo du es abgestellt hast. Hoffentlich steht es noch da, wenn wir es holen wollen.«

Schweigend fährt sie mit ihm zum Hotel zurück. Dort angekommen schließt sich Ryan sofort in seinem Zimmer ein, um weiteren Vorhaltungen zu entgehen.

Mila ist zum Heulen zumute. Sie konnte sich noch nicht einmal davon überzeugen, dass er keine ernsthaften Verletzungen davongetragen hat. Niedergeschlagen sperrt sie die Wohnungstür zu und zieht den Schlüssel ab, um Ryan die Möglichkeit zu nehmen, erneut zu türmen. Dann begibt sie sich in ihr Zimmer und weint leise in ihr Kissen. Dabei beschwert sie sich in Gedanken bei ihren Eltern, dass sie ihre Kinder alleine gelassen haben. Nach einer Weile fällt sie völlig erschöpft in einen leichten Schlaf.

Kapitel 11

»Darf ich mich setzen? Ist bei dir noch frei?«

»Nein!«, knurrt Ryan, ohne den Kopf zu heben. Doch der Fragesteller lässt sich davon nicht beeindrucken. Seelenruhig schiebt er Ryans Tablett ein wenig zur Seite, um für sein eigenes Platz zu schaffen.

Ist der Junge etwa lebensmüde? Ryan blickt wütend auf. Erstaunt stellt er fest, dass ihm der blonde Typ mit dem leicht welligen Haar völlig fremd ist.

»Hast du die Pest oder warum meiden dich die anderen?« Unverfroren setzt sich der Kerl jetzt tatsächlich neben ihn.

»Wie heißt du?«

»Hast du was an den Ohren? Ich habe Nein gesagt!« Ryan starrt ihn finster an, doch auch das imponiert seinem Gegenüber offenbar nicht.

»Ich bin Brandon«, erklärt er seelenruhig und begutachtet das Essen auf seinem Tablett. »Servieren die hier immer diesen Fraß oder habe ich nur einen schlechten Tag erwischt?«

Er schiebt sich eine Gabel voll in den Mund und verzieht angewidert das Gesicht.

Trotz seiner miesen Laune muss Ryan grinsen. Der Junge hat etwas an sich, das ihn seine ablehnende Haltung vergessen lässt.

»Ryan«, stellt er sich nun ebenfalls vor. »Heute ist sogar einer der besseren Tage.«

»Na toll, und dafür komme ich extra aus L.A. hierher.« Brandon grinst ihn vorwitzig an.

»Was hat dich in die Provinz verschlagen? Aus L.A. zieht man doch nicht freiwillig weg.«

»Was das angeht, hatte ich kein Mitspracherecht. Dad hat hier eine neue Anstellung gefunden und wir mussten mit.« Brandon erweckt keineswegs den Eindruck, dass er den Umzug besonders tragisch findet. Ryan hingegen kann es sich nur schwer vorstellen, Fort Myers für immer zu verlassen.

»Was ist? Habe ich etwas auf der Nase?«, erkundigt sich Brandon, da Ryan ihn immer noch anstarrt.

»Nichts, ich habe mir nur gerade überlegt, wie es mir gehen würde, wenn ich umziehen müsste. Dich scheint das ja in keinster Weise zu stören.«

»Ich finde es eigentlich ganz gut hier«, meint Brandon achselzuckend. »Der Strand ist cool, wenngleich es kaum Wellen hat. Aber ich surfe eh nicht. Unser jetziges Haus ist um einiges größer als die Wohnung in L.A. und obendrein habe ich zur Entschädigung ein neues Auto bekommen. Was jedoch am wichtigsten ist: In der Stadt gibt es den besten Fightclub, den ich bislang gesehen habe.«

»Fightclub?« Ryans Interesse ist geweckt.

»Kickboxen«, erklärt Brandon begeistert. »Macht irre viel Spaß. Außerdem lernst du nebenbei, wie du dich verteidigen kannst. Komm doch mit, wenn du willst. Ich könnte einen Trainingspartner gut gebrauchen.«

Nachdenklich betrachtet Ryan sein Gegenüber. »Warum ich?«, fragt er plötzlich. »Auf dieser Schule sind über tausend Schüler und du quatschst ausgerechnet mich an.«

Brandon zuckt mit den Schultern. »Du bist mir im Englischkurs aufgefallen. Irgendwie hatte ich das Gefühl, du könntest einen Freund vertragen.«

Erstaunt zieht Ryan eine Augenbraue in die Höhe. Er hat gar nicht bemerkt, dass der Kalifornier in seinem Kurs saß.

»Schon einmal daran gedacht, dass ich vielleicht gerne alleine bin?«

»Nö«, erwidert Brandon trocken. »Niemand ist gern alleine.«

Ryan stimmt ihm im Stillen zu. Wie oft hat er sich in der letzten Zeit einen besten Freund gewünscht, mit dem er über alles reden könnte. Der Einzige, der annähernd jemals diesen Status erreicht hat, war Olaf. Doch der lebt auf der anderen Seite der Welt. Unbewusst ballt Ryan die Hände zu Fäusten.

»Habe ich etwas Falsches gesagt?«, erkundigt sich Brandon stirnrunzelnd.

»Wie kommst du darauf?«

»Du scheinst wütend zu sein.«

»Hat nichts mit dir zu tun. Du hast nur einen wunden Punkt getroffen. Ich bin tatsächlich ein wenig freundlos.«

»Verabschiede dich von diesem Zustand. Jetzt bin ich da. Ich weiß nicht, was die anderen haben. So übel bist du gar nicht. Kommst du nun mit?«

»Wird schwierig, ich habe Hausarrest.«

»Soll ich mit deinen Eltern reden? Ich bin ganz gut im Überzeugen.«

»Noch schwieriger: Sie sind tot.« Zum ersten Mal fällt es Ryan leicht, diese Tatsache auszusprechen.

»Oh, das tut mir leid. Wen muss ich dann fragen?«

Dass Brandon nicht sofort näher nachhakt, bringt ihm einen weiteren Pluspunkt ein.

»Meine Schwester, aber da beißt du auf Granit.«

»Wie lange geht deine Strafe noch?«

»Kommt darauf an, wie ich mich benehme. Wenn ich mir nichts zuschulden kommen lasse, komme ich in zwei Wochen auf Bewährung frei.«

»Musst ja ein schlimmer Finger gewesen sein. Was hast du verbrochen?« Verschwörerisch beugt sich Brandon zu ihm herüber.

Ryan muss unwillkürlich schmunzeln. Die unverfrorene Art des Kaliforniers hat seinen Widerstand im Nullkommanichts geknackt. Aus unerklärlichen Gründen fühlt er sich mit ihm verbunden. Er fragt sich zwar, warum Brandon ausgerechnet ihn zum Kumpel auserkoren hat, doch eigentlich sind seine Motive nicht weiter wichtig. Brandon hat es richtig erkannt: Ryan ist schrecklich einsam.

»Also? Was hast du auf dem Kerbholz?«, drängt ihn sein neuer Freund.

»Kann ich dir vertrauen?«, flüstert Ryan vielsagend.

Brandon nickt feierlich.

»Ich habe Alkohol getrunken und mich geprügelt.«

»Und deshalb macht deine Schwester solch einen Aufstand?« Ungläubig schüttelt Brandon den Kopf.

»Außerdem habe ich mich tätowieren lassen und sie musste mich sogar schon beim Sheriff abholen.«

»Das erklärt alles!«

Die beiden blicken sich an und beginnen plötzlich zu lachen. Zum ersten Mal seit seiner Rückkehr spürt Ryan wieder ein wenig Unbeschwertheit in seinem Leben.

»Welchen Kurs hast du jetzt?«, erkundigt sich Brandon. »Ich muss zu Bio, habe nur überhaupt keinen Plan, wo das ist.«

»Mein nächstes Fach ist Chemie. Zeig mal, wohin musst du?«

Brandon zieht einen mehrfach gefalteten Zettel aus der Hosentasche und reicht ihn weiter. Ryan wirft einen kurzen Blick auf den Stundenplan, dann sagt er: »Das liegt zwar nicht direkt auf meinem Weg, aber ich bring dich schnell hin.«

»Du bist meine Rettung. Ich habe heute Morgen schon ewig gebraucht, um den Englischkurs zu finden.«

Die beiden Jungs laufen gemeinsam los. Dabei erzählt Ryan dem Neuankömmling das ein oder andere Wissenswerte über die Schule. Brandon bietet Ryan an, ihn nach dem Unterricht heimzufahren, deshalb vereinbaren sie, sich später auf dem Schulhof zu treffen.

Verärgert beobachtet Mila, wie der Schulbus, ohne stehen zu bleiben, an ihrer Auffahrt vorbeifährt. Dass sich ihr Bruder wieder nicht an die Abmachung hält, bringt sie zur Weißglut. Sie schnappt sich ihre Autoschlüssel und eilt in die Lobby. Dort kommt zu ihrem Erstaunen ein äußerst gut gelaunter Ryan mit einem weiteren Jungen im Schlepptau auf sie zu.

»Das da drüben ist meine Schwester«, erklärt er seiner Begleitung lautstark und zeigt mit dem Finger auf Mila.

»Hallo Jungs.« Sie schluckt ihren Ärger hinunter und zwingt sich zu einem Lächeln. Immerhin ist Ryan unmittelbar nach dem Unterricht heimgekommen.

»Das ist Brandon. Er ist neu an der Schule«, verkündet Ryan schnell.

»Guten Tag, Miss Dearing. Wie geht es Ihnen?« Brandon streckt Mila die Hand entgegen, die sie auch flüchtig schüttelt.

»Du kannst mich gerne Mila nennen. Also, du bist erst vor Kurzem hergezogen?«

»Ja, er stammt aus L.A., wir wollten zusammen die Englischhausaufgaben machen. Er ist in meinem Kurs.« Ryan setzt seinen besten Hundeblick auf.

Eigentlich wäre Mila geneigt, es ihm nicht zu erlauben. Doch eine innere Stimme flüstert ihr zu, dass es vielleicht von Vorteil sein könnte, wenn Ryan wieder Anschluss zu Gleichaltrigen findet. Zudem hat sie den Eindruck, dass Brandon aus – Wie sagt man? – gutem Hause kommt, deshalb nickt sie.

»Geht ruhig in die Wohnung. Da seid ihr die nächste Stunde ungestört. Ich muss mich gleich um einen Bewerber für die Stelle in der Küche kümmern.«

Ryan ergreift Brandons Ärmel und zieht ihn eilig zum Fahrstuhl. Mila schüttelt belustigt den Kopf, als sie hört, was die beiden sich zuflüstern, während sie auf den Lift warten.

»Die ist doch gar nicht so übel«, meint Brandon und riskiert einen Blick in ihre Richtung. »Lern du erst einmal meine Schwester kennen. Die ist ein richtiges kleines Biest.«

»Keine Ahnung, warum das gerade so glattging. Lass uns lieber verschwinden, bevor sie es sich anders überlegt. Du hast also auch eine Schwester?«

Die Türen schließen sich hinter den Teenagern und Mila begibt sich zufrieden in ihr Büro. Dort wartet bereits ein junger Mann auf sie, der sogleich aufspringt, als sie den Raum betritt.

»Miss Dearing.«

»Guten Tag, Mister Scott. Dann wollen wir mal loslegen.«

Freundlich reicht sie ihm die Hand, obwohl sie nicht damit rechnet, dass er der passende Kandidat für die Stelle ist. Jeremy Scott wirkt doch sehr jung auf sie.

»Sie wissen, dass wir einen Souschef suchen, der später die Küche übernehmen soll?«

Der Mann nickt.

»Und sind Sie nicht ein wenig zu unerfahren für diesen Posten?«

Das Bewerbungsgespräch verläuft jedoch ganz anders, als erwartet. Jeremy hat mit seinen neunzehn Jahren schon einige Preise gewonnen. Somit scheint er sein Handwerk zu verstehen. Er durfte renommierten Sterneköchen über die Schulter schauen, blieb aber immer nur zwei, maximal sechs Monate.

Auf die Frage ›Warum?‹ gibt er Mila eine plausible Erklärung: »Man kann viel von ihnen lernen, leider entwickelt man sich in Gegenwart solcher Köche irgendwann nicht mehr weiter, da sie einen ausbremsen. Sie erwarten, dass man ihren Stil annimmt und eben das will ich nicht. Ich versuche, meine persönliche Linie zu finden und meine eigenen Gerichte zu kreieren. Deshalb bin ich jetzt hier. Es ist an der Zeit, mir selbst einen Namen zu machen.«

Jeremy wird zu keinem Zeitpunkt nervös, egal, wie sehr Mila ihn auch mit Fragen löchert. So entscheidet sie sich entgegen ihres ersten Eindrucks und vereinbart mit ihm eine Probewoche, in der sie ihm genauer auf den Zahn fühlen will. Sollte er gut mit Bob zurechtkommen, wäre sie geneigt, ihn einzustellen.

Mit einem leicht flauen Gefühl im Magen fährt sie nach dem Termin in den obersten Stock. Sie hofft, dass Ryan und sein neuer Freund wirklich etwas für die Schule getan haben.

In der Wohnung herrscht absolute Stille, sodass sie fast befürchtet, die Jungs wären gar nicht da. Doch dann hört sie ein kurzes Lachen aus Ryans Zimmer. Erleichtert atmet sie auf. Sie beschließt, die beiden vorerst in Ruhe zu lassen, und räumt die Küche auf.

Nach etwa einer halben Stunde öffnet sich Ryans Tür und die Jungs verlassen das Zimmer. Mila lässt ihre Arbeit liegen und läuft ihnen entgegen.

»Na, ihr zwei? Fertig mit den Hausaufgaben?«

»Mit Englisch schon. Das ist leider auch der einzige Kurs, den wir gemeinsam haben«, erklärt Brandon.

»Bis auf Sport«, wendet Ryan ein. »Apropos Sport. Brandon geht zweimal die Woche in einen Fightclub zum Kickboxen. Ich würde mir das gerne einmal ansehen.«

»Damit du lernst, wie du dich noch besser prügeln kannst?«

Mila betrachtet ihren Bruder nachdenklich. Sie ist über seine Idee alles andere als erfreut.

»Miss Dearing, ich kann Ihnen versichern, wenn man dort etwas nicht lernt, dann ist das Prügeln. Die Trainer achten sehr darauf, dass man sich diszipliniert und fair verhält. Wer gegen die Regeln verstößt, wird schnell ausgeschlossen.«

»Bitte, Mila ...«

Ryan legt den Kopf schief und blickt seine Schwester flehend an. Sie denkt gar nicht daran, nachzugeben. Diese Entscheidung muss sie in Ruhe überdenken, und da sie in wenigen Minuten das nächste Vorstellungsgespräch hat, lässt sie sich nicht auf eine Diskussion ein.

»Wir reden heute Abend darüber, okay?«

Enttäuscht verzieht Ryan das Gesicht. Er hoffte, dass sich Mila in Brandons Gegenwart rasch überzeugen ließe. Doch leider kann sein neuer Freund nicht bis zu ihrer Rückkehr bleiben, da er zu Hause erwartet wird. Brandon empfiehlt sich deshalb und verspricht, Ryan morgen vor der Schule abzuholen.

»Komm ins Büro, wenn du mit den Hausaufgaben fertig bist«, meint Mila, bevor auch sie die Wohnung verlässt und ihren Bruder alleine zurücklässt. Ryan hat die restlichen Aufgaben schnell erledigt. Noch ehe Mila das Gespräch mit dem zweiten Bewerber beendet hat, stürmt er in ihren Arbeitsraum. Ein missbilligender Blick seiner Schwester lässt ihn mürrisch Platz nehmen.

Mila verabschiedet sich von dem Koch und schließt hinter ihm die Tür. Empört blickt sie Ryan an. »Was sollte das? Was denkst du dir dabei, einfach hier hereinzuplatzen?«

»Mir war nicht klar, dass ich eine schriftliche Einladung brauche, um dein Büro zu betreten. Wenn es nach mir ginge, wäre ich jetzt sowieso woanders«, mault Ryan zurück.

»Es geht aber nicht nach dir!« Milas Stimmung ist kurz vorm Überkochen. Das halbstündige Gespräch stellte sich als vergeudete Zeit heraus, als der Koch seine Gehaltsvorstellung nannte. Dass sie nun ihre Enttäuschung an ihrem Bruder auslässt, bemerkt sie gar nicht.

»Das habe ich oft genug zu spüren bekommen.« Auch Ryans Gemütslage ist am Kippen. »Hoffentlich besorgt es dir Jonathan am Wochenende richtig. Du bist gerade echt nicht mehr zum Ertragen!«

Mila schnappt nach Luft. Dass sie sich hin und wieder streiten, ist nicht weiter tragisch, aber mit dieser Aussage hat Ryan soeben eine Grenze überschritten. Sie wird keinesfalls mit ihm über ihr Liebesleben diskutieren und schon gar nicht in dem Ton.

»Wer ist hier unerträglich? Du bist doch derjenige, der immer aus der Reihe tanzt. Glaubst du etwa, es bereitet mir Spaß, in der Schule antanzen zu müssen oder dich beim Sheriff abzuholen?« Milas Stimme wird schrill.

»Vielleicht. Möglicherweise stehst du ja auf diesen David. Soll ich das nächste Mal ein Date für dich arrangieren?«

»Es wird kein nächstes Mal geben!«, kreischt Mila. Sie ist mit den Nerven am Ende.

»Wenn ich dich noch einmal dort abholen muss, bringe ich dich eigenhändig zum Jugendzentrum. Dann sollen die sich mit dir rumärgern.«

Ryan holt tief Luft, um zu kontern, aber Mila bringt ihn mit ihrem nächsten Satz völlig aus dem Konzept. »Und den Fightclub kannst du vergessen!«

»Das war so was von klar!«, brüllt Ryan zurück. »Weißt du was? Leck mich doch …«

Er springt auf, stößt seine Schwester, die sich ihm in den Weg stellt, zur Seite und schlägt beim Verlassen des Büros mit einem lauten Knall die Tür hinter sich zu.

Milas Augen füllen sich mit Tränen. Einerseits weiß sie genau, dass sie gerade unfair gehandelt hat. Andererseits ist es nicht ihre Schuld, dass ihr alles über den Kopf wächst. Sie hat nie darum gebeten, Verantwortung für ihren Bruder zu tragen. Dass sie so früh die Elternrolle übernehmen muss, stand nie auf ihrem Lebensplan.

Verzweifelt lässt sie sich in den Bürostuhl sinken. Ihr Blick fällt auf das Hochzeitsfoto ihrer Eltern und mit einem Mal fühlt sie Hass in sich aufsteigen. Nicht auf Mom und Dad, sondern auf Gott, der sie ihr genommen hat.

All ihre Verzweiflung und Hilflosigkeit entlädt sich nun mit einem Schlag. Laut schluchzend sackt sie zusammen und niemand ist in der Nähe, der sie seelisch auffangen kann.

Kapitel 12

Ruhelos läuft Ryan vor dem Fenster auf und ab. Entgegen seiner Erwartung folgt ihm Mila nicht. Mit jeder Minute, die vergeht, fühlt er sich eingeengter. Er hat das Gefühl, als würden die Wände Zentimeter um Zentimeter auf ihn zukommen. Plötzlich überkommt ihn Panik. Er hält es nicht mehr aus. Er muss raus hier! Raus aus seinem Zimmer, raus aus der Wohnung, raus aus dem Hotel.

Er reißt den Wohnungsschlüssel vom Schlüsselbrett. Dabei fällt ihm Milas Handtasche ins Auge, die neben der Garderobe steht. Nach kurzem Zögern öffnet er den Reisverschluss, holt die Brieftasche hervor und erleichtert seine Schwester um hundert Dollar. Als er die Börse zurück in die Tasche legt, lacht ihm sein Autoschlüssel entgegen. Er nimmt ihn und hastet in die Garage. Es ist ihm egal, dass ihm eigentlich verboten wurde, mit dem Doge zu fahren. Schlimmer kann es für ihn sowieso nicht mehr werden. Er muss sein Gehirn betäuben, will vergessen, wenigstens ein paar Stunden vor der Realität flüchten.

Mit zitternden Händen steckt er den Schlüssel ins Zündschloss, dreht die Musik laut auf und startet den Motor. Bevor er losfährt, wirft er noch einen Blick ins Handschuhfach. Grinsend zieht er den gefälschten Ausweis hervor, den er sich vor einiger Zeit besorgt hat. Heute ist es an der Zeit, ihn zum ersten Mal zu benutzen.

Ziellos lenkt er den Wagen durch die Stadt. Er ist fest entschlossen, sich irgendwo die Kante zu geben. Soll er Brandon anrufen und ihn fragen, ob er mitkommen will? Ryan verwirft die Idee ganz schnell wieder. Sein neuer Freund braucht nicht mitzubekommen, was er vorhat.

Ryan steuert mehrere Lokale an, parkt sein Auto und fährt jeweils nach kurzer Zeit ohne auszusteigen wieder weg. Zu groß ist die Furcht, an der Tür abgewiesen, zu werden.

Letztendlich landet er vor dem ›JumpIn‹, dem hippen Club, vor dem Mila ihn unlängst aufgegabelt hat. Warum es ihn ausgerechnet hierhin verschlagen hat, ist ihm schleierhaft. In den Laden kommt er niemals rein, denn hier kennt man ihn und damit auch sein Alter.

Trotzdem stellt Ryan den Wagen ab, bleibt aber im Auto sitzen und beobachtet den Eingang. Angestrengt versucht er, zu erkennen, wer diesmal Dienst hat, doch der Typ, der an der Treppe die Gäste kontrolliert, ist ihm gänzlich unbekannt. Ist das Schicksal etwa gnädig mit ihm, dass gerade heute ein Neuer die Kontrollen durchführt?

Ryan beschließt, es auf einen Versuch ankommen zu lassen. Er schnappt sich den Ausweis und steigt aus. Äußerlich vollkommen ruhig schlendert er auf den Türsteher zu. Innerlich klopft sein Herz jedoch so laut, dass Ryan befürchtet, alle würden es hören können.

Ohne Begrüßung streckt er dem Mann die ID-Card entgegen und zu seiner Überraschung wird er nach einem kurzen Kontrollblick reingelassen. Der Club ist brechend voll und Ryan taucht schnell in der Menge ab. Er kämpft sich zur Bar durch und bestellt einen Long Island Ice Tea. Der Barkeeper wirft noch nicht einmal einen Blick auf ihn. Wortlos stellt er das gewünschte Getränk vor ihm auf den Tresen und steckt die Dollars ein.

Es ist bereits Dunkel, als sich Mila wieder so weit im Griff hat, dass sie das Büro verlassen kann. Sie schleicht über Umwege durch das Hotel zum Fahrstuhl, da sie keinem Angestellten begegnen will. Es muss nicht jeder mitbekommen, wie verheult sie aussieht.

In dem Moment, in dem sie die Wohnung betritt, spürt sie, dass Ryan nicht zu Hause ist. Erneut steigen die Tränen in ihr hoch. Im Grunde genommen hat sie jedoch nichts anderes erwartet. Ohne das Licht einzuschalten, setzt sie sich im Wohnzimmer auf die Couch und stellt sich auf eine lange Nacht ein. Sie wird hier auf ihren Bruder warten und dann … Ja? Was dann? Was genau gedenkt sie, zu tun? Egal welche Vorhaltungen sie Ryan machen wird, er wird es auf die leichte Schulter nehmen.

Wie gerne würde sie jetzt Jonathan anrufen, doch er besucht gerade eine Fortbildung. Aber warum eigentlich nicht? Um diese Zeit hat er bestimmt keine Kurse mehr. Sie drückt die Kurzwahltaste und lauscht dem Klingelton. Nach einer gefühlten Ewigkeit nimmt endlich jemand ab. Allerdings ist es nicht Jonathan. Eine Frauenstimme meldet sich und gemäß der Hintergrundgeräusche befindet sie sich in einer Bar. Sofort beendet Mila das Gespräch. So sieht also der Lehrgang aus, der bis spät abends dauert.

Frustriert legt sie das Handy auf den Tisch und starrt wütend in die Dunkelheit. Zwei Männer spielen in ihrem Leben eine Rolle und beide benehmen sich wie Arschlöcher. Was wäre denn dabei, wenn Jonathan ihr gesagt hätte, dass er im Anschluss an den Kurs noch ausgehen will? Sie wäre die Letzte, die etwas dagegen hätte.

Plötzlich wird die Stille durch das Klingeln des Festnetztelefons gestört. Mila bleibt seelenruhig sitzen. Sie kann sich schon denken, um was es geht. Ein Anruf um diese Uhrzeit kann nur eines bedeuten: David oder einer seiner Kollegen hat ihren Bruder erneut irgendwo aufgegabelt. Soll Ryan doch eine Nacht auf dem Revier bleiben. Vielleicht wirken ein paar Stunden in einer Zelle bei ihm Wunder. Sie wird ihn jedenfalls nicht schon wieder beim Sheriff abholen.

Ein weiteres Mal klingelt der Apparat. Mila bewegt sich jedoch keinen Zentimeter. Ihr Entschluss steht fest. Sie wird standhaft bleiben. Leider nimmt das Personal keine Rücksicht auf ihre Vorsätze, denn wenige Minuten später klopft es an der Tür.

»Miss Dearing? Sind Sie da?«, erklingt die Stimme von Rosa, eines der Zimmermädchen.

Poch. Poch. Poch. Abermals ertönt das Klopfen.

Mila gibt sich geschlagen. Lustlos stiefelt sie zur Tür und öffnet sie.

»Wenn Sie mir sagen wollen, dass ich meinen Bruder beim Sheriff holen soll …«

»Nein, nicht beim Sheriff. Das ›JumpIn‹ hat angerufen. Sie sollen bitte umgehend zurückrufen. Hier ist die Nummer.« Das Mädchen hält ihr einen Zettel entgegen.

Mila starrt eine Weile auf das Blatt Papier, bevor sie es an sich nimmt und ein ›Danke‹ murmelt.

»Es klang dringend, Miss Dearing«, betont Rosa, da sich Mila immer noch keinen Zentimeter rührt.

»Natürlich«, seufzt sie und geht endlich zum Telefon. Schon nach dem ersten Klingelzeichen meldet sich jemand.

»JumpIn, John am Apparat.«

»Ich sollte mich bei Ihnen melden. Mila Dearing ist mein Name.«

»Ach, Sie sind die Schwester von unserem Hitzkopf hier.«

Mila verdreht die Augen. Wie bescheuert war sie, darauf zu hoffen, er hätte vielleicht doch keinen Unsinn angestellt.

»Ist er bei Ihnen?«

»Ja, und das ziemlich alkoholisiert. Er hat mir den halben Laden zerlegt. Eigentlich müsste ich die Polizei anrufen, aber …«

Mila atmet tief ein, bevor sie den Mann unterbricht. »Ryan ist erst sechzehn.«

»Genau da liegt mein Problem. Wenn ich ihn der Polizei übergebe, verliere ich meine Schanklizenz.«

»Ich bezahl Ihnen den Schaden, den er verursacht hat«, erklärt sie schnell. »Behalten Sie ihn bei sich, ich bin in wenigen Minuten da.«

»In Ordnung. Fragen Sie einfach nach meinem Büro. Die Angestellten wissen Bescheid.«

Ade, gute Vorsätze. Eigentlich hätte sie John sagen sollen, dass es ihr egal ist, was er mit Ryan macht. Doch leider ist Mila viel zu gutherzig. Sie setzt sich in ihren Wagen und fährt zum ›JumpIn‹. Der Türsteher weiß auf Anhieb, um was es geht, als sie ihm ihren Namen nennt, und lässt sie zum Unmut der anderen Wartenden sofort in den Club. Eine Kellnerin bringt sie auf direktem Weg in Johns Büro.

»Guten Abend, Miss Dearing«, begrüßt sie der Barbesitzer. »Erst einmal möchte ich mich dafür entschuldigen, dass es Ihrem Bruder überhaupt gelungen ist, sich hier einzuschleichen. Der verantwortliche Mitarbeiter, der ihn eingelassen hat, ist neu bei uns.«

»Mein Bruder ist da sehr ideenreich«, erklärt Mila und betrachtet das Häufchen Elend, das zusammengekauert in der Ecke auf dem Fußboden sitzt. »Wie groß ist der Schaden, den er angerichtet hat?«

»Das ist nicht der Rede wert, es gab ein paar blutige Nasen und ein paar Gläser sind zu Bruch gegangen«, beschwichtigt John.

»Aber Sie sagten doch …«

»Ich wollte nur sichergehen, dass Sie kommen. Je schneller Sie den Jungen mitnehmen, desto besser für mich. Ich gehe ein ziemliches Risiko ein, indem ich ihn hier im Büro sitzen habe.«

Mila nickt. Als Hotelbesitzerin musste sie sich auch schon mit dem Thema Schanklizenz auseinandersetzen.

»Dann will ich Ihre Nerven schonen und meinen Bruder nach Hause schaffen.«

Sie geht zu Ryan und tippt ihm an die Schulter. Mehr als ein unwilliges Brummen kommt aber nicht über seine Lippen. Sie versucht, ihn mit aller Kraft auf die Beine zu ziehen, doch er rührt sich keinen Zentimeter. Wie ein nasser Sack hängt er in der Ecke und lallt unverständliches Zeug.

»Na toll!«, stöhnt sie. »Wie soll ich den jetzt ins Auto bringen? Der kann noch nicht einmal mehr laufen.«

»Fahren Sie Ihren Wagen zum Hintereingang. Ich trage ihn nach draußen. In seinem Zustand ist es mir lieber, dass ihn keiner der Gäste zu Gesicht bekommt.«

John entriegelt die Tür, die in den Hinterhof führt, und lässt Mila hinaus.

Sie eilt zu ihrem Tahoe und fährt ihn rückwärts vor den Eingang. Dann öffnet sie die hintere Beifahrertür und wartet, bis John mit Ryan über seiner Schulter herauskommt. Vorsichtig platzieren sie ihn auf der Rückbank und schnallen ihn fest. Trotz des Gurtes fällt Ryan zur Seite.

»Ich bin Ihnen sehr dankbar, John. Wenn Sie wollen, schicke ich Ryan morgen zum Aufräumen her.«

John schüttelt den Kopf. Mit einem kurzen Nicken ins Innere des Wagens meint er: »Mir wäre es lieber, ihn eine Weile nicht zu Gesicht zu bekommen. Außerdem bezweifle ich, dass er in ein paar Stunden fit genug sein wird.«

»Da haben Sie vermutlich recht. Sollte er sich im Auto übergeben, bring ich ihn erst einmal um«, murmelt Mila. »Dann nochmals vielen Dank, dass wir die Polizei außen vor lassen konnten. Übermitteln Sie mir einfach die Rechnung für die zerstörten Gläser.«

»Kommen Sie gut heim, Miss Dearing, und vergessen Sie die Gläser.« Gentlemanlike öffnet John für sie die Wagentür und Mila klettert hinein. Mit einem erleichterten Aufatmen schließt er die Tür und klopft zum Abschied auf die Motorhaube.

Obwohl Mila die Kurven behutsam anfährt, ist jedes Mal ein Stöhnen aus dem Fond zu hören. Bei jedem würgenden Geräusch, das ihr Bruder von sich gibt, wird sie wütender. Am liebsten würde sie ihn windelweich schlagen. Doch genau das scheint er ja zu wollen.

Wenn sie endlich zu ihm durchdringen würde. Mila ist sich sicher, dass sie ihm klarmachen könnte, dass er sich da in etwas verrannt hat. Aber solange Ryan ihr verschweigt, um was es bei dem Streit mit Dad gegangen ist, tritt sie auf der Stelle. Leider deutet nichts darauf hin, dass er es ihr jemals sagen wird. Sobald sie das Thema nur anspricht, explodiert er und rennt davon. Meist endet es dann ähnlich, wie heute. Wenn auch nicht ganz so schlimm.

Im Hotel angekommen bittet sie den Portier, ihr zu helfen. José hievt Ryan mit Leichtigkeit aus dem Wagen und greift ihm unter die Arme. Halb stolpernd, halb gehend, erreichen sie den Lift. Ryan hängt mit vollem Gewicht an dem gebürtigen Mexikaner.

»Da hat es der junge Herr wohl ein wenig übertrieben, was?«

»Übertrieben?«, sagt Mila aufgebracht. »Der hat sich das Gehirn weggesoffen. Danke, José, ab hier schaffe ich es alleine.«

Mit festem Griff packt sie Ryan am Gürtel und schlingt seinen rechten Arm um ihren Hals.

»Ich kann ...«

»Nein, schon okay, José. Gehen Sie wieder zurück auf Ihren Posten.«

Mila zieht ihren Bruder unbarmherzig in den Aufzug.

Ryan krümmt sich und ein würgendes Geräusch dringt aus seiner Kehle.

»Wage es nicht, dich hier im Lift zu übergeben!«, faucht sie ihn an und drückt die Taste für den obersten Stock. Es fühlt sich an, als würde der Fahrstuhl im Schneckentempo nach oben kriechen, dann endlich öffnen sich die Türen. Mila schleppt Ryan zur Wohnung und lehnt ihn an die Wand. Mit einer Hand drückt sie seinen Oberkörper gegen das Mauerwerk und mit der anderen steckt sie den Schlüssel ins Schloss. Sie kickt die Tür auf und bugsiert ihn weiter zu seinem Zimmer. Plötzlich stößt er sie weg und hastet ins Bad.

Mila holt angewidert ein Handtuch aus dem Schrank und wirft es ihm vor die Füße. Sie verfügt heute nicht über die Kraft, ihm beizustehen. Soll er sich ruhig die Seele aus dem Leib kotzen, schließlich hat ihn niemand gezwungen, so viel zu trinken.

Ryan ist mittlerweile neben der Kloschüssel niedergesunken und umklammert das kühle Porzellan mit beiden Armen. Immer wieder würgt er den Mageninhalt hustend hervor. Bevor ihr Gewissen eine Chance hat, sie umzustimmen, zieht Mila kopfschüttelnd die Tür zu und lässt ihn alleine.

Müde setzt sie sich im Wohnzimmer auf die Couch und lauscht den Geräuschen, die aus dem Badezimmer dringen, um im Notfall doch eingreifen zu können. Sie bekommt jedes einzelne Husten und Würgen mit. Es klingt erbärmlich und es kostet sie enorme Kraft, nicht zu ihm zu gehen.

Vielleicht ist es ganz gut, wenn er einmal ohne sie damit klarkommen muss. Einige Minuten später lassen die Elendsgeräusche nach und Ryan scheint, seinen Magen vollständig entleert zu haben.

Mila überlegt, ob es an der Zeit ist, ihn ins Bett zu verfrachten. Da kündigt das Handy ihres Bruders in einer penetranten Lautstärke einen Anruf an. Schon nach wenigen Tönen herrscht wieder Stille. Entweder Ryan hat das Gespräch angenommen, oder der Anrufer hat aufgegeben. Konzentriert lauscht sie, doch sie hört kein Wort. Plötzlich ertönt ein deutliches ›Fuck‹ und kurz danach geht die Tür zum Badezimmer auf. Ryan torkelt ihr auf schwachen Beinen entgegen.

»Wo willst du hin?«, fährt sie ihren Bruder an, als er an seinem Zimmer vorbeiläuft. »Du gehörst ins Bett!«

»Mussss trinken«, stöhnt Ryan und versucht, an ihr vorbeizukommen.

»Leg dich hin, ich bringe dir was.«

Mila schiebt ihn zurück und zu ihrem Erstaunen gehorcht er diesmal. Sie eilt in die Küche und holt eine Flasche Wasser, die er zur Hälfte leert. Dann beginnt er wieder zu würgen und hängt sich schräg aus dem Bett.

»Morgen erschlag ich dich! Ich schwöre!«, flucht Mila und holt eiligst eine große Salatschüssel aus der Küche. Im letzten Moment kann sie verhindern, dass er den Teppich einsaut.

»Ssssssorry«, lallt er, bevor er sich erneut übergibt. Anschließend legt er sich erschöpft in die Kissen. Mila nutzt die Pause und feuchtet im Bad ein Gästehandtuch an, mit dem sie Ryan unter Protest das Gesicht wäscht.

»Jetzt halt still, oder ich verpasse dir eine Dusche. Eiskalt, wohlgemerkt!«, schimpft sie, doch die Worte prallen an ihm ab.

»Genug«, stöhnt er. »Will sssschlafen.«

Kopfschüttelnd deckt sie Ryan zu und streicht ihm eine Haarsträhne aus der Stirn, dabei bemerkt sie einen blauen Fleck neben der linken Schläfe. Wenn das mit den Prügeleien so weitergeht, wird er eines Tages tot in der Gosse liegen.

Milas Augen werden feucht. Sie weiß, dass er diese Eskapaden nicht veranstaltet, um sie zu ärgern, sondern aus lauter Verzweiflung. Trotzdem ist sie wütend auf ihn. Es schmerzt sie, ihren Bruder in diesem Zustand zu sehen und zu wissen, dass sie ihm womöglich helfen könnte, wenn er sie endlich lassen würde.

Mila knipst die Nachttischlampe an und verlässt das Zimmer. Anschließend holt sie aus der Küche das Putzzeug und beginnt damit, das Bad zu reinigen. Sie könnte auch eines der Zimmermädchen darum bitten, die Sauerei zu entfernen, doch sie muss sich abreagieren und putzen hat ihr dabei schon immer geholfen.

Als sie den Toilettendeckel anhebt, trifft sie jedoch der Schlag. Mitten in der Brühe liegt Ryans Handy. Angewidert zieht sie es mit zwei Fingern hervor und hält es unter den klaren Wasserstrahl, obwohl es vermutlich sowieso hinüber ist.

»Jetzt reicht es endgültig«, knurrt sie. »Ich kann einfach nicht mehr.«

Unter Tränen putzt sie wie ein wild gewordener Waschbär die Schüssel.

Kapitel 13

»Hey, du Schnarchnase! Aufstehen! Boah, hier bekommt man ja schon beim Atmen eine Alkoholvergiftung.«

Brandon zieht gnadenlos die Vorhänge zur Seite und reißt das Fenster auf.

»Wer hat dich reingelassen? Ich habe heute keinen Bock auf Schule.«

Ryan dreht Brandon den Rücken zu und steckt den Kopf unter das Kissen.

»Ha! Schule. Die ist längst vorbei, Buddy. Hast du gestern einen ganzen Tanklaster leer getrunken? Es ist bereits halb vier!«

Plötzlich ist Ryan hellwach. »Wo ist meine Schwester?«

»Im Büro, denke ich! Sie hat mir die Tür aufgemacht und ist gleich darauf verschwunden.«

»Da ist irgendetwas faul. Mila würde mich niemals so lange schlafen lassen.«

Er schwingt sich aus dem Bett und blickt angewidert an sich herunter. Sein T-Shirt zeigt Spuren von Blut und etwas anderem, von dem er nicht genau wissen will, worum es sich handelt.

Angestrengt versucht er, sich daran zu erinnern, wie er gestern nach Hause gekommen ist. Doch das Letzte, das er aus den Tiefen seiner Gehirnwindungen hervorzaubern kann, ist, wie er sich ins ›JumpIn‹ geschlichen hat.

»Du siehst scheiße aus«, stellt Brandon trocken fest, als ob Ryan das nicht schon selbst bemerkt hätte.

»Ach? Echt?«, gibt er schnippisch von sich. »Weißt du was? Ich geh duschen.«

»Besser ist das.« Provokativ hält sich Brandon die Nase zu.

Ryan wirft seinem neuen Freund einen vernichtenden Blick zu, der Brandon nur noch mehr erheitert. Eingeschnappt holt Ryan saubere Klamotten aus dem Kleiderschrank und verschwindet im Bad.

Nachdem er ausgiebig geduscht hat, fühlt er sich wieder einigermaßen wohl in seiner Haut. Außerdem hat sich seine Laune gebessert, da er im Medikamentenschrank Tabletten gegen Kopfschmerzen gefunden hatte.

»Warum knallst du dir eigentlich die Birne zu? Ich meine, ich habe auch schon mal Alkohol getrunken. Bei dir hingegen scheint das quasi zum Tagesprogramm zu gehören.«

Brandon kniet vor Ryans CD-Schrank und zieht ein Album von Usher heraus.

»Wie ist die hier?«

»Welche? Zeig mal!«

Ryan betrachtet das Cover.

»Ach, die. Ganz okay, aber er hat bessere. Wie kommst du darauf, dass ich ein Alkoholproblem habe? Du kennst mich erst seit gestern.«

»Nur so. In der Schule tuscheln sie über dich. Als du heute nicht gekommen bist, meinte jemand, du hättest – laut dessen älterem Bruder – gestern Abend einen ziemlichen Absturz erlebt. Außerdem wurdest du zuvor wohl von dem ein oder anderen betrunken gesehen. Zusätzlich noch die vielen Fehlstunden. Da hat der Mob schnell eins und eins zusammengezählt.«

Brandon zuckt gleichgültig mit den Schultern, dann zeigt er auf die Stereoanlage.

»Darf ich?«

Dass er regelrecht vor Ryan gewarnt wurde, verschweigt er lieber.

»Klar, schmeiß an. Ich mach mal einen Abstecher in die Küche und hol mir eine Kleinigkeit zu trinken. Soll ich dir etwas mitbringen?«

Da Brandon verneint, lässt Ryan seinen Freund im Zimmer zurück und geht durchs Wohnzimmer in die Küche. Er öffnet den Kühlschrank und greift sich den Orangensaft. Da kaum noch Saft im Kanister ist, verzichtet er auf ein Glas und trinkt ihn in einem Zug leer. Als er ihn in den Mülleimer werfen will, sticht ihm ein schwarzes, viereckiges Teil ins Auge, das sehr nach seinem Handy aussieht. Er fischt es unter einer Bananenschale hervor, lässt es aber auf der Stelle wieder fallen.

Hat es den Anruf aus Deutschland wirklich gegeben? Ryan schüttelt den Kopf. Wunschdenken. Beflügelt durch das eine oder andere Glas Whiskey, hat ihm sein Verstand bestimmt einen Streich gespielt.

Sie wird sich nicht melden. Nicht, nachdem was er ihr angetan hat. Und schon gar nicht, nachdem er sie daraufhin einfach verlassen hat. Ohne Erklärung, ohne Verabschiedung, ohne irgendwas. Er versteht auch, dass sie seine Briefe ignoriert. Er hat ja selbst keine Ahnung, ob er ihr jemals wieder in die Augen sehen könnte. Deshalb ist es besser, dass sich ihre Wege ab sofort trennen.

»Hey Buddy! Was gibt es da so Spannendes, dass du den Müll anstarrst?« Brandon steht in der Tür und beobachtet ihn stirnrunzelnd.

»Mein Handy hatte gestern wohl einen Unfall. Muss anscheinend im Klo gelandet sein.«

Ryan zeigt auf die Mülltonne.

»Hm, dem Blick nach hätte ich eher auf eine heiße Braut getippt. Ich dachte schon, jetzt wird es interessant.« Der Kalifornier zieht einen Schmollmund.

Ryan lacht. »Okay. Erwischt. Ich habe tatsächlich an ein Mädchen gedacht.«

»Ich wusste es. Hast du ein Foto?«

»Ja, auf dem Handy. Kannst ja schauen, ob du es repariert bekommst.«

Doch Brandon lehnt dankend ab. So wichtig ist ihm das Mädchen nun auch wieder nicht. Dass tief in seinem Kleiderschrank unter den T-Shirts eine weitere Fotografie von ihr liegt, verrät Ryan wohlweislich nicht.

»Wo hast du sie kennengelernt?«, hakt Brandon zu Ryans Unbehagen nach.

»In Deutschland, aber das ist vorbei. Themenwechsel! Fährst du mich zu meinem Auto?«

»Bist du dir sicher, dass du schon fahren darfst?« Brandon mustert ihn skeptisch. »Und was wird deine Schwester dazu sagen?«

»Bei Mila habe ich eh komplett verschissen. Wir sollten die Gunst der Stunde nutzen und uns in deinen Fightclub verziehen.«

Ryan spekuliert damit, dass ein weiterer Verstoß gegen die Auflagen, seine Situation gar nicht mehr verschlimmern kann. Er will die Gelegenheit wahrnehmen und abhauen, bevor Mila zurückkommt und ihm doch noch einen Riegel vorschiebt.

»Wenn du dir sicher bist …«

»Jepp. Bin ich. Schnell! Verschwinden wir!«

Er schnappt sich seine Sporttasche und treibt Brandon zur Eile an. Sie fahren mit dem Lift nach unten, schleichen sich durch die Lobby zu Brandons Wagen und verlassen ungesehen das Hotelgelände.

»Ryan? Bist du endlich wach?«

Mila stößt die Tür zu seinem Zimmer auf. »Ist Brandon schon wieder weg?«

Verdutzt hält sie inne. Das darf doch nicht wahr sein. Wird Ryan denn niemals mehr vernünftig? Und sie nimmt auch noch Rücksicht auf ihn. Wie kann er so dreist sein und nach dem, was er gestern angestellt hat, einfach so verschwinden? Außerdem hatte sie auf die Besonnenheit seines neuen Freundes gesetzt. Anscheinend hat sie sich in Brandon getäuscht.

Sauer kehrt sie ins Wohnzimmer zurück. Nun sind sie wohl an einem Punkt angelangt, an dem sie nicht alleine weiterkommen. Mila spielt mit dem Gedanken, sich vom Jugendzentrum Unterstützung zu holen.

Eigentlich hat sie gehofft, dass der gestrige Abend für Ryan eine Lehre ist. Er war schon oft betrunken. Doch so weggetreten wie diesmal war er noch nie. Gegen elf Uhr versuchte sie, ihn zu wecken. Allerdings war ihre Mühe vergebens.

Er registrierte nicht einmal, dass sie im Zimmer war. Natürlich hätte sie ihm auch einen Eimer Wasser über den Kopf schütten können, aber dazu ist sie zu gutherzig. Im Nachhinein bedauert sie, es unterlassen zu haben.

Mila wirft einen Blick auf die Armbanduhr. In einer halben Stunde gibt es Abendbrot. Wenn Ryan bis dahin nicht zurück sein sollte, wird sie einen Termin im Zentrum ausmachen. Noch während sie sich selbst diese Frist setzt, geht die Tür auf und ihr Bruder schleicht sich in die Wohnung.

Mila stemmt die Hände in die Hüften und bleibt wortlos mitten im Wohnzimmer stehen.

Ryan zieht seine Schuhe aus und stellt sie ordentlich an den Platz. Danach dreht er sich zu ihr um. Verunsichert scannt er sie von oben bis unten, doch ihre Miene ist wie versteinert.

»Schwesterherz?« Er kommt einen Schritt auf sie zu und blickt sie treuherzig an.

Mila spürt, wie ihr Widerstand augenblicklich zu schmelzen beginnt. Nein! Sie muss standhaft bleiben. Deshalb schüttelt sie heftig den Kopf.

»Komm mir nicht mit deinem Welpenblick! Ich bin wirklich sauer auf dich. Nicht nur wegen gestern Abend, sondern auch wegen deines unerlaubten Ausflugs von heute.«

»Du hast allen Grund, wütend auf mich zu sein«, erwidert er kleinlaut und geht weiter auf sie zu. »Hier! Nimm den an dich.« Ryan ergreift ihre Hand und legt den Autoschlüssel hinein.

Mila stutzt. Sie hatte Widerworte erwartet. Protest. Ausflüchte. Jedoch in keinster Weise mit Einsicht gerechnet. Versucht Ryan, sie mit dieser Masche milde zu stimmen?

»Was soll das?« Nachdenklich betrachtet sie Ryans Finger, die nach wie vor um ihre liegen. Dabei fallen ihr die rötlichen Knöchel auf.

»Hast du dich etwa schon wieder geprügelt?«

»Nein, ich war mit Brandon im Fightclub.«

Ryan lässt Milas Hand los.

»Du weißt genau, dass ich dir das verboten habe!«

»Schwesterchen ...«

»Hör auf mit dem Schwesterchen!«

»Mila, es ist dort ganz anders, als du denkst. Ich habe wie wild auf einen Sandsack eingedroschen, bis ich nicht mehr konnte. Und jetzt geht es mir zum ersten Mal wieder gut.«

Dass er weinend zusammengebrochen war, und Brandon hilflos neben ihm stand, erwähnt er natürlich nicht. Die seelische Eskalation war unendlich befreiend gewesen. Dadurch, dass er sich völlig verausgaben durfte, war ihm eine riesige Last von den Schultern genommen worden. Er kann endlich frei atmen, ohne dieses bedrückende Gefühl in seiner Brust zu spüren.

Der Alkohol hatte zwar Ähnliches bewirkt, jedoch konnte er das nie so bewusst erleben. Selbstverständlich rechnet er damit, dass die Enge wiederkommen wird, doch jetzt weiß er, wie er sie vertreiben kann.

»Das ist schön und gut, trotzdem gehst du nicht mehr hin. Ich besorg dir einen Boxsack, wenn du willst.«

Mila missfällt die Vorstellung, er könnte dort das Zuschlagen erst richtig lernen.

»Es ist nicht nur der Boxsack. Wir haben im Club wirklich hart trainiert. Der Trainer hat mich angespornt und mich an meine Grenzen gebracht. Es geht nicht allein ums Kämpfen, sondern sich selbst alles abzuverlangen und jederzeit einen klaren Kopf zu behalten.«

Er blickt sie bittend an. Mila beißt sich nachdenklich auf die Unterlippe und Ryan wittert seine Chance.

»Gib mir Hausarrest, bis ich achtzehn bin. Oder einundzwanzig. Ganz egal! Aber lass mich bitte in den Club! Brandon kennt dort noch keinen und braucht dringend jemanden, der mit ihm trainiert. Mila, bitte. Es tut mir gut. Es hilft.«

Mila betrachtet ihren Bruder eindringlich. Irgendetwas ist verändert an ihm. Seine Gesichtszüge sind weicher geworden. Kann es wirklich sein, dass ein paar Stunden Training solch eine Wandlung bewirken?

»Ich mach dir einen Vorschlag: Lass es mich einen Monat probieren. Mila, ich habe nicht zum Spaß getrunken. Und das weißt du. Ich wollte vergessen. Ich habe versucht, meine Gefühle zu unterdrücken, doch das ging reichlich schief. Heute habe ich sie endlich rauslassen können. Ich habe meine Wut, meinen Frust, einfach alles in jeden Schlag gelegt und es hat verdammt gutgetan. Es geht gar nicht darum, jemandem wehzutun, sondern meine Aggressionen gezielt freizulassen«, zitiert er den Trainer sinngemäß.

Ryans Hartnäckigkeit und die leidenschaftlichen Argumente überzeugen sie schließlich. Da sich ihr Bruder so sicher zu sein scheint, ein Ventil für seine Probleme gefunden zu haben, sollte sie ihm diese letzte Chance geben. Ans Zentrum kann sie sich auch noch in vier Wochen wenden.

»Okay. Einverstanden. Dann sag Brandon, dass er ab sofort einen Trainingspartner hat.«

Ryan zieht sie spontan in die Arme und wirbelt sie herum. Milas Herz klopft laut. Das kurze Aufblitzen ihres alten Ryan ist doch bestimmt ein gutes Zeichen. Oder? Trotzdem gibt es ein paar weitere Punkte zu klären.

»Zweimal die Woche?«, erkundigt sie sich, nachdem er sie wieder abgesetzt hat.

Ryan nickt. »Ja, dienstags und freitags.«

»Du schreibst zuvor deine Hausaufgaben. Vom Strafdienst in meinem Büro stelle ich dich frei.«

»Alles klar. Und kein Auto und keinen Alkohol, bis ich einundzwanzig bin, ich weiß.« Treuherzig blickt er sie an.

»Genau.« Mila lacht still in sich hinein, während sie ihrem Bruder nachschaut, der sich das Haustelefon schnappt und Brandon anruft. Das mit dem Auto würde sie sich eventuell noch überlegen, aber das muss Ryan ja nicht wissen.

Kapitel 14

Zufrieden schweift Milas Blick durch den Saal. Die Konferenz ist ein voller Erfolg und der Auftraggeber, ein Hersteller von Minipeilsendern, hat sich schon mehrfach bei ihr für den reibungslosen Ablauf bedankt.

Der Bau des Kongresszentrums war ein Geniestreich ihres Bruders. Seit sie sich auf Großevents spezialisiert haben, läuft das Hotel so gut wie noch nie. Sie sind fast durchgehend ausgebucht. Schnell hat es sich herumgesprochen, dass neben den entsprechenden Räumen auch das nötige Know-how und Fingerspitzengefühl vorhanden ist, um Veranstaltungen zu etwas Besonderem zu machen; sei es eine Firmenfeier, Hochzeit oder Tagung.

Außerdem steht in ihrer Küche der beste Koch weit und breit. Milas Entscheidung, Jeremy einzustellen, ist ihr Beitrag zum Erfolg. Doch trotz der heilen Welt fehlt ihr irgendetwas.

Ein fröhliches Lachen dringt an ihr Ohr. Sie blickt zur Bar, an der sich Ryan in Begleitung einer Blondine angeregt mit Brandon unterhält.

Aus dem Jungen ist ein stattlicher Mann geworden. Vergessen sind die Strapazen nach seiner Rückkehr aus Deutschland.

Brandon hat es geschafft, ihn aus seinem Sumpf herauszuziehen. Mila will gar nicht daran denken, wo ihr Bruder ohne ihn gelandet wäre.

Obwohl die beiden Männer unterschiedliche Colleges besucht hatten, sind sie Freunde geblieben. Brandon ist Ryans Ruhepol, sein Fels in der Brandung.

Während Ryan Hotelmanagement studierte, entschied sich Brandon für Architektur. Von ihm stammen auch die Pläne für das Zentrum.

Mila streift sich ihren Rock glatt, setzt ein freundliches Lächeln auf und schlendert durch den Raum. Dabei achtet sie auf jede Kleinigkeit und ermahnt die Bediensteten, dafür Sorge zu tragen, dass die Wünsche der Gäste erfüllt werden.

Ihr Team ist jedoch eingespielt und so beschließt sie in ihr Büro zu gehen, um die Abrechnung für das Event vorzubereiten. Sie hat den Saal noch nicht verlassen, da ruft jemand nach ihr.

»Mila? Mila Dearing? Mein Gott, bist du es wirklich?«

Überrascht dreht sie sich um und erblickt einen Mann Mitte dreißig, der ihr seltsam vertraut vorkommt. Den Haarschopf hat sie zwar ein wenig länger in Erinnerung und den Bauch etwas straffer, aber schließlich sind einige Jahre seit ihrer letzten Begegnung vergangen.

»Jeff? Das kann doch nicht wahr sein. Was machst du denn hier?«

Die Freude ihren ehemaligen Arbeitskollegen zu sehen, ist echt.

»Ich bin mit ein paar anderen hergekommen, um mir die Vorträge anzuhören. Sag bloß, das ist das Hotel, wegen dem du uns damals hast sitzen lassen? Respekt!«

»Du dachtest wohl, es wäre so eine winzige Spelunke, was?«, frotzelt Mila.

»Jedenfalls wäre mir nie eingefallen, dass es solch ein Imperium ist. Wie viele Zimmer habt ihr?«

»Fast zweihundert; und achtzehn Appartementhäuschen um den Pool«, erklärt Mila mit Stolz.

»Das hat Jonathan mit keiner Silbe erwähnt.«

»Hör mir bloß auf mit dem«, mault Mila.

»Sorry, ich wollte dir nicht zu nahe treten.« Er hebt abwehrend die Hände.

»Ist der etwa auch hier?« Sie blickt sich hektisch um. Dass sie auf ihren Exfreund trifft, hätte ihr gerade noch gefehlt.

»Du kannst dich wieder beruhigen. Weit und breit kein Nate.« Jeff grinst belustigt.

»Was ist eigentlich zwischen euch vorgefallen? Der arme Kerl hat ganz schön getrauert.«

»Die schwarzhaarige Tussi, mit der ich ihn im Bett erwischt habe, hat ihm bestimmt geholfen, darüber hinwegzukommen«, erklärt Mila bissig.

Die Trennung von Jonathan war kurz und schmerzlos verlaufen. Jedenfalls für sie. Nachdem sich ihr Bruder einigermaßen gefangen hatte, beschloss sie, spontan nach Crystal River zu fahren, um Nate zu überraschen.

Er hatte etwas von ›zu viel Arbeit‹ gefaselt und ihr fürs Wochenende abgesagt. Um was für eine Art Arbeit es sich dabei handelte, durfte sie dann selbst herausfinden. Man kann es wohlwollend als ›Studie des weiblichen Körpers einer Studentin im Praktikum‹ bezeichnen, die Jonathan mit einiger Hingabe betrieben hat.

Im Nachhinein betrachtet muss sie zugeben, dass Jonathan und sie niemals die große Liebe verband. Er tauchte zu einer Zeit in ihrem Leben auf, in der sie nicht alleine sein wollte. Sie fühlte sich einsam und war überfordert. Da er nie mehr war, als die Stütze, die sie brauchte, fiel es ihr leicht, einen Schlussstrich zu ziehen.

Seither hatte Mila ein paar oberflächliche Affären, die sie an einer Hand abzählen konnte.

»Ich sehe, du bist nicht gut auf ihn zu sprechen.« Jeff grinst sie verlegen an.

»Nicht wirklich. Arbeitet ihr immer noch zusammen?«

Nicht, dass es Mila interessieren würde. Sie fragt nur aus Höflichkeit.

»Nein, er hat kurz nach eurer Trennung gekündigt. Soweit ich weiß, ist er jetzt irgendwo in Georgia. Aber das willst du sicher gar nicht wissen.«

»Erwischt! Und du? Bist du Crystal River treu geblieben?«

Jeff nickt. »Das bleibe ich auch. Ich habe mittlerweile eine Frau und eine süße Tochter.« Er zückt seine Brieftasche und fischt eine Fotografie eines kleinen schwarzhaarigen Mädchens heraus, die er ihr reicht.

»Sie hat deine Augen«, meint Mila und gibt ihm das Foto zurück.

»Willst du nicht zu uns an den Tisch kommen?«

»Wer sind die anderen?«

Sie verspürt wenig Lust darauf, irgendwelchen mitleidigen Blicken ausgesetzt zu sein. Kein einziger ihrer ehemaligen Kollegen konnte verstehen, warum sie ihren Job gegen ein Hotel eintauschte.

Zugegeben, die meisten waren über die Umstände nicht im Bilde. Damals war es ihr so lieber, denn mit zusätzlichen Beileidsbekundungen hätte sie nur schwer umgehen können.

»Du meinst, ob jemand aus der alten Clique dabei ist? Da kann ich dich beruhigen, du kennst sie nicht.«

»Was soll ich dann dort?« Skeptisch schaut sie zu dem Tisch, auf den Jeff zeigt.

Eine der Frauen winkt ihnen freundlich zu.

»Ich dachte, es wäre doch nett, mal wieder ein wenig mit dir zu fachsimpeln. Aber wenn du etwas Besseres zu tun hast …« Jeff zuckt mit den Schultern.

»Fachsimpeln?«

»Ja, das sind alles Kollegen aus diversen Nationalparks. Wir sind hier, weil wir uns für diesen neuartigen Peilsender interessieren.«

»Stimmt. Damit könntet ihr sogar die Schildkröten ausstatten.«

Milas Interesse ist geweckt. Obwohl sie ihren Beruf schon jahrelang nicht mehr ausübt, ist sie immer auf dem neusten Stand geblieben. Noch heute bezieht sie ihre Fachzeitschriften und liest jeden einzelnen Artikel darin. Die Biologin in ihr wollte befriedigt werden. Deshalb nickt sie und folgt Jeff zum Tisch.

»Hey Leute, darf ich euch Mila vorstellen? Ihr gehört das Hotel. Außerdem ist sie eine der besten Meeresbiologinnen, die ich kenne.«

Jeff zieht ihr einen Stuhl vom Nachbartisch heran und seine Kollegen rücken ein wenig zusammen.

»Dir gehört das Hotel?«, will die Frau wissen, die ihr vorhin zugewunken hatte. »Und du bist eine Kollegin? Wie passt das zusammen?«

»Na ja, eigentlich ist mein Bruder der Besitzer. Ich habe es nur für ihn verwaltet. Und als Biologin arbeite ich schon lange nicht mehr.«

»Was verdammt schade ist. Wir haben es damals zutiefst bedauert, dass du gegangen bist«, betont Jeff mit Nachdruck.

»Du weißt genau, dass mir nichts anderes übrig blieb.«

Mila holt tief Luft, bevor sie die fragenden Gesichter aufklärt, die sie neugierig mustern.

»Und du hast nie mit dem Gedanken gespielt, dem Hotel den Rücken zu kehren? Also ich könnte das nicht, da würden mir meine Viecher zu sehr fehlen.«

Ein junger Mann, etwa Anfang zwanzig, blickt sie verständnislos an.

»Natürlich habe ich daran gedacht, nur was hätte ich tun sollen. Solange mein Bruder das College besuchte, ging es nicht. Und danach ergab sich einfach keine Gelegenheit. Aber lassen wir das. Erzählt lieber, was ihr so macht«, fordert sie die Gruppe auf und schon bald entflammt eine hitzige Debatte.

Mila verfolgt mit regem Interesse die Gespräche, wirft ab und zu einen Einwand in die Runde oder pflichtet bei und fühlt sich zum ersten Mal seit Langem wieder vollkommen. Erst jetzt bemerkt sie, wie sehr ihr das gefehlt hat.

»Bist du dir sicher, dass du nicht in deinen Beruf zurückwillst?«, erkundigt sich einer der Männer, als zu später Stunde alle aufbrechen, um ihre Zimmer aufzusuchen.

»Hm, irgendwann vielleicht«, meint Mila achselzuckend.

Der Mann drückt ihr eine Visitenkarte in die Hand.

»Wir suchen noch dringend jemanden zur Verstärkung unseres Teams. Komm doch vorbei und sieh es dir an. Ich lege beim

Boss auch ein gutes Wort für dich ein.« Er zwinkert ihr aufmunternd zu und folgt den anderen zum Lift.

Mila starrt auf die Karte.

Manatee Research Center Florida.

Die Buchstaben leuchten ihr höhnisch entgegen. Als wüssten sie genau, dass sie ihnen nicht würde widerstehen können.

Manatis gehören zu Milas absoluten Lieblingstieren. Deshalb war es für sie auch besonders schwer, den Job in Crystal River, dem Rückzugsort der Seekühe im Winter, aufzugeben.

Und jetzt hält sie ausgerechnet die Visitenkarte des bekanntesten Forschungszentrum Floridas in der Hand.

»Na, Schwesterchen? Einem Geist begegnet?«

»Nur einem ehemaligen Arbeitskollegen.«

Schnell lässt Mila die Karte in der Tasche ihres Rocks verschwinden.

»Ist Brandon schon weg?«

»Ja, er ist eben gegangen. Wir treffen uns morgen Abend zum Training. Soll ich heute für dich Schluss machen? Du siehst müde aus.«

Besorgt legt er einen Arm um sie.

Mila lehnt ihren Kopf an seine Schulter und ist dankbar, ihren Bruder zurückbekommen zu haben. Wenigstens zum Teil, denn über den Unfall der Eltern schweigt er immer noch. Mila stellt ihm diesbezüglich auch keine Fragen mehr. Sie hat längst aufgegeben, Einzelheiten zu erfahren.

»Das ist nett gemeint, Ryan. Aber ich muss die Abrechnung fertigmachen. Der Veranstalter will bei Tagesanbruch abreisen.«

Verdutzt zieht er eine Augenbraue in die Höhe. Das sieht seiner Schwester gar nicht ähnlich. Normalerweise hat sie solche Dinge schon erledigt, bevor er überhaupt daran denken kann.

»Ich habe mich verquatscht«, erklärt sie ihm schnell. »Geh du ruhig zu deinem Mädchen zurück.«

»Ehrlich, Mila? Mir macht es nichts aus, sie nach Hause zu schicken.« Ryan ergreift ihre Schultern und blickt sie eindringlich an.

Seufzend erwidert Mila seinen Blick. Als Frau findet sie die Art unmöglich, wie er mit seinen Freundinnen umspringt. Wobei Freundin nicht ansatzweise die richtige Bezeichnung für seine Begleitungen ist. ›Dame des Tages‹ wäre treffender. Ryan bleibt nie lange an einer hängen.

Es erweckt den Anschein, als nähme er Reißaus, sobald die Beziehung ernst zu werden droht. Aber in dem Punkt kann sie ihm genauso wenig reinreden wie er ihr.

»Also gut, wenn du meine Abrechnung machst, hau ich mich aufs Ohr«, schlägt sie herausfordernd vor.

»Du weißt genau, dass ich das nicht hinbekomme.« Ein Schmunzeln huscht über Ryans Gesicht.

»Ich weiß, dass du es nicht hinbekommen willst, das ist ein himmelweiter Unterschied«, kontert Mila gut gelaunt.

»Verschwinde und tu, was immer du tun wolltest. Ich bin in einer halben Stunde fertig und geh dann auch schlafen.«

Sie gibt ihm einen Schubs in Richtung Bar. Anscheinend bester Laune kehrt er zu der blonden Schönheit zurück, die ihn freudestrahlend empfängt. Mila ist die Einzige, die ihn durchschaut und weiß, dass diese Fröhlichkeit nur aufgesetzt ist. Schließlich ist das Leuchten, das Ryans Augen innewohnte, bevor er nach Deutschland ging, bislang nicht zurückgekehrt.

Er trinkt sein Glas leer und verlässt mit dem Mädchen den Saal. Wie immer wird er irgendein freies Hotelzimmer in Beschlag nehmen, die Frau beglücken und sich anschließend aus dem Staub machen, um sich in sein Reich zurückzuziehen.

Niemals hat er eine der Holden mit in die Wohnung genommen, die er seit seiner Rückkehr vom College bezogen hat. Es gibt nur zwei Frauen, die seine Räumlichkeiten je betreten haben: Mila und das Zimmermädchen, das bei ihm aufräumt.

Mila geht in ihr Büro, setzt routiniert die restlichen Kosten auf die Rechnung und druckt sie aus.

Bevor sie sich in ihre Suite zurückzieht, stattet sie der Küche einen Besuch ab. Die meisten der Bediensteten haben längst

Feierabend gemacht. Nur der Küchenchef und ein Lehrling räumen noch den letzten Rest auf.

»Jeremy, das war wieder eine Glanzleistung von dir«, lobt Mila und schnappt sich eines der übrig gebliebenen Dessertteilchen von der Servierplatte.

»Danke, Boss.« Jeremy packt ein paar weitere Teilchen in eine kleine Pappschachtel, die er ihr grinsend reicht.

Es ist in den Jahren zu einem Ritual geworden. Anfangs kam Mila in die Küche, um seine neuesten Kreationen zu probieren, und mit ihm zu plaudern. Daraus hat sich ein freundschaftliches Verhältnis entwickelt, das über eine normale Chef-Angestellten-Beziehung hinausgeht.

»Darf ich dich etwas fragen, Jer?«

»Immer heraus damit.« Dabei entlässt er seinen Lehrling mit einer Handbewegung nach Hause.

»Würdest du dich da bewerben, wenn du an meiner Stelle wärst?«

Mit klopfenden Herzen holt Mila das Kärtchen aus der Tasche und legt es auf die Anrichte. Jeremy wirft einen Blick darauf, dann strahlt er Mila an. »Unbedingt!«

»Wirklich?«

»Ja, Mila! Dein Bruder ist bald fünfundzwanzig. Es wird Zeit für ihn, erwachsen zu werden. Außerdem bin ich auch noch da, um ihn vor Dummheiten zu bewahren. Jedenfalls, was die Küche betrifft.«

Jeremy trägt seit einigen Jahren die alleinige Verantwortung und Mila vertraut ihm hundertprozentig.

»Du meinst also, ich sollte mich bei … Wie heißt er? …« Sie nimmt die Karte in die Hand und dreht sie um. »… bei Kevin Seval melden?«

»Ja!«

»Ganz sicher?«

Jeremy lehnt sich schmunzelnd an die Anrichte und fixiert Mila mit seinem Blick. Sie kann, wenn sie will, genauso stur wie ihr Bruder sein. Doch in diesem Punkt wird sie nichts anderes von ihm zu hören bekommen. Sie ist eine wunderbare Chefin, die er sehr schätzt und wahnsinnig vermissen wird. Indes, er kennt sie nunmehr seit fast zehn Jahren und weiß, dass ihr hier etwas fehlt.

»Wovor hast du Angst, Mila? Und lass bloß Ryan außen vor. Ich stelle dir eine Frage, die du ehrlich beantworten solltest: Planst du im Hotel alt zu werden?«

»Nein, natürlich nicht!«

»Worauf wartest du dann noch? Setz dich in dein Auto und fahr nach Key Largo. Schnapp dir den verdammten Job und lebe endlich dein eigenes Leben und nicht das deines Bruders.«

»Du meinst, es ist an der Zeit, den nächsten Schritt zu wagen?«

»Wenn du es so ausdrücken willst, ja.«

Jeremy stemmt sich mit einem Ruck auf die Arbeitsplatte und streckt ihr eine Praline entgegen. Mila winkt ab, also steckt er das Konfekt in den eigenen Mund und lässt die Schokolade genüsslich auf der Zunge zergehen.

»Ich kann doch nicht von heute auf morgen alles stehen und liegen lassen. Soweit ist Ryan noch nicht.«

»Das ist eine faule Ausrede, und das weißt du. Wie lange führt Ryan das Hotel nun schon? Vier Jahre? Fünf? Und er macht es ohne Probleme, oder?«

Mila nickt, denn Jeremy hat recht. Ihr Bruder hat ein gutes Gespür dafür, was die Gäste heutzutage erwarten. Dennoch, wer kümmert sich in Zukunft um die Arbeiten, die im Moment sie erledigt?

»Ich müsste einen Ersatz für mich suchen«, denkt sie laut.

»Ja, tu das. Stell jemanden ein. Nur achte bitte darauf, dass sie nicht allzu hübsch ist. Am besten ist sie ein er!«

»Eifersüchtig?« Mila entschlüpft ein Lachen.

»Keineswegs, eher harmoniebedürftig. Nichts ist schlimmer als Spannungen in der Chefetage. Und, obwohl ich deinen Bruder ganz gut leiden kann, seine Art mit Frauen umzugehen finde ich … Aber lassen wir das lieber!«

»Er ist noch jung, Jer!«

»Wenn du meinst. So habe ich mich mit achtzehn verhalten. Sorg einfach dafür, dass er kein Interesse an seiner Assistentin hat.«

»Ich werde daran denken, wenn es so weit ist«, verspricht Mila.

Kapitel 15

Obwohl Jeremy ihr seinen Standpunkt klar und deutlich vermittelt hatte, dauerte es fast vierzehn Tage, bis Mila sich durchrang, Kevin Seval anzurufen. Sie haderte die ganze Zeit über mit der Tatsache, dass sie das Gefühl hatte, ihren Bruder im Stich zu lassen. Einerseits war sie genau wie Jeremy der Ansicht, genug zurückgesteckt zu haben. Andererseits hatte sie den Eltern am Grab versprochen, immer für Ryan da zu sein.

Warum sie sich überhaupt zu dem Termin durchgerungen hat, liegt einzig und allein an der Hartnäckigkeit ihres Kochs. Jedes Mal, wenn sie die Küche betrat, hob er fragend die Augenbrauen. Und jedes Mal wenn sie den Kopf schüttelte, rollte er mit den Augen und würdigte sie keines Blickes mehr. Nach einer Weile hatte er sie weich gekocht.

Nun sitzt sie also mit der fadenscheinigen Ausrede, ein paar Tage Urlaub zu benötigen, im Auto und befindet sich auf dem Weg nach Key Largo, zu der – wie es der Name schon andeutet – längsten Insel der Keys.

Ihre Fahrt führt sie quer durch die Everglades, und je weiter sie sich vom Hotel entfernt, desto aufgeregter wird sie. Mila ist sich zwar absolut nicht sicher, ob sie den Job annehmen wird, sollte sie ihn überhaupt bekommen, doch allein die Aussicht, das Research Center besichtigen zu dürfen, versetzt sie in Hochstimmung.

Sie dreht das Radio auf und trällert lautstark die Lieder mit. Die Landschaft zieht an ihr vorbei, ohne dass sie sie zur Kenntnis nimmt. Schneller als erwartet passiert sie Miami und Homestead und erreicht schließlich North Key Largo.

Dort soll sie sich mit Kevin treffen, der ihr mit dem Boot das derzeitige Einsatzgebiet vom Research Center zeigen will. Das eigentliche Vorstellungsgespräch ist für den Nachmittag anberaumt.

Auf der nördlichen Hälfte der Insel befindet sich eine Wohnanlage für Betuchte – inklusive Flughafen und Golfplatz –, die nicht für alle zugänglich ist. Zwei Pförtner achten peinlichst genau darauf, wer die Schranke passieren darf und wer nicht. Wie vereinbart parkt sie das Auto vor dem Ocean Reef Club auf dem Besucherparkplatz.

Mila steigt aus dem Tahoe und schaut sich interessiert um. Von Kevin ist noch nichts zu sehen, was jedoch kein bisschen verwunderlich ist, da sie etwas zu früh dran ist. Es dauert kaum fünf Minuten, da kommt einer der Pförtner auf sie zu und erkundigt sich herablassend: »Kann ich Ihnen helfen, Miss? Haben Sie sich vielleicht verfahren?«

Mila blickt ihn fassungslos an. Wenn sie geahnt hätte, dass sie aufgrund ihres Wagens degradiert wird, hätte sie Ryans Aston Martin genommen. Aber sie liebt nun mal ihren in die Jahre gekommenen und schon ein wenig klapprigen Tahoe. Was bildet sich dieser Fatzke eigentlich ein? Trotz der offensichtlichen Kränkung bleibt sie äußerlich ganz ruhig und lächelt den Mann freundlich an.

»Ich bin hier genau richtig. Ich warte auf jemanden.«

Der Pförtner ist jedoch nicht bereit, sich mit ihrer Erklärung abspeisen zu lassen. »Es tut mir leid, Miss. Wir haben Anweisung, jede verdächtige Person genauestens unter die Lupe zu nehmen. Ich muss Sie deshalb fragen, auf wen Sie warten.«

Das ist ja wohl der Gipfel der Unhöflichkeit. Mila kocht innerlich.

»Ach, und mich zählen Sie also zum verdächtigen Personenkreis, ja? Interessant zu wissen.«

Sie geht einen Schritt auf ihn zu und baut sich vor ihm auf. Da sie für eine Frau mit ihren fast ein Meter achtzig sehr groß ist, verschafft sie sich dadurch trotz der fehlenden hohen Absätze gehörigen Respekt.

»Und was, bitte, macht mich in Ihren Augen verdächtig? Meine Kleidung? Mein Auto? Nur weil ich keine Nobelkarosse fahre, heißt das noch lange nicht, dass ich kriminell bin.«

»Das haben Sie falsch verstanden, Miss«, sagt der Pförtner, um Frieden bemüht.

»Oh nein! Da gibt es nichts misszuverstehen. Genau deshalb würde ich mir hier niemals ein Haus kaufen. Ihre Überheblichkeit ist nicht zum Aushalten!«

Wenn Mila sich einmal in Rage geredet hat, kann sie niemand mehr bremsen.

»Diese Frage stellt sich Ihnen vermutlich gar nicht«, kontert der Mann verächtlich. »Und jetzt mache ich von unserem Hausrecht Gebrauch und fordere Sie auf, das Gelände umgehend zu verlassen.«

»Ich stehe auf einem öffentlichen Parkplatz, der nicht zum Club gehört. Sie können also von gar nichts Gebrauch machen.«

Siegessicher verschränkt Mila die Hände vor der Brust, doch der Pförtner zückt seelenruhig sein Funkgerät, um Verstärkung anzufordern. Mila ist kurz davor, endgültig die Contenance zu verlieren. Bevor es jedoch zur Eskalation kommt, erreicht ein Golfkart die beiden Streithähne.

Kevin hält das Gefährt neben ihnen an und ruft gut gelaunt: »Legen Sie sich nicht mit dieser Dame an, Scott. Sie führt eines der besten Hotels an der Westküste. Da sie es gewohnt ist, sich nichts gefallen zu lassen, werden Sie den Kürzeren ziehen.«

Lachend wendet er sich an Mila. »Schön, dass du es dir überlegt hast. Mein Boss ist richtig gespannt auf dich.«

»Hallo Kevin. Ich hoffe, du hast dich mit deinen Ausführungen über mich zurückgehalten, immerhin bin ich seit Jahren raus.« Mila ignoriert den Pförtner geflissentlich, der, eine Entschuldigung vor sich hin murmelnd, von dannen zieht.

»Du kannst dich schon sehr bald beweisen. Es gibt eine kleine Planänderung. Ich habe über Funk erfahren, dass unser zweites Boot im Patch Reef einen verletzten Manati gefunden hat. Sie versuchen gerade, ihn einzufangen. Da unser Kahn extra für solche Fälle angeschafft wurde, müssen wir zu ihnen rausfahren. Aber so siehst du nicht nur, wo wir arbeiten, sondern auch gleich wie.«

»Wenn es besser ist, warte ich hier, bis ihr den Manati in Sicherheit gebracht habt. Ich will euch nicht im Weg stehen«, erklärt Mila, da sie weiß, wie schwierig es ist, eine verwundete Seekuh zu bergen. Immerhin wiegen die Tiere bis zu einer halben Tonne.

Kevin schüttelt den Kopf und klopft auf den freien Sitz neben sich. »Spring auf! Wir können jede helfende Hand gebrauchen.«

Sobald Mila Platz genommen hat, braust er, so schnell es das Gefährt zulässt, los. Die Fahrt zum Hafen dauert nur wenige Minuten. Kevin parkt den Kart auf einem der vielen dafür vorgesehenen Plätze. Diese Art von Fortbewegungsmittel scheint hier sehr beliebt zu sein, denn man hat eigens Wege für sie angelegt.

Mila schultert ihren Rucksack und eilt gemeinsam mit Kevin im Laufschritt zu einem etwa neun Meter langen Konsolenboot. Zwei weitere Crewmitglieder warten bereits ungeduldig auf sie.

»Das sind Ruben und Edouard«, stellt Kevin seine Kollegen vor.

»Willkommen an Bord!« Edouard, der ältere der beiden, reicht Mila helfend die Hand. Leichtfüßig springt sie über die niedrige Bordwand ins Boot.

»Schon mal mit ’nem Kahn rausgefahren?«, erkundigt er sich, bevor er ihre Hand loslässt und ihr eine Schwimmweste hinhält.

Mila schlüpft in die Weste und nickt. In der kurzen Zeit, in der sie im Manatee Rescue Resort arbeitete, fuhren sie fast täglich mit dem Boot Patrouille. Sie fürchtet nur, dass eine Fahrt auf dem Fluss nicht einer Fahrt auf dem Meer gleichzusetzen ist.

»Das Wasser ist heute sehr ruhig«, beschwichtigt Kevin, der Milas unsicheren Gesichtsausdruck bemerkt hat. »Setz dich einfach und genieß es.«

Obwohl sie sich einen schöneren Anlass vorstellen kann, freut sich Mila, endlich wieder eine wilde Seekuh zu sehen. Sie hofft, dass dem Tier nicht allzu viel passiert ist. Aufgeregt rutscht sie im Bug des Bootes auf ihrem Platz hin und her, während Ruben mit Schrittgeschwindigkeit den Hafen verlässt. Zu langsam für ihren Geschmack, angesichts dessen, warum sie diese Fahrt antreten.

»Siehst du die Markierungen links und rechts von uns?« Kevin zeigt auf etliche hölzerne Stempel, die gut zwei Meter aus dem Wasser ragen. »Sie markieren das Fahrwasser und die Schilder daneben geben die erlaubte Geschwindigkeit vor.«

»An die halten wir uns jetzt aber nicht, oder?«

»Diesmal nicht! Leider gibt es einige Skipper, die sich ebenfalls nicht daran halten. Sie wiegen sich in Sicherheit, wenn kein Sheriff mit seinem Boot zu sehen ist, und drücken aufs Gas. Solange sie das im tieferen Fahrwasser tun, ist es noch zu verkraften. Manche brettern jedoch über das flache Gewässer hinweg, als wäre der Teufel persönlich hinter ihnen her. Sehr oft fallen ihnen dann Manatis zum Opfer, die knapp unter der Wasseroberfläche schwimmen.« Da fällt ihm ein, dass Mila keine Touristin ist, die er belehren muss, deshalb sagt er schnell: »Aber warum erzähle ich dir das? Das weißt du ja.«

»Kein Problem. Das mit den Pfeilern war mir zum Beispiel neu. In Crystal River gibt es die nicht. Wie viele Seekühe habt ihr zurzeit in Pflege?«

»Im Moment sind es zwölf. Die schwer verletzten bringen wir ins Miami Seaquarium. Einige von ihnen werden wohl für immer in Gefangenschaft bleiben, da die Verletzungen zu schwerwiegend sind, um sie freizulassen. Andere haben mehr Glück und werden später ausgewildert«, brüllt er gegen den Lärm des Motors an, denn Ruben drückt den Gashebel nach unten und das Boot nimmt Fahrt auf.

Da aufgrund der Lautstärke keine weitere Unterhaltung möglich ist, genießt Mila die Fahrt schweigend. Hin und wieder begegnen sie anderen Skippern, die freundlich grüßend die Hand heben. Nach einer Weile wird ihr Boot plötzlich langsamer und Kevin tippt ihr auf die Schulter.

»Da vorne! Da sind unsere Leute.«

Mila blickt an seinem ausgestreckten Arm entlang und entdeckt ein weiteres, viel größeres Boot mit der Aufschrift des Manatee Research Centers, sowie ein zusätzliches, mit dem Bild eines Delfins an der Bordwand.

»Das sind Kollegen von Marathon. Sie sind eigentlich selten hier oben unterwegs. Ihr Gebiet erstreckt sich hinunter bis Key West. Sie begleiten derzeit eine Gruppe Tümmler, in die sie zwei Jungtiere eingegliedert haben«, erklärt Kevin, während er aufsteht und die anderen mit einem kurzen Winken begrüßt.

»Da seid ihr ja endlich«, ruft jemand von der Besatzung.

Mila stutzt kurz, da ihr die Stimme bekannt vorkommt, doch vor lauter Aufregung misst sie dem keine weitere Bedeutung bei. Als ihr Boot zur Ruhe kommt, wagt sie es, aufzustehen und einen genaueren Blick zu riskieren. Am großen Schiff hängt längsseits ein Netz, in dem ruhig eine Seekuh liegt. Der freundliche Riese wartet scheinbar geduldig darauf, dass ihm geholfen wird.

Edouard entfernt die Bordwand am Heck, sodass der Kahn nun über die gesamte Breite offen ist. Kevin und die anderen wollen den Manati an Bord ziehen. Ruben fährt rückwärts so nah wie möglich an das Tier heran. Zwei Taue werden ihnen übergeben, an denen das Netz befestigt ist. Währenddessen rührt sich der Koloss nicht.

»Er hat drei tiefe Einschnitte knapp hinter dem Kopf. Seid vorsichtig beim Hochziehen, damit er sich nicht auf den Rücken rollt.« Ein Mann Anfang vierzig springt vom Deck des Schiffes in ihren Kahn und reicht Mila die Hand. »Hi, ich bin Craig. Bereit anzupacken?«

Nach und nach kommen immer mehr Leute auf ihr Boot und ergreifen das Netz. Behutsam holen sie das etwa elfhundert Pfund schwere Tier heran. Noch wehrt sich die Seekuh nicht. Als sie aber merkt, dass sie aus dem Wasser gezogen werden soll, kämpft sie dagegen an. Die Kraft, die sie mit einem einzigen Schlag ihrer Schwanzflosse ausübt, ist so groß, dass sie das neun

Meter lange Boot problemlos vor sich herschiebt. Trotzdem lassen die Männer nicht locker. Neben Mila ist eine weitere Frau an Bord, die ihren männlichen Kollegen jedoch in nichts nachsteht.

»Auf mein Kommando ziehen alle zugleich! «, befiehlt Craig und beginnt zu zählen. »Drei … zwei … eins … und ziiieeeht!«

Mit aller Kraft zerrt Mila am Netz. Abermals zählt Craig und erneut reißen alle gleichzeitig an den Maschen. Zentimeter für Zentimeter rutscht der graue Koloss aus dem Wasser. Dann geht plötzlich alles ganz schnell. Ein weiterer kräftiger Zug und der Manati befindet sich vollständig auf dem Kahn.

»Das hätten wir geschafft«, sagt Craig erleichtert.

Kevin klopft Ruben zufrieden auf den Rücken und beide helfen Edouard die Heckklappe wieder anzubringen. Jemand hinter Mila schaufelt mit einem Eimer Wasser über das Tier. Mila hilft dabei, den Körper der Seekuh vom Netz zu befreien.

»Was meinst du, Pat?«

Craig geht neben der Frau in die Hocke, die sich gerade die Verletzungen ansieht.

»Er scheint früh genug abgetaucht zu sein. Die Schnitte sind nur oberflächlich. Bringen wir ihn zu uns, damit ich das nähen kann.«

Sie tätschelt dem Tier liebevoll den Kopf, was ihn auch wirklich zu beruhigen scheint.

»Das war mal ein außergewöhnliches Vorstellungsgespräch, was?« Craig lächelt Mila zu. »Den praktischen Teil hättest du somit bestanden.«

»Sie sind Mister Mitchel?« Mila hat sich den Mann ein bisschen anders vorgestellt. Etwas älter und weniger muskelbepackt. Irgendwie würde er einen guten Navy Seal abgeben, schießt es ihr durch den Kopf.

»Der bin ich. Kevin hat zur Abwechslung einmal mitgedacht, als er dir das Kärtchen zugesteckt hat. Ist normalerweise nicht seine Stärke.«

»Danke, Boss! Wahnsinnig nett von dir«, sagt Kevin gut gelaunt. Die Frotzelei scheint an ihm abzuprallen.

»Du bist und bleibst mein bester Mann.«

»Das sagst du zu jedem.«

»Aber nur bei dir meine ich, was ich sage.«

»Das sagst du auch zu jedem! Er liebt uns nämlich alle sehr«, erklärt Kevin und zwinkert Mila zu.

»Wir fahren jetzt zum Stützpunkt. Soll Mila mitkommen, oder nehmt ihr sie an Bord? Sie hat ihr Auto vor dem Club stehen.«

»Dann fährst du besser mit uns zum Hafen zurück«, bestimmt Craig und deutet zum anderen Boot. »Wartet mit dem Abladen auf uns. Der Große wird es verkraften.«

Leichtfüßig klettert er die Strickleiter hinauf, die ein an Bord gebliebenes Crewmitglied heruntergelassen hatte.

Mila folgt ihm und ergreift die Hand, die sich ihr entgegenstreckt, um ihr über die Reling zu helfen. Sie will sich gerade für die Hilfe bedanken, da taumelt sie zwei Schritte nach hinten. Kein Geringerer als Jonathan steht vor ihr und grinst sie breit an.

»Schön dich wiederzusehen, Mila!«

Mila kann seine Freude nicht teilen. Sie blickt zurück, ob sie noch eine Chance hat, doch mit Kevin und dem Manati zu fahren, aber das Boot hat schon abgelegt.

»Nate«, begrüßt sie ihren Exfreund eisig.

»Ach, ihr beiden kennt euch?« Craig scheint der Umstand sehr zu gefallen.

»Ja, von der Zeit aus Crystal River. Sie hat dort wirklich gute Arbeit geleistet. Leider blieb Mila nicht lange, da sie sich ja um ihren *Bruder* kümmern musste.« Süffisant betont er das Wort, sodass in Mila prompt die Galle hochsteigt. Jonathan warf ihr nach der Trennung vor, es wäre nur zu dem Seitensprung gekommen, weil er sich vernachlässigt gefühlt hatte. Andauernd hätte sie Ryan ihm vorgezogen.

»Ich dachte, du wärst in Georgia?« Das Unbehagen ist Mila anzumerken.

Jonathan zieht erstaunt die Stirn kraus. »War ich auch bis vor drei Wochen. Hast du mir hinterherspioniert?«

Mila meint, ein wenig Hoffnung in seiner Stimme auszumachen. Er glaubt doch nicht wirklich, dass sie ihm eine zweite Chance gewähren würde.

»Warum sollte ich? Ich habe vor kurzem Jeff getroffen. Der hat es nebenbei erwähnt.«

Sie hält sich an der Reling fest, da das Boot Fahrt aufnimmt. Das Geräusch der Motoren verhindert ein weiteres Gespräch, was Mila sehr entgegenkommt.

Im Hafen beeilt sich Mila, den freien Platz neben Craig auf dem Kart zu ergattern. So bekommt Nate keine Gelegenheit mehr, ihr auf den Zahn zu fühlen. Missmutig blickt er den beiden hinterher, wie sie um die Ecke verschwinden.

Mila genießt die Rückfahrt. Diesmal hat sie genügend Zeit die Clubanlage genauer unter die Lupe zu nehmen, da Craig viel langsamer fährt als Kevin am Morgen. Erstaunt stellt sie fest, dass sie von der Anlage beeindruckt ist. Haus an Haus reiht sich eine Villa an die andere. Gepflegte Vorgärten, saubere Straßen. Die Leute lassen es sich etwas kosten, hier die heile Welt vorgegaukelt zu bekommen. Sogar eine eigene Schule wurde für die Kinder gebaut, damit diese nicht bis in die nächste Stadt fahren müssen.

»Wohnt ihr hier auf dem Gelände?«, erkundigt sie sich neugierig bei Craig.

»Nein, so gut bezahlt ist der Job nun auch wieder nicht. Das Research Center nutzt lediglich zwei der Anlegeplätze im Hafen, solange wir in den Riffen zu tun haben. Unser Hauptposten liegt in der Nähe vom John Pennekamp State Park; versteckt im Wald. Außerdem haben wir noch einen weiteren Stützpunkt oben in Homestead, aber den wirst du heute nicht zu Gesicht bekommen.«

»Später schon?«

»Wenn ich dich einstelle, sicher. Wir pendeln oft von einer Station zur anderen, je nachdem was gerade wo ansteht. Im Moment untersuchen wir hauptsächlich das Patch Reef, deshalb die Liegeplätze im Hafen. Welcher Wagen gehört dir?«

Mila zeigt auf den Tahoe.

»Du solltest im Hotel einchecken, etwas essen und dann zu uns kommen. Kevin führt dich durchs Research Center. Oder ist es dir lieber, wenn Nate das übernimmt?«

»Nein, nein. Wenn es mit Kevin so abgesprochen war, belassen wir es besser dabei«, sagt Mila hastig. Ein wenig zu hastig anscheinend, da Craig sie mit einem Mal skeptisch mustert.

»Ich möchte nicht, dass sich Kevin übergangen fühlt«, versucht sie, ihm ihre Reaktion zu erklären. Zum Glück scheint Craig es auch zu schlucken, denn er verabschiedet sich und fährt in die Anlage zurück.

Kapitel 16

Nachdenklich umklammert Mila ihr Cocktailglas. Sie ist viel zu aufgeregt, um sofort schlafen zu gehen. Tausend Gedanken spuken ihr durch den Kopf. Das Vorstellungsgespräch am Nachmittag, das ganz klassisch in Craigs Büro stattfand, dauerte kaum eine halbe Stunde.

Er warf einen kurzen Blick in ihre Akte, fragte nach ihren Gehaltsvorstellungen und eröffnete ihr, dass seine Entscheidung schon am Vormittag gefallen war. Auf ihre Bitte hin gab er ihr zwei Wochen Zeit, um zu Hause alles zu regeln. Dann jedoch erwartet er eine Zu- oder Absage, wobei er Letzteres sehr bedauern würde, wie er betonte.

Kevin führte sie anschließend über das Gelände und sie statteten am Ende dem verletzten Manati einen Besuch ab. Nachdem sich Kevin von ihr verabschiedet hatte, kam es noch zu einer unschönen Begegnung mit Nate, der tatsächlich der Meinung war, nach wie vor Ansprüche auf sie zu haben. Mila klärte das mit einem gezielten Tritt in seine Weichteile, der ihn in die Knie gehen ließ. Damit war für sie die Geschichte ein für alle Mal geklärt.

Nun sitzt sie seit einer Stunde einsam an der Hotelbar, schlürft mittlerweile den dritten Cocktail und weiß nicht, wie sie sich entscheiden soll.

Einerseits reizt sie der Job ungemein. Der Umgang mit den Tieren, das Projekt, das sie betreuen soll und die Forschung, die damit verbunden ist.

Andererseits sind da Jonathan und Ryan. Die Sache mit Jonathan bereitet ihr die geringsten Sorgen. Wenn er ihr erneut blöd kommt, verpasst sie ihm einen weiteren Tritt, sodass er bis zum Mond fliegt.

Bei Ryan gestaltet sich alles ein wenig schwieriger. Obwohl nichts darauf hindeutet, dass ihm der Tod der Eltern immer noch zu schaffen macht, traut Mila ihm in dieser Beziehung nicht über den Weg.

Er hat in all den Jahren ihr Grab kein einziges Mal besucht. An ihrem Todestag verschwindet er regelmäßig und taucht erst wieder am nächsten Morgen auf. Kann sie ihn wirklich alleine lassen? Nachdenklich starrt sie in ihr Glas, in dem einsam ein paar Eiswürfel liegen.

»Noch einen Tequila Sunrise?«, erkundigt sich der Barkeeper mit einem allwissenden Lächeln. Vermutlich tippt er auf Liebeskummer.

Mila nickt und lässt ihren Blick über die anderen Gäste schweifen. Alle sehen glücklich aus. Bestimmt verbringen sie gerade den Urlaub hier, hatten einen schönen Tag und lassen nun den Abend an der Bar ausklingen. Bei dem Pärchen links außen könnte es sogar sein, dass sie sich auf Hochzeitsreise befinden.

Ein wehmütiges Lächeln huscht über Milas Gesicht. Sie beobachtet gerne Menschen, speziell die Gäste in ihrem Hotel. In ihren Mienen und aus ihren Gesten kann sie ablesen, ob sie sich wohlfühlen und sie somit ihre Pflichten als Gastgeberin erfüllt hat.

Ihr Blick wandert weiter. Es sitzen vorwiegend Pärchen am Tresen und zu jedem denkt sie sich eine Geschichte zu deren Leben aus, nur, um nicht über ihr eigenes nachdenken zu müssen.

Schließlich bleibt sie an einem Augenpaar hängen, das sie seinerseits neugierig mustert. Es gehört zu einem groß gewachsenen, blonden Mann auf der gegenüberliegenden Seite der Bar. Er hebt sein Glas und lächelt ihr zu.

Ertappt spürt Mila, wie ihr die Röte ins Gesicht steigt. Verlegen senkt sie den Blick, um kurz darauf erneut zu ihm zu schielen.

Nach einer Weile, in der sie immer wieder verstohlene Blicke getauscht haben, nimmt der junge Mann sein Bier und kommt auf sie zu. Lässig beansprucht er den Platz neben ihr und lehnt sich an die Theke.

»Jetzt bloß keine blöde Anmache«, betet sie gedanklich vor sich hin, denn der gut aussehende Typ ist genau ihre Kragenweite. Freundlich nickt sie ihm zu.

»Gehe ich richtig in der Annahme, dass Sie ohne Begleitung hier sind?«, erkundigt er sich und stellt das Bierglas auf den Tresen.

»Richtig geraten«, antwortet sie schmunzelnd. Gut, das war zwar nicht einfallsreich, aber zumindest auch kein blöder Spruch. Und seine dunkle Stimme geht Mila durch Mark und Bein. Sie verursacht ein angenehmes Prickeln, das sich in ihrem ganzen Körper ausbreitet.

»Leider geht es mir genauso. Darf ich Sie deshalb bitten, mit mir auf meine neue Arbeitsstelle anzustoßen? Es feiert sich so schlecht alleine.« Er legt den Kopf ein wenig schief und blickt sie bittend an.

Ihr fallen sogleich die vielen Lachfältchen um seine blauen Augen auf. Er scheint ein fröhlicher Mensch zu sein.

»Das ist ja lustig. Ich hatte heute ebenfalls ein Vorstellungsgespräch«, erklärt sie und nippt an ihrem Cocktail.

»Hoffentlich waren Sie ebenso erfolgreich wie ich?«

»Wie man's nimmt. Die Zusage habe ich. Ich bin jedoch unschlüssig, ob ich den Job auch antrete.«

»Ist er nicht das, was Sie sich erhofft haben?«

»Doch, eigentlich schon. Sogar mehr als das. Ich frage mich nur, ob ich bereit bin, mein bisheriges Leben hinter mir zu lassen.«

»Wozu dann die Bewerbung? Zeigt das nicht, dass Sie eine Veränderung herbeisehnen?«

Mila zuckt mit den Schultern. Wie soll sie ihm das erklären, wenn sie selbst keine Ahnung hat, was sie sich dabei gedacht hat.

»Ich bin einem Wunschtraum hinterhergelaufen, denke ich.«

»Träume muss man festhalten und darf sie niemals verlieren«, sagt er mit leiser Stimme.

»Ich habe meinen wohl schon vor zehn Jahren verloren«, murmelt Mila traurig.

»Das glaube ich nicht. Sonst wären Sie nicht zu dem Vorstellungsgespräch gegangen. Lassen Sie uns anstoßen.«

Er hebt sein Glas in ihre Richtung. »Auf Ihre und meine Zukunft. Auf unsere neuen Jobs und …«

»Auf Ihren neuen Job«, korrigiert sie ihn, »mich lassen wir außen vor.«

»Okay, dann nur auf meinen«, lenkt er ein und stößt mit dem Rand seines Glases an ihres, danach nimmt er einen großen Schluck.

»Was ist das für ein Job, den Sie an Land gezogen haben?«, erkundigt sich Mila, nachdem sie ebenfalls an ihrem Getränk genippt hat.

»Ich werde hier im Hotel den alten Küchenchef ablösen.«

»Sie sind Koch?«, fragt sie erstaunt.

»Chef de Cuisine, bitteschön, das klingt viel nobler.« Er prostet ihr erneut zu.

»Noch sind Sie es ja nicht!« Seine ungezwungene Art wirkt ansteckend und Mila fühlt sich plötzlich leichter, freier und glücklicher.

»Und Sie? Was könnten Sie werden, wenn Sie sich trauen würden?«

»Das hat nichts mit Feigheit zu tun«, protestiert sie energisch.

»Alles hat damit zu tun, ob man sich überwinden kann, Altbewährtes aufzugeben und in unbekannte Gewässer zu segeln. Wovor haben Sie Angst?« Der Mann rückt ein wenig dichter an sie heran und Mila gefällt seine Nähe.

»Ich habe keine Angst.«

»Doch. Haben Sie.«

»Habe ich nicht!« Mila schüttelt vehement den Kopf.

»Somit kann es nicht Ihr Traumjob sein.«

Er dreht sich zum Tresen und winkt nach dem Barmann. »Wollen Sie noch mal das Gleiche?«

Mila nickt und wartet, bis der Barkeeper die Bestellung aufgenommen hat, anschließend nimmt sie das Gespräch wieder auf: »Eigentlich ist es der Traumjob schlechthin.«

»Dann verstehe ich erst recht nicht, warum Sie zögern.«

»Das ist eine lange Geschichte.«

»Der Abend ist jung und ich habe Zeit.«

Er legt eine Hand auf ihren Schenkel und eine wohlige Wärme geht von ihr aus. Da diese Geste in keiner Weise anzüglich rüberkommt, lässt sie ihn gewähren. Sie beugt sich zu ihm und flüstert: »Ich kann doch einem Fremden nicht mein Herz ausschütten.«

»Wenn' s weiter nichts ist: Ich bin Damian, einunddreißig und komme aus Österreich. Mein Vater ist Amerikaner und hier in Florida geboren, in Tampa genauer gesagt. Meine Mutter …«

»Stopp!«

Mila schüttelt lachend den Kopf.

»Was?« Er grinst sie schelmisch an. »Somit kennen Sie mich jetzt.«

»Woher weiß ich, dass Sie mir die Wahrheit gesagt haben?«

»Soll ich Ihnen meinen Ausweis zeigen?« Er holt seine Brieftasche hervor.

»Lassen Sie stecken, ich glaube Ihnen.« Mila umfasst seine Hand, die immer noch auf ihrem Schenkel liegt. Bevor sie sich selbst vorstellen kann, bringt ihnen der Barmann ihre Getränke. Damian reicht ihr den Cocktail.

»Danke«, haucht sie und blickt ihm tief in die blauen Augen. Zwischen ihnen beginnt es zu knistern. Zentimeter um Zentimeter nähern sich ihre Köpfe, doch ehe es zum Kuss kommt, zieht sich Damian zurück. Er nimmt sogar die Hand von ihrem Schenkel und lehnt sich entspannt an die Theke. Nachdenklich betrachtet er ihr enttäuschtes Gesicht.

»Fast wäre ich meinem Grundsatz untreu geworden.«

»Welchem Grundsatz? Kein Sex vor der Ehe?« Mila schlägt sich die Hand vor den Mund, als sie registriert, was ihr da rausgerutscht ist.

Ein kurzes Lachen dringt aus seiner Kehle, dann wird er wieder ernst.

»Nein. Dem Grundsatz, dass ich keine Frauen küsse, deren Namen ich nicht kenne.«

Jetzt muss sie selbst schmunzeln und steigt auf das Spiel ein. »Das heißt, solange ich meinen Namen verschweige, bin ich sicher vor Ihnen?«

»Darauf würde ich mich nicht unbedingt verlassen. Regeln sind dazu da, um gebrochen zu werden. Grundsätze ebenfalls. Ich kann nicht versprechen, dass ich der Versuchung widerstehen kann.« Seine Stimme ist rau geworden und beschert Mila eine Gänsehaut.

»Dann ist es also egal, ob ich Ihnen sage, wie ich heiße oder nicht?«

Unbewusst befeuchtet sie sich mit der Zunge die trockenen Lippen.

»Vermutlich. Mir wäre es trotzdem lieber, wenn ich Ihren Namen wüsste. Es macht einen Kuss viel intensiver, sobald man weiß, wen man küsst.« Damians Blick hängt fasziniert an Milas Mund. Die vollen Lippen laden geradezu ein, sie zu kosten. Er kommt einen Schritt näher, sodass er knapp an ihren Schenkeln steht.

Milas Stimme zittert leicht, als sie ihm ihren Namen nennt. Sie kann den Blick nicht von ihm lösen.

»Schön dich kennenzulernen, Mila«

Damian umfasst ihr Gesicht, dann berühren sich ihre Lippen. Zufrieden seufzt Mila auf und schließt die Augen. Seine Zunge streicht sanft über ihren Mund, woraufhin sie ihn ein wenig öffnet und Damian mit ihrer Zungenspitze neckt.

Jedoch schlägt er die Einladung aus und beendet den Kuss. Enttäuscht hebt sie die Lider und schaut ihn unsicher an. Warum hört er auf? Hat sie seine Signale falsch gedeutet? Erwartet sie nun Spott in seinem Blick?

Doch nichts dergleichen geschieht. Er lächelt sie an und nimmt seelenruhig einen Schluck von seinem Bier.

»Ich würde gerne etwas mehr über dich erfahren, bevor wir uns unseren Gefühlen widmen.«

Mila schmunzelt. Damians Art ist erfrischend ehrlich. Sie nippt an ihrem Cocktail und blickt ihn über den Rand des Glases verträumt an.

»Magst du mir nun erzählen, aus welchem Grund du den Job nicht annehmen willst?«, nimmt Damian den Faden ihres Gesprächs wieder auf.

»Soll ich dich wirklich mit meiner Geschichte langweilen? Ich dachte, du wolltest feiern?«, versucht Mila, ihm auszuweichen, aber er schüttelt den Kopf.

»Feiern können wir später noch, wenn ich dir klar gemacht habe, dass deine Bedenken umsonst sind.«

»Du bist gar kein Koch, oder? Du gehörst zum Research Center!«, frotzelt Mila.

»Wohin gehöre ich?«, fragt er erstaunt.

»Zum Manatee Research Center. Dort, wo ich demnächst als Biologin anfangen könnte.«

»Warum soll ich mit denen etwas zu schaffen haben?« Damian zieht sich einen freien Barhocker heran.

»Na, weil du mich unbedingt dazu bringen willst, den Job anzunehmen.«

Er schüttelt den Kopf und nimmt elegant Platz. Ein Bein stützt er am Hocker ab. Sein Unterschenkel berührt ihren und sofort durchströmt Mila wieder diese angenehme Wärme.

»Es treiben mich ganz andere Gründe«, sagt er bedeutungsvoll.

»Welche?« Gespannt wartet Mila auf seine Erklärung.

»Bei hübschen jungen Frauen überkommt mich der Beschützerinstinkt; und bei schwarzhaarigen besonders. Da muss ich einfach wissen, ob sie sich nicht in etwas verrannt haben. Oft sieht ein Außenstehender mehr als man selbst.«

»Dann hat dir also ein Fremder geraten, dich hier zu bewerben?«, versucht sie, ihm erneut auszuweichen.

»Nein, ein Freund, der wusste, dass ich dort, wo ich im Moment bin, unzufrieden bin. Freunde sehen auch mehr als man selbst, zumindest wenn es echte Freunde sind. Wer hat dich dazu getrieben? Du bist doch nicht aus freien Stücken hier.«

Erstaunt blickt Mila ihn an. Ist sie wirklich so leicht zu durchschauen? Oder hat er einfach nur gut geraten?

»Bei mir war es ebenfalls ein Freund.«

»Ein richtiger Freund?«

Mila nickt.

»Auf die sollte man unbedingt hören. Die kennen einen oft besser als man sich selbst. Was hat er denn zu deinen Bedenken gesagt?« Neugierig mustert er sie.

»Lebe endlich dein Leben und nicht das deines Bruders«, zitiert sie Jeremy und spielt nervös mit ihren Fingern.

»Und liegt er damit richtig?«

Damian nimmt ihre Hand und streicht mit dem Daumen über ihren Handrücken.

Diese Geste hat etwas Beruhigendes an sich, sie ist jedoch auch ungemein erotisch und bringt Saiten in Mila zum Schwingen, von denen sie bislang nichts geahnt hatte.

»Hat er recht damit?«, fragt Damian nochmals mit Nachdruck, da sie nach wie vor schweigt.

»Ich fürchte, ja.« Mila fährt sich mit der freien Hand durchs Haar.

»Wieso lebst du überhaupt das Leben deines Bruders?«

Mit wenigen Worten gibt sie Damian eine grobe Zusammenfassung der letzten Jahre, dann herrscht betretendes Schweigen zwischen ihnen.

Mila hält den Blick gesenkt und schafft es nicht, ihn anzusehen. Sie will auf gar keinen Fall schon wieder in zwei Augen schauen, aus denen Mitleid spricht.

»Hey du, sieh mich an«, flüstert er ihr zu und Mila hebt widerwillig den Kopf.

»Du hast schreckliche Dinge erlebt und schwere Zeiten hinter dir. Doch ich muss deinem Freund recht geben: Es ist so weit, um sich auf etwas Neues einzulassen. Dein Bruder ist kein Teenager mehr, der deine Führung braucht.«

»Das nicht, aber ich fürchte, er hat die Geschehnisse von damals noch immer nicht verarbeitet.«

»Daran wird sich auch nichts ändern, wenn du bei ihm bleibst. Du hast zehn Jahre versucht, zu ihm durchzudringen, und wirst es vermutlich auch die nächsten zehn Jahre erfolglos tun.«

Er streicht ihr sanft eine Träne weg, die über ihre Wange rollt.

»Wenn ich jetzt gehe, wer fängt ihn dann auf? Wer ist an seiner Seite, wenn er sich schlecht fühlt?«

»Wer ist denn an deiner Seite, Mila? Du lädst dir eine Last auf die Schultern, ohne eine Sekunde an dich zu denken. Gerade eben hast du mir von deinem Leben erzählt, doch du hast mit keinem Wort deine Gefühle erwähnt. Ich weiß, wie schrecklich es deinem Bruder ging, aber was ist mit dir?«

»Was soll mit mir sein?« Mila versteht nicht, worauf er hinaus will.

»Bereust du die Entscheidung, dein Leben für deinen Bruder und das Hotel geopfert zu haben?«

Damian zwingt sie ihn weiterhin anzusehen, indem er ihr Gesicht in beide Hände nimmt.

»Bist du glücklich, Mila?«

»Ich hatte keine andere Wahl«, stammelt sie. »Das war ich meinen Eltern schuldig.«

»Warum? Was haben sie für dich getan, dass du dir solch eine Bürde auferlegst?«

»Sie waren meine Eltern, genügt das nicht?« Wut steigt in ihr hoch. »Willst du mir etwa sagen, ich hätte meinen Bruder damals im Stich lassen sollen?«

Damian streicht mit beiden Daumen über ihre Wangen, da Mila ihre Tränen nicht mehr zurückhalten kann. Zum Glück ist das Licht in der Bar nicht besonders hell und die wenigen, zu dieser späten Stunde noch verbliebenen Gäste sind mit sich selbst beschäftigt, sodass niemand mitbekommt, wie aufgelöst sie gerade ist.

»Nein, ich finde es toll, was du für deinen Bruder getan hast. Er kann sich glücklich schätzen, dich zur Schwester zu haben. Ich möchte dir nur klarmachen, dass du mehr geopfert hast, als von dir erwartet wurde. Deine Eltern wären bestimmt stolz auf dich, aber sie würden sich sicherlich auch wünschen, dass du glücklich bist und das bist du eben nicht. Du hast deinem Bruder geholfen ein Mann zu werden. Was er nun daraus macht, ist seine Sache. Jetzt ist es an der Zeit, dass du wieder an dich denkst.«

Er zieht ihren Kopf zu sich und küsst ihr die Tränen von den Wangen.

Mila genügt das nicht. Damian hat ihre gesamte Gefühlswelt durcheinandergebracht; Zweifel und Sehnsüchte in ihr geschürt. Wie kann ein völlig Fremder so tief in sie hineinblicken und das aussprechen, was schon lange an ihr nagt. Sie schlingt die Arme um seinen Hals und presst ihre Lippen heißhungrig an seine. Damian erwidert den Kuss und erobert mit seiner Zunge ihre Mundhöhle. Seine Finger graben sich in ihr Haar und Mila ist froh, dass sie auf einem Barhocker sitzt, denn ihre Knie wären sicher weich geworden.

Plötzlich unterbricht ein Räuspern die beiden. Zugleich fahren sie auseinander und starren dem Störenfried ins Gesicht. Der Barkeeper lächelt verlegen.

»Ich würde gerne Schluss machen, wollen Sie noch ein letztes Getränk?«

Damian lehnt dankend ab und Mila blickt ihn traurig an. Sie ist nicht bereit, es hier und jetzt enden zu lassen. Er scheint jedoch das Gleiche zu empfinden, da er ihre Hand ergreift und sie bedauernd anblickt.

»Ich würde dich gerne in mein Zimmer einladen, doch ich habe hier keins. Eigentlich wollte ich nach dem Vorstellungsgespräch sofort nach Key West zurückfahren.«

»Warum bist du dann noch hier?«, fragt sie mit belegter Stimme und klopfendem Herzen.

»Weil ich einem schwarzhaarigen Mädchen einfach nicht widerstehen konnte.«

»Dann sollte sich dieses Mädchen verpflichtet fühlen, dir Quartier für die Nacht anzubieten. Komm …«, flüstert sie ihm zu, ergreift seine Hand und springt vom Barhocker.

Kapitel 17

Mila zögert, bevor sie ihre Zimmertür aufschließt. Begeht sie gerade einen Fehler? Sie kennt den Mann erst seit ein paar Stunden und es steht in den Sternen, ob sie ihn nach dieser Nacht je wiedersehen wird. Doch eigentlich spielt das auch gar keine Rolle. Sie fühlt sich wohl in seiner Nähe und will nicht auf dieses Abenteuer verzichten. Sie holt tief Luft und steckt das Kärtchen in den Schlitz.

»Da wären wir also«, erklärt sie verlegen und geht ins Zimmer.

»Hmmm.«

Damian lässt die Tür ins Schloss fallen und tritt dicht an sie heran. Er legt eine Hand an ihre Wange und sein herber männlicher Duft steigt ihr in die Nase.

Verzückt schließt sie die Lider.

»Bist du dir sicher? Oder soll ich lieber gehen? Noch kannst du mich fortschicken«, erkundigt er sich leise und haucht ihr einen Kuss auf die Stirn.

»Damit du völlig übermüdet nach Key West fährst? Und ich vor lauter Sorgen die ganze Nacht wach bin?«

Sie blickt ihm in die Augen. Dafür muss sie zu ihm aufsehen, was nicht oft vorkommt, aber Damian ist gut zehn Zentimeter größer als sie.

»Du würdest dich um mich sorgen?« Liebevoll streicht er mit dem Daumen über ihre Wangenknochen.

»Natürlich!«

»Dann bleibe ich!«

Er senkt seinen Kopf ein wenig und ihre Lippen treffen aufeinander. Der Kuss ist sanft, fast schon schüchtern, als befürchte er, sie könne ihm davonlaufen.

Mila seufzt wohlig auf, als seine andere Hand den Weg unter ihre Bluse findet. Zärtlich wandert sie ihren Rücken hinauf.

Milas linke Hand liegt auf seiner Brust, die sich unter ihr hebt und senkt. Damian kann seine Erregung genauso wenig verbergen, wie sie ihre. Ihre rechte Hand streicht seinen Arm hinauf und schlüpft in den Ärmel seines T-Shirts. Wohlproportionierte Muskeln spannen sich unter ihren Fingern an.

Sie löst sich von ihm und ihre Augen treffen auf seinen verklärten Blick. Wortlos zieht sie ihm das T-Shirt über den Kopf und küsst seine Brust. Dann tritt sie ein paar Schritte zurück. Sie betrachtet verzückt seinen nackten Oberkörper, während sie Knopf für Knopf die eigene Bluse öffnet.

Damians Atmung beschleunigt sich. Genüsslich beobachtet er jeden ihrer Handgriffe, ohne selbst einzugreifen. Der leichte Lufthauch der Klimaanlage beschert ihm eine Gänsehaut und seine Brustwarzen richten sich auf.

Mila holt tief Luft und leckt sich anzüglich die Lippen, was wiederum seinen Herzschlag antreibt. Sie lässt die Bluse über ihre Schultern gleiten, bis sie an ihren Unterarmen hängen bleibt. Ein schwarzer Spitzen-BH hebt ihm ihre Brüste entgegen. Lächelnd geht sie einen Schritt auf ihn zu, dabei rutscht ihre Bluse zu Boden.

Damian streckt seine Hand aus und streicht mit einem Finger federleicht ihr Schlüsselbein entlang. Ein Schaudern geht durch ihren Körper und sie schließt ihre Augen. Gemächlich wandert Damians Finger weiter, fährt hauchzart über ihre Haut und hinterlässt eine prickelnde Spur.

Er greift an den Verschluss ihres BHs und öffnet ihn. Langsam schiebt er die Träger über ihre Schultern und Oberarme. Sein Mund küsst von der Halsbeuge aus jeden Zentimeter ihrer freigelegten Brust, bis er schließlich die Lippen um eine ihrer Warzen legt und sie mit seiner Zunge umkreist.

Mila stöhnt auf. Sie gräbt sich in sein Haar und beugt ihren Oberkörper zurück. Damians Hände sind überall und hinterlassen ein Brennen auf ihrer Haut. Er saugt erst an der einen und dann an der anderen Warze, die sich ihm bereits hart entgegenrecken.

Sein Kopf wandert nach oben, um sie zu küssen, doch Mila versucht, ihn in Position zu halten. Aber er löst ihre Finger und erlaubt ihr nicht, die Führung zu übernehmen. Er entzieht sich ihr ganz und bringt ein wenig Abstand zwischen sie.

»Vertraust du mir?«, flüstert er ihr zu.

Mila reißt erschrocken die Augen auf. Ihr Herz klopft wie verrückt. Zum einen Teil aus Erregung, zum anderen vor Panik. Kommt jetzt etwa so eine verdammte SM-Nummer, oder warum fragt er sie das?

»Keine Angst.« Damian lächelt sie beruhigend an. »Ich möchte nur, dass du mir überlässt, wann und wo ich dich verwöhne.«

»Okay«, haucht sie und atmet erleichtert aus.

Er geht vor ihr in die Knie und öffnet mit wenigen geschickten Handgriffen ihre Hose. Behutsam lässt er sie an ihren Beinen hinunterrutschen, dabei berühren seine Finger ihre Haut. Er zieht an den Bändern ihrer Sneaker und streift ihr die Schuhe von den Füßen. Dann befreit er sie aus ihrer Hose und lässt seine Hände an den Innenschenkeln nach oben gleiten.

Milas Mitte beginnt zu pochen. Unmissverständlich bereitet sich ihr Körper auf den Akt der Liebe vor. Ihre Haut scheint zu brennen und jede Berührung seinerseits schürt ihr Verlangen. Sie sehnt sich danach, endlich nackt zu sein und ihn in sich zu spüren. Doch Damian lässt sich Zeit. Ohne Unterlass streichen seine Finger die Innenschenkel entlang, um kurz vor ihrer empfindlichsten Stelle zu verharren und schließlich wieder den Rückweg anzutreten. Ihre Beine zittern und sie befürchtet, jeden Moment zusammenzusacken.

Da steht Damian auf und nimmt sie mit einem Ruck auf den Arm. Mila schlingt ihre Hände um ihn und vergräbt die Nase tief in seiner Halsbeuge. Sein Geruch benebelt ihre Sinne.

»Du zitterst ja«, stellt er besorgt fest, als ein Schauder ihren Körper erschüttert. »Soll ich die Klimaanlage abstellen?« Er setzt sie auf dem Bett ab.

Mila schüttelt den Kopf. *Scheiß auf die Klimaanlage.* Sie will ihn spüren – jetzt! Wie von selbst ergreifen ihre Finger den Bund seiner Jeans und öffnen die Knöpfe. Sein bestes Stück treibt sie zuckend zur Eile an. Sie zerrt an den Hosenbeinen, doch die Jeans bewegt sich keinen Millimeter.

Schließlich hilft Damian nach und schiebt sie über seinen Po hinab. Genüsslich beobachtet Mila, wie er aus der Hose steigt und sie einfach liegen lässt. Hierauf geht er an das Kopfende des Bettes, knipst die Nachttischlampe an und löscht das Deckenlicht. Milas Blick fällt auf ein Briefchen, das im Schein der Tischlampe schimmert. Dass Damian ein Kondom dabei hat, macht sie ein wenig stutzig.

Er folgt ihrem Blick und lächelt. »Das hat mir der Barkeeper zugesteckt, bevor wir gegangen sind. Er meinte wohl, wir sollten es nicht ohne machen.«

Mila kichert verlegen und ist erleichtert. Einerseits, weil er doch nicht geplant hatte, ein Mädchen abzuschleppen, und andererseits erledigt sich damit auch das Problem ›ungeschützter Verkehr‹.

Lächelnd streckt sie die Hand nach ihm aus und Damian lässt sich von ihr aufs Bett ziehen. Sie legt ihm ihre flachen Hände auf die Brust und genießt das Spiel seiner Muskeln. Damians Körper ist gut trainiert und fühlt sich wunderbar an.

Träge gleiten ihre Finger über seine Haut. Spielen kurz mit den Brustwarzen, ehe sie den Bauch hinab streichen und sich dem Bund seiner Shorts nähern. Damian hält die Luft an. Mila spürt deutlich, wie er die Bauchmuskeln anspannt und ihre Berührung erwartet. Kühn streicht sie mit leichtem Druck über den Stoff seiner Shorts hinweg. Zischend lässt Damian die Luft aus seinen Lungen strömen.

Er reißt sie an sich und raubt ihr mit einem Kuss den Atem. Besitzergreifend legt sich seine linke Hand um ihre rechte Brust und knetet sie sanft. Mila entschlüpft ein spitzer Schrei, als er ihren Nippel zwischen seine Finger nimmt und sie hin- und herrollt. Stöhnend wirft sie den Kopf in den Nacken. Damian drückt gegen ihre Schulter und bringt sie dazu, sich hinzulegen.

»Liegen bleiben!«, zischt er und legt ihr die Arme über den Kopf. Dann befreit er sie aus ihrem schon feuchten Slip.

»Wie schön!«, raunt er, als er ihre glatt rasierte Mitte erblickt. Schon fast ehrfürchtig streicht er über die zarte Haut hinweg. Mila stöhnt und windet sich unter seiner Hand. Nahezu unerträglich ist die Sehnsucht, ihn endlich zu spüren.

Damian taucht einen Finger in ihre feuchte Hitze.

»So heiß und nass«, murmelt er mit rauer Stimme.

»Und absolut bereit«, haucht sie.

»Dann soll ich dich nicht lecken?«, will er wissen und knabbert an ihrem Ohrläppchen, während sein Finger mit leichtem Druck ihre Perle umkreist.

»Nur wenn du mich umbringen willst!«

Sie blickt ihn flehend an und er weiß sofort, was sie jetzt braucht. Sie ist viel zu erregt, um noch länger warten zu können. Hastig streift er seine Shorts hinunter und rollt sich das Kondom über. Dann bringt er sich zwischen ihren Beinen in Stellung und dringt sanft in sie ein. Mila kommt sofort zum Höhepunkt. Völlig überraschend rast er über sie hinweg. Damian spürt ihre zuckende Mitte und verharrt in ihr. Erst als die Kontraktionen weniger werden, ändert er die Position und schiebt seine Knie unter ihre Schenkel. Er zieht sie am Becken ganz nah an sich heran und legt ihre Beine auf seine Schultern. Dann bewegt er sich vorsichtig vor und zurück.

Mila wird von der Intensität der Gefühle überwältigt. Die Stellung ihrer Beine ermöglicht es ihm, so tief einzudringen wie noch nie jemand zuvor.

»Ich … ich … ich halte das nicht mehr aus«, stöhnt sie und versucht, sich ihm zu entziehen, aber Damian ergreift ihr Becken und hindert sie daran.

»Doch, du schaffst das«, raunt er ihr zu und steigert das Tempo. Immer wieder dringt er in sie ein und zieht sich fast vollständig zurück. Mila bäumt sich ihm entgegen und findet ein zweites Mal Erfüllung, so intensiv, dass es ihr die Tränen in die Augen treibt. Zwei weitere Stöße später erfährt auch Damian endlich Erleichterung. Er lässt ihre Beine an seinen Armen heruntergleiten und beugt sich über sie. Sanft küsst er ihr die Tränen von den Wangen.

»Nicht weinen, Babygirl«, flüstert er in ihr Ohr, doch Mila kann nichts dagegen tun.

»Ist alles in Ordnung?«

Mila beginnt, unter ihm zu zittern.

»Ja«, schluchzt sie. »Überwältigend, beängstigend, aber wahnsinnig gut.« Zärtlich streichen ihre Hände über seinen Rücken und er bettet zufrieden seinen Kopf auf ihre Brust.

Damian legt seinen Kopf auf eine Hand und stützt sich auf den Ellbogen. Liebevoll betrachtet er die schlafende Frau neben sich. Mila ist eine starke Persönlichkeit, die sich nach Geborgenheit sehnt, sie jedoch nicht bekommt. Ein Umstand, den er zu ändern gedenkt. Behutsam streicht er ihr eine Strähne aus dem Gesicht, woraufhin sie wohlig seufzt.

Als er am Abend in die Bar ging, um auf seine neue Anstellung zu trinken, fiel sie ihm sogleich auf. Wie sie dasaß, traurig ihr Cocktailglas umklammerte und mit einem Problem haderte. Er konnte in ihrem Gesicht lesen, wie in einem Buch. Seine Neugier war geweckt. Doch erst als sie ihn ebenfalls bemerkte und auf entzückende Art seinem Blick auswich, warf er seine Pläne über den Haufen und beschloss zu bleiben.

Hatte er die richtige Entscheidung gefällt? Nachdenklich studiert er ihre Gesichtszüge, prägt sich jede Einzelheit genau ein, denn er weiß, dass er sie bald verlassen muss. Die nächsten drei Wochen wird er in der Karibik unterwegs sein. Einundzwanzig lange Tage und zwanzig noch viel längere Nächte. Und dann?

Ist Mila überhaupt an einer Fortsetzung ihrer Liebesbeziehung interessiert? Ist es nicht zu früh, von einer solchen zu sprechen?

Nein! Von seiner Seite aus ist die Sache klar. Damian fühlt, dass sich diese toughe, selbstlose Frau in sein Herz gestohlen hat. Sie hat etwas in ihm berührt, wonach er schon seit Jahren sucht. Er wird ihr keine Chance geben, aus diesem Abend … dieser Nacht, einen One-Night-Stand zu machen.

Für einen Moment spielt er mit dem Gedanken, sie zu wecken, entscheidet sich nach kurzer Bedenkzeit jedoch dagegen. Er kann sich keine Verzögerung leisten. Und dass es dazukommen würde, wenn sie ihn mit ihren graublauen Augen bittet zu bleiben, ist ziemlich sicher. Dann würde der Luxusdampfer ohne ihn auslaufen.

Leise verlässt er das Bett. Obwohl ihn diese Frau fasziniert, ist Damian nicht bereit, seinen Job für sie zu opfern. Dafür ist ihre gemeinsame Zukunft noch zu ungewiss. Auf eine Dusche verzichtet er, da er nicht riskieren will, sie durch das Geräusch des plätschernden Wassers aus ihren Träumen zu reißen. Zudem fehlt ihm ohnehin die Zeit dazu. Ein Blick auf sein Handy sagt ihm, dass er nur noch zwei Stunden hat, um rechtzeitig zum Dienst zu erscheinen. Zwei Stunden für knapp einhundert Meilen. Das könnte eng werden.

Fast geräuschlos zieht er sich an. Fortwährend liegt sein Blick auf Mila. Ein seliges Lächeln umspielt ihre Lippen und ihre Atemzüge verraten, dass sie tief und fest schläft.

Damian geht zum Schreibtisch, auf dem Milas Handtasche steht. Leise öffnet er den Reißverschluss und sucht nach ihrer Brieftasche.

Ein Stöhnen lässt ihn innehalten, doch Mila hat sich nur umgedreht.

Endlich wird er fündig und hält eine hellbraune Börse in der Hand. Er lässt den Verschluss aufspringen und klappt sie auf. Gleich im ersten Fach befindet sich ihr Führerschein, auf den er es abgesehen hat.

Er holt aus der oberen Schublade Stift und Zettel heraus und notiert sich ihre Adresse. Anschließend faltet er das Blatt sorgfältig zusammen und deponiert es im eigenen Geldbeutel zwischen den Banknoten. Den Führerschein steckt er wieder an seinen Platz und legt die Börse zurück in die Tasche.

Bevor er geht, schreibt er eine kurze Nachricht, die er neben Mila auf das Kopfkissen legt.

»Machs gut, Babygirl, und vergiss mich nicht«, flüstert er, wohl wissend, dass sie es nicht hört, und verlässt das Zimmer.

Kapitel 18

My Babygirl,
ich danke dir für diese wunderbare Nacht. Gerne wäre ich bis zum Morgen geblieben und hätte dir die Müdigkeit aus dem Gesicht geküsst. Doch leider wartet mein Schiff nicht auf mich. Ich verspreche, wenn ich in drei Wochen wiederkomme, bringe ich mehr Zeit mit.

LY, denk an mich.

PS: Zögere nicht und lebe dein Leben. Das bist du dir schuldig.

Zum wiederholten Mal liest Mila die Nachricht, die sie am nächsten Tag anstelle von Damian im Bett vorfand. In einer Ecke wurde eine Telefonnummer notiert und darüber steht dick unterstrichen: Ruf mich an!

Mila ist seiner Aufforderung bislang nicht nachgekommen. Zu groß ist ihre Angst, feststellen zu müssen, dass unter der Nummer niemand zu erreichen ist und sie das alles nur geträumt hat. Trotzdem bringt sie es nicht übers Herz, den Brief zusammenzuknüllen und wegzuwerfen. Er ist wie ein rettender Anker für sie. Ein Beweis dafür, dass sie diesen Mann tatsächlich getroffen hat.

Natürlich ist ihr bewusst, dass er einfach ohne Nachricht sang und klanglos hätte verschwinden können und sie sich vermutlich völlig umsonst sorgt, was die Echtheit der Telefonnummer angeht. Doch rationales Denken und Handeln ist nun mal bekanntlich nicht die Stärke einer Frau – und Milas schon gar nicht. So souverän, wie sie sonst das Hotel führt, in Sachen Liebe klinkt sich ihr Verstand regelmäßig aus.

Seit Tagen hat sie zu nichts mehr Lust. Sie quält sich morgens aus dem Bett, um abends so lange wie möglich wach zu bleiben, da sie Angst vor ihren eigenen Gefühlen hat. Gefühle, die ihr raten, das Telefon in die Hand zu nehmen und diese verdammte Nummer anzurufen. Gefühle, die ihr mitteilen, dass sie sich in einer einzigen Nacht Hals über Kopf verliebt hat. Verliebt in einen wildfremden Mann, von dem sie nichts weiter weiß, als dass er Koch ist und aus Europa stammt.

In jeder Sekunde, in der es ihr misslingt, sich abzulenken, wandern ihre Gedanken an jene Nacht zurück. Sie erinnert sich daran, wie geborgen sie sich gefühlt hat und wie stark zugleich. Damian hat sie nicht bedauert oder bemitleidet. Er hat ihr gezeigt, dass er von ihr beeindruckt ist, und ihr das Gefühl gegeben, alles schaffen zu können. Gleichzeitig erkannte er auch ihre Verletzlichkeit und bot ihr die nötige Stütze. Zu keiner Zeit ängstigte es sie, sich ihm anzuvertrauen.

Er fehlt ihr so sehr. Wie kann einem ein Mensch dermaßen fehlen, mit dem man nur ein paar Stunden des eigenen Lebens geteilt hat? Mila fragt sich, wie es erst sein wird, sollte sie die Chance bekommen, ihn richtig kennenzulernen. Würde sie ihn je wieder ziehen lassen können, oder würde sie an einer erneuten Trennung zerbrechen? Vielleicht weigert sie sich deshalb, ihn anzurufen. Weil sie spürt, dass sie einen Vertrauensbruch von Damian keinesfalls so leicht wegstecken würde wie den von Jonathan.

Selbstverständlich hatte sie der Seitensprung verletzt, sie verspürte jedoch nie Wut oder Hass deswegen. Genau das bestätigt ihr noch einmal, dass sie keine tieferen Gefühle für ihn empfand. Sie hatte Jonathan gemocht, aber niemals wirklich geliebt. Daher gelang es ihr auch mühelos, einen Schlussstrich unter die Beziehung zu setzen.Es war geradezu einfach, im Gegensatz zu dem, was sie im Moment durchmacht. Hin und wieder überkam sie damals sogar das schlechte Gewissen, da sie sich fragte, ob sie ihn nicht nur ausgenutzt hatte.

Ehrlich gesagt verschwendete sie nie ernsthaft einen Gedanken daran, wie stark ihre Gefühle für ihn tatsächlich waren.

Vergleicht sie es mit dem, was sie nun für Damian empfindet, war es maximal eine Schwärmerei. Eigentlich glaubte sie nicht an die Liebe auf den ersten Blick, aber so muss sie sich wohl anfühlen. Und das ängstigt sie. Würde er etwas in der Art mit ihr abziehen, müsste sie vor Kummer sterben. Wäre es dann nicht besser, sich das Leid von vornherein zu ersparen?

Niemals!

Energisch schüttelt Mila den Kopf. Zu viele ›Was-wäre-wenns‹ würden sie in ihrem Leben begleiten. Die Frage, ob aus ihnen etwas hätte werden können, würde sie ewig verfolgen. Aber hat sie nicht schon zu viel Zeit verstreichen lassen? Kann doch gut sein, dass er sich nun weigert, mit ihr zu reden.

Es gibt nur eine Möglichkeit, das herauszufinden. Sie nimmt das Telefon und atmet tief durch. Mit zittrigen Fingern tippt sie auf die erste Zahl. Da öffnet sich die Tür und Ryan steckt den Kopf herein.

»Mila? Kommst du?«

Hastig legt Mila das Handy auf den Tisch und lächelt Ryan an. Ist es ein Wink des Schicksals, dass er sie zehn Minuten zu früh zum Mittagessen abholt?

»Habe ich dich bei etwas gestört? Musst du telefonieren?«

»Nein, ist schon gut. Das kann ich auch später tun.« Gedankenverloren blickt sie an ihm vorbei, sodass Ryan den Raum betritt und sie besorgt mustert. Damians Brief hält sie nach wie vor in der Hand.

»Was ist los mit dir, Schwesterherz? Seit du aus dem Urlaub zurück bist, bist du komisch.«

»Ich bin nicht komisch.« Hektisch legt sie den Zettel in die oberste Schublade ihres Schreibtischs. Sie muss besser aufpassen und sich zusammenreißen. Es fehlte gerade noch, dass Ryan ihr auf die Schliche kommt.

»Na, wenn du meinst.« Ryan glaubt ihr offensichtlich nicht, denn seine Stirn legt sich in Falten.

»Trotzdem, irgendwas ist mit dir. Wirst du krank?«

Ja. Krank vor Liebeskummer, aber das kann sie ihm schlecht verraten. Mila seufzt und lässt sich auf den Bürostuhl plumpsen.

»Du hast recht, mir geht es nicht so gut. Gehst du heute ausnahmsweise ohne mich essen?« Die gemeinsamen Mahlzeiten sind ihnen zwar heilig, doch Mila verspürt sowieso keinen Hunger und würde nur auf ihrem Teller herumstochern.

Ryan setzt sich auf die Ecke ihres Tisches und hält seinen Handrücken an ihre Stirn und anschließend unter ihr Kinn. »Also Fieber hast du keines.«

»Es betrifft eher meinen Magen. Irgendwie muss ich mir den wohl verdorben haben. Ich habe seit Tagen so ein flaues Gefühl im Bauch.«

Wenigstens entspricht das zur Hälfte der Wahrheit. Verlegen senkt sie den Kopf.

»Dann leg dich ein wenig hin. Ich bringe dir eine Brühe mit, wenn ich zurückkomme.«

Ryan springt auf und geht zur Tür. Bevor er das Büro verlässt, dreht er sich noch einmal um.

»Du solltest zum Arzt gehen, falls es nicht besser wird.«

Mila nickt artig und atmet erleichtert auf, als sich die Tür hinter ihm schließt. Sie öffnet die Schublade wieder und starrt auf den Brief. Damians Handschrift hat etwas Tröstliches für sie. Plötzlich scheinen die Buchstaben des PS größer zu sein als der Rest; markanter, deutlicher.

›Zögere nicht und lebe dein Leben. Das bist du dir schuldig.‹

Auch in dem Punkt hat sie bislang nicht auf ihn gehört. Bis dato liegt der Arbeitsvertrag unberührt in der Schublade.

›Wenigstens dieser Aufforderung solltest du nachkommen!‹, hallt es in ihrem Kopf und Mila beschließt, darauf zu hören. Sie schiebt den Brief beiseite und zieht das Schreiben des Manatee Research Center hervor. Nachdem sie das Papier noch eine Weile angestarrt hat, nimmt sie einen Stift, setzt ihre Unterschrift darunter und steckt es in ein Kuvert.

Wenngleich Damian einfach verschwunden ist und sie trotz des Briefs keinesfalls damit rechnet, ihn je wieder zu sehen, eines hat er bewirkt: Er hat ihr an dem Abend vor Augen geführt, was Jeremy schon seit Jahren predigt. Sie hat ihre Schuldigkeit getan. Es ist an der Zeit, einen Neuanfang zu wagen und an sich selbst zu glauben.

Mila starrt wie hypnotisiert den Umschlag mit dem Vertrag an, als es klopft.

»Ja, bitte?«

Schnell zupft sie den Kragen ihrer Bluse zurecht und setzt sich aufrecht hin. Muss ja nicht jeder aus der Belegschaft mitbekommen, was mit ihr los ist.

Die Tür öffnet sich und eine Hand streckt eine Suppenschüssel herein. Ihr folgt Jeremys Kopf, der sie besorgt ansieht.

Mila entspannt sich. Jeremy ist der Einzige, vor dem sie sich nicht verstellen muss. Sie hat ihm nach ihrer Rückkehr alles erzählt.

»Hey, Boss! Ich habe gehört, du bist krank?« Er betritt ihr Büro und schließt die Tür hinter sich.

»Eigentlich wollte Ryan dir die Suppe bringen, aber ich habe ihm gesagt, ich übernehme das.«

»Lieb von dir!«

»Das wirst du gleich nicht mehr sagen.«

Jeremy stellt die Schüssel vor ihr auf den Tisch und drückt ihr einen Löffel in die Hand.

»Iss!«

»Was …?«

»Erst wird gegessen.«Er nimmt auf einem der zwei Gästestühle Platz und mustert sie streng.

Mila kostet ein wenig, dann platzt sie vor Neugier.

»Warum bist du wirklich hier, Jer?«

Er holt tief Luft.

»Ich weiß, du hast mir verboten, mich einzumischen, weil du in Ruhe deine Gedanken sortieren wolltest, um zu entscheiden, wie es weitergehen soll. Ich habe das akzeptiert und meinen Mund gehalten.«

»Dafür bin ich dir auch sehr dankbar.«

Sie lehnt sich zurück und verschränkt die Arme vor der Brust, um sich gegen das zu wappnen, was nun kommen würde.

»Nur? Hat es etwas gebracht? Dir geht es von Tag zu Tag schlechter. Du verschmähst mein Essen und das kam bislang nie vor. Mila …«

Jeremy atmet tief ein.

»Unterschreibe den Vertrag. Dass du diesen Typen nicht anrufen willst, kann ich noch akzeptieren, aber unterschreibe um Himmelswillen den Vertrag.«

»Du meinst den hier?«

Sie schiebt das Kuvert über den Tisch.

»Ist das …? Du hast …? Wann?«

Fassungslos dreht er den Brief in der Hand hin und her, ehe er ihn wieder auf den Tisch legt.

»Vor ein paar Minuten. Ich wollte gerade zu dir kommen. Gib du ihn auf, bevor ich es mir im letzten Moment möglicherweise anders überlege.«

Verlegen grinst sie ihn an.

»Endlich wirst du vernünftig. Ich muss diesem Damian danken, sollte ich ihn je kennenlernen.«

»Das ist eher unwahrscheinlich.«

»Das wäre es nicht, wenn du diese Nummer wählen würdest.«

»Ich kann nicht.« Heftig schüttelt sie ihren Kopf. Dass sie kurz davor gewesen war, es doch zu tun, verschweigt sie ihm.

»Meine Güte, Mila. Warum, glaubst du, hat er dir den Brief geschrieben? Du quälst dich unnötig und ihn vermutlich auch. Ruf ihn an! Der arme Kerl muss ja schon ganz krank sein.«

»Darüber diskutiere ich nicht, Jeremy Jordan Scott.«

Jeremy rollt mit den Augen, schweigt jedoch. Sobald Mila ihn mit vollständigem Namen anspricht, ist es besser, die Klappe zu halten.

»Geh jetzt!«, fordert sie ihn mit strengem Ton auf. »Und danke für die Suppe.«

Jeremy steht auf, nimmt den Umschlag und klopft ihn ein paar Mal gegen seine Handfläche. Bevor er zur Tür geht, beschwört er sie noch einmal: »Ruf ihn an, Mila!«

»Hör auf, das Telefon anzustarren, und komm endlich in die Küche!«

Ivan, der F&B-Manager des Luxuskreuzers schüttelt verständnislos den Kopf. Bisher konnte man sich immer auf den jungen Mann verlassen, aber seit dem letzten Landgang ist er wie ausgewechselt.

»Bin sofort da!«, ruft Damian und steckt das Handy zurück in die Hosentasche. Zum x-ten Mal in dieser Woche hat er es nun schon auf verpasste Anrufe kontrolliert. Doch Mila meldet sich einfach nicht. Hat sie den Zettel etwa übersehen? Ist er vielleicht vom Kopfkissen gerutscht und unter das Bett gefallen? Oder ist das der Wink mit dem Zaunpfahl, dass sie kein Interesse an ihm hat?

Damian glaubt nicht, dass er sich dermaßen in ihr getäuscht haben soll. Hoffentlich ist ihr nichts zugestoßen. Sie könnte in irgendeinem Krankenhaus liegen und sich deshalb nicht melden. Oder sie könnte …

»Mister Tinson! Können wir jetzt anfangen? Das Kapitänsdinner muss pünktlich beginnen.«

Verdammt. Ivan nennt ihn niemals beim Nachnamen. Er sollte sich wirklich beeilen. Damian rückt seine Kochjacke zurecht und sprintet in die Küche. »Bin schon da!«

Neugierige Blicke mustern ihn. Natürlich schaffte er es an dem Tag nicht mehr rechtzeitig zum Schiff und erschien erst kurz nach Schichtbeginn. Dass er seinen Arbeitsplatz zu spät aufsuchte, war das geringste Problem. Doch er hatte obendrein das planmäßige Ablegen des Kreuzers in Gefahr gebracht, deshalb musste er froh sein, nur mit einer Ermahnung davongekommen zu sein.

Seither spekuliert die gesamte Küchenbelegschaft, was ihn wohl aufgehalten hatte. Die meisten tippen auf eine Frau. Selbstverständlich traut sich niemand, ihn direkt darauf anzusprechen, aber hinter vorgehaltener Hand tuscheln sie über ihn. Solange das den Ablauf in der Küche nicht beeinträchtigt, stört ihn das jedoch nicht weiter.

»An die Arbeit, Leute. Lasst uns die Gäste zufriedenstellen«, fordert er sein Küchenpersonal auf, das ohnehin schon geschäftig seiner Tätigkeit nachgeht. Einzig und allein Rodrigo, einer der Beiköche, kann sich eine spitzfindige Bemerkung nicht verkneifen.

»Hoffentlich versalzt er uns nicht die Suppe.«

Damian wirft ihm einen bösen Blick zu, was den jungen Brasilianer kein bisschen beeindruckt. Mit einem hämischen Grinsen nimmt er seinen Arbeitsplatz ein.

»Wir sprechen uns nach Feierabend, Rodrigo«, ordnet Damian mit strengem Ton an. Er darf ihm das auf keinen Fall durchgehen lassen, sonst verliert er auch den Respekt der anderen. Es ist sowieso schwer genug, so viele Nationalitäten unter einen Hut zu bringen.

Der Brasilianer nickt sichtlich bedröppelt und geht schweigend seiner Arbeit nach. Zufrieden stellt Damian fest, dass die kurze Zurechtweisung fruchtet und er ihn diesmal kaum antreiben muss. Trotz des jungen Alters hat er seine Leute ganz gut im Griff.

»Verdammt, pass doch auf!«, flucht er, als Tina ihm die heiße Suppe über die Finger kippt.

»É colpa mia! Meine Schuld!«, stammelt die rassige Italienerin. In ihren Augen glitzern Tränen, da sie gar nichts dafürkann. Damian war unkonzentriert und hatte seine Hand zu spät zurückgezogen.

Er sammelt sich kurz und holt tief Luft. Es kann wirklich nicht angehen, dass er nun schon sein Personal anfaucht. Er muss Mila bis zum nächsten Landgang unbedingt aus seinem Kopf verbannen, damit so etwas nicht noch einmal geschieht. Sie wird sich nicht bei ihm melden, aus welchen Gründen auch immer.

Zwar ist er durchaus bereit, um sie zu kämpfen, aber das wird eine Woche warten müssen. Dann werden sie in Miami für einen längeren Roll-Over anlegen und er könnte das Schiff für drei Tage verlassen. Drei kurze Tage, in denen er alles auf eine Karte setzen würde.

»Es tut mir leid, Tina. Meine Schuld.«

Das Küchenmädchen blickt ihn mit großen Augen an, denn er entschuldigt sich normalerweise nie. In der Küche geht es oft hektisch zu, vor allem, wenn für das Kapitänsdinner innerhalb kürzester Zeit über hundert Essen angerichtet werden müssen. Da muss jeder Handgriff sitzen und jeder Einzelne darf sich keinen Fehler erlauben. Schon gar nicht er selbst.

Deshalb atmet er nochmals tief durch. Schiebt jeglichen Gedanken an Mila beiseite und koordiniert routiniert die Abläufe in der Küche, bis auch die letzte Nachspeise den Weg zum Gast gefunden hat.

Kapitel 19

»Sind die Gäste aus 218 schon angereist?«

Milas Blick heftet sich konzentriert auf den Bildschirm des Computers in der Lobby, sodass sie das Kopfschütteln der Empfangsdame übersieht.

»Ich habe Ihnen eine Frage gestellt, Maria.«

»Nein, Miss.«

»Dann können wir ihnen stattdessen die 114 geben und hätten somit zwei Zimmer nebeneinander.«

Zwei befreundete Familien, die soeben angekommen sind, bestehen hartnäckig auf benachbarte Räumlichkeiten. Normalerweise wäre das kein Problem, doch das Hotel ist für die nächsten Tage nahezu ausgebucht.

Mit einem Lächeln hebt sie den Kopf.

»Wenn Sie auf den Poolblick verzichten, können wir Ihren Wunsch erfüllen. Die beiden Zimmer besitzen Balkon und sogar eine Verbindungstür. Maria wird sich um alles Übrige kümmern.«

Da die Familien mit dieser Lösung einverstanden sind, überlässt Mila den Rest dem Empfangspersonal. Sie will gerade die Lobby verlassen, um zurück in ihr Büro zu gehen, als sich die automatische Eingangstür öffnet. Ein weiterer Gast betritt das Hotel und Mila nickt ihm gewohnheitsmäßig freundlich zu. Doch als er sie ansieht, bleibt sie wie angewurzelt stehen. Entgeistert starrt sie den jungen Mann an. Spielt ihr Verstand ihr nun schon Streiche und gaukelt ihr Trugbilder vor, oder ist das wirklich Damian, der zielstrebig den Tresen ansteuert?

Er geht wortlos an ihr vorbei und nur der vorwurfsvolle Blick, den er ihr zuwirft, bestätigt Mila, dass er es tatsächlich ist. Ihr Herz, das anfänglich vor Schreck kurz auszusetzen schien, trommelt nun so laut in ihrer Brust, dass sie die restlichen Geräusche um sich herum nicht mehr wahrnimmt. Sie hat das Gefühl, als wäre die Zeit stehen geblieben, seit er die Lobby betreten hat. Sie fühlt sich, wie in einer Blase eingeschlossen, die sie daran hindert, zu ihm zu gehen. Mila wird sichtlich nervös. Sie weiß, dass er nicht zufällig hier aufgetaucht ist, auch wenn sie sich fragt, woher er wusste, wo er sie finden kann.

Damian tritt an den Tresen und lächelt die Empfangsdame an. Ein Lächeln, das eigentlich ihr zustehen sollte, stellt Mila eifersüchtig fest. Doch hat sie tatsächlich ein Anrecht darauf? Ist es nicht eher so, dass sie mit ihrer Entscheidung, ihn nicht zu kontaktieren, jeglichen Anspruch verwirkt hat?

Damian macht es ihr schwer. Er kommt weder auf sie zu, noch gibt er ihr mit irgendeinem Zeichen zu verstehen, was er von ihr erwartet. Er sieht sie nur mit zusammengekniffenen Augen an. Sein halblanges, blondes Haar fällt ihm frech ins Gesicht und der Dreitagebart gibt ihm einen verruchten Touch.

Mila zittert und weiß nicht, wie sie reagieren soll. Am liebsten würde sie zu ihm rennen und ihm um den Hals fallen, aber sein distanzierter Blick hindert sie daran. Er ist sauer und das zu Recht.

»Einen schönen guten Tag. Kann ich Ihnen helfen?«, erkundigt sich Maria mit einem strahlenden Lächeln. Zu strahlend für Milas Geschmack.

Damian nennt ihr seinen Namen und hält kurze Zeit später die Schlüsselkarte für sein Zimmer in der Hand.

Mila ist seine Buchung im Vorfeld nicht ins Auge gefallen. Wie auch? Schließlich hat sie mit seinem Auftauchen ja überhaupt nicht gerechnet und kennt nur seinen Vornamen.

Er bedankt sich, beugt sich über den Tresen und flüstert dem jungen Mädchen etwas zu, sodass diese kokett zu kichern beginnt und rot anläuft. Dann bückt er sich, nimmt seinen Seesack, wirft ihn über die Schulter und geht wortlos an Mila vorbei zum Lift.

Fassungslos blickt sie ihm hinterher. Was soll das? Er kommt doch nicht zu ihr ins Hotel, nur um sie zu demütigen. Ist er in seinem Stolz verletzt, weil sie sich nicht gemeldet hat? Kommt er extra nach Fort Myers, um sie zu bestrafen? Er ist ein Mann. Für ihn kann diese eine Nacht niemals so bedeutend gewesen sein … oder etwa doch?

Die Lifttüren öffnen sich und Damian tritt hinein. Er dreht sich zu ihr um und schaut ihr geradewegs in die Augen. Sein durchdringender Blick raubt ihr den Atem. Sie könnte jetzt zu ihm in den Aufzug steigen, den Notknopf drücken und ihn erst wieder rauslassen, wenn er ihr erklärt hat, warum er gekommen ist. Jedoch sie verharrt wie versteinert an Ort und Stelle.

Dann, kurz bevor sich die Türen vor ihm schließen, senkt Damian lächelnd den Kopf. Darf sie ihren Augen trauen? Oder hat sie sich das Lächeln nur eingebildet? Sie kann es nicht mit Sicherheit beschwören, der Augenblick war zu flüchtig gewesen.

Sie starrt noch immer auf den Lift, als ihr Bruder mit Brandon vom Kickboxen zurückkommt. Beide sind bester Laune und bemerken nicht, wie verstört sie ist.

Mila atmet tief durch und begrüßt sie mit einem Wangenküsschen. »Na? Spaß gehabt?«

»Ryan ganz sicher, ich weniger. Er hat mir keine Chance gelassen.« Brandon hält sich theatralisch die Rippen.

Lachend zuckt Ryan mit den Schultern.

»Du verlierst schon seit Jahren. Warum stellst du dich heute so an?«

»Was habt ihr eigentlich davon, wenn ihr euch prügelt? Sollten Freunde nicht lieb zueinander sein?« Mila kann dem Sport nach wie vor nichts abgewinnen, aber er tut Ryan gut, und nur das zählt.

»Wir prügeln uns doch nicht.« Ryan schlägt seinem Kumpel so hart auf den Rücken, dass dieser zu husten beginnt. »Allerhöchstens verkloppen wir uns.«

»Allerhöchstens!«, bestätigt auch Brandon, als sein Hustenanfall vorbei ist.

»Kindsköpfe!« Schmunzelnd schüttelt Mila den Kopf.

»Habt ihr später etwas vor?« Sie stellt die Frage natürlich mit Hintergedanken. Sollte Ryan noch ausgehen, müsste sie nicht so auf der Hut sein.

»Wir wollen gleich in die Stadt und abends gegen zehn Uhr ins ›JumpIn‹.«

Während ihr Bruder sie über seine Pläne unterrichtet, öffnen sich hinter ihm die Lifttüren.

Mila hält vor Schreck die Luft an, da tatsächlich Damian herauskommt. Sie wirft ihm einen warnenden Blick zu und bückt sich, um ihm keine Möglichkeit zu geben, sie anzusprechen.

Ryan darf nichts von ihm erfahren. Zumindest nicht jetzt und nicht so. Er ist ja nach wie vor völlig ahnungslos, auch was ihre Pläne bezüglich Key Largo betrifft. Bislang hat sie keine passende Gelegenheit gefunden, es ihm zu erzählen.

Damian hat ihre stumme Bitte entweder verstanden, oder er hatte sowieso nicht vor, mit ihr zu sprechen. Ohne sie weiter zu beachten, geht er an ihnen vorbei.

»Hast du etwas verloren, Mila?« Ryan reicht ihr eine Hand, um ihr aufzuhelfen.

»Mein Schuh war offen.« Sie nestelt an dem Riemchen ihrer Pumps, bevor sie die Hilfe annimmt und sich hochziehen lässt.

»Ihr Jungs wollt also ins ›JumpIn‹? Dann wünsche ich euch viel Spaß.«

»Der wird sich in Grenzen halten. Wir dürfen sein Schwesterchen mitnehmen.« Ryan wirft Brandon einen bitterbösen Blick zu.

»Ey, Buddy. Mir passt das auch nicht, dass ich Olivia mitschleppen muss. Aber sie hat heute Geburtstag.«

»Oh stimmt. Das habe ich ja total vergessen. Grüßt sie von mir.«

Beunruhigt blickt Mila zum Empfang. Damian scheint sich über irgendetwas bei Maria zu beschweren, denn sie hat die Empfangschefin hinzugeholt.

»Da gibt es Probleme, ich schau mal, ob ich helfen kann.«

Ryan folgt ihrem Blick.

»Immer auf das Wohl der Gäste bedacht, was Schwesterchen? Soll ich mitkommen?«

»Nein!«, erschrocken reagiert sie eine Spur zu forsch und lacht verlegen. »Nein, amüsiert euch! Los, geht schon. Wenn ihr zu spät kommt, versaut euch Olivia noch den Tag.«

Brandons Schwester ist ein wenig verzogen. Wird nicht alles zu ihrer Zufriedenheit erledigt, kann sie extrem zickig werden.

Mila atmet erleichtert auf, als die beiden wild diskutierend fortgehen. Sie wartet, bis sie außer Sichtweite sind, dann hastet sie eilig zum Empfang. Doch Damian ist verschwunden.

»Was wollte der Gast eben?«, erkundigt sie sich neugierig.

»Mister Tinson aus 326? Er hat sich darüber beklagt, dass er keine Handtücher auf seinem Zimmer hat und in der Minibar würde der Sekt fehlen. Ich kann mir das gar nicht vorstellen. Ramona hat diese Woche auf der Etage Dienst, sie ist eigentlich sehr zuverlässig. Ich wollte sie soeben anfunken, um sie aufs Zimmer zu schicken.«

Die Empfangschefin greift zum Funkgerät, aber Mila hält sie von ihrem Vorhaben ab.

»Lassen Sie Ramona ihre Arbeit tun. Ich kümmere mich selbst darum. Scheint ein schwieriger Gast zu sein.«

Sie nickt der Frau und Maria wohlwollend zu und geht in die Bar, die gerade geöffnet hat, um eine Flasche Sekt zu holen. Anschließend fährt sie in den dritten Stock, schnappt sich zwei Handtücher aus dem Servicewagen und klopft an Damians Tür.

»Zimmerservice!« Sie wartet einen Moment, dann klopft sie erneut. Endlich ertönt ein kurzes ›Herein‹. Mila öffnet mit dem Generalschlüssel die Tür und betritt das Zimmer. Damian sitzt mit verschränkten Armen auf dem Bett und mustert sie wie ein Kind, das beim Lügen erwischt wurde. Sie schließt die Tür und bleibt unsicher stehen. Ohne ein Wort zu sagen, fixiert er sie mit seinem Blick, bis sich Mila schließlich räuspert.

»Sie haben sich am Empfang beklagt, dass etwas fehlen würde?«

»Jetzt fehlt nichts mehr«, antwortet er mit rauer Stimme. Damian atmet tief ein, bevor er aufsteht und langsam auf sie zugeht. »Warum hast du mich nicht angerufen?«

Mit jedem Schritt, mit dem er sich nähert, klopft Milas Herz schneller. Sie sehnt sich nach seiner Nähe, hält jedoch schützend Flasche und Handtücher vor ihre Brust.

»Damian, ich …«

»Warum, Mila? Hast du auch nur die geringste Ahnung, was du mir damit angetan hast?«

Er nimmt ihr die Sektflasche und die Handtücher ab und legt sie zusammen auf den Tisch.

»Ich weiß es nicht«, stammelt sie nervös, ihres Schutzschilds beraubt.

»Am ersten Tag nahm ich an, du lässt mich zappeln, weil ich einfach verschwunden bin, ohne mich zu verabschieden. Am zweiten Tag dachte ich, du hättest meinen Brief vielleicht nicht gefunden. Am dritten Tag kamen Zweifel in mir auf, ob dir der Abend überhaupt etwas bedeutet hat …«

»Natürlich hat er das«, unterbricht sie ihn, doch Damian bringt sie mit einem Handzeichen zum Schweigen.

»Dann begann ich, mich um dich zu sorgen. Ich fürchtete, dir wäre etwas geschehen, du hättest einen Unfall gehabt und würdest mich gar nicht anrufen können. Kannst du dir vorstellen, was das für ein Scheißgefühl ist? Du schipperst mitten in der Karibik umher und die Frau, in die du dich verguckt hast, liegt womöglich im Krankenhaus und du kannst nicht zu ihr?«

»Du hast dich in mich verguckt?« Mila rinnen Freudentränen die Wangen hinunter.

Damian nimmt sie kopfschüttelnd in den Arm.

»Natürlich habe ich das, Babygirl. Wer könnte sich schon deinem Charme entziehen.« Er streicht ihr sanft über das Haar. »Tu mir das nie wieder an, hörst du!«

Mila nickt, dann lächelt sie zaghaft und blickt ihn mit großen, feuchten Augen an. Ihre Lippen beben.

In der Lobby musste er all seine Kraft aufbringen, um sie nicht einfach in seine Arme zu reißen. Aber er wollte erst sehen, wie sie reagiert, wenn er sie abzuweisen scheint. Er konnte auf den ersten Blick erkennen, dass sein unerwartetes Auftauchen sie keineswegs kaltließ. Es freute ihn so sehr, dass er im Aufzug kurz die Kontrolle verlor. Jedoch nun kann und will er ihr nicht länger widerstehen.

Hart küsst er sie auf den Mund, drängt seine Zunge zwischen ihre Lippen und zwingt sie dazu, ihn zu öffnen. Dann erobert er rücksichtslos ihre Mundhöhle. Ihre Zungen tanzen miteinander, bis Mila heftig nach Luft ringt.

»Tu. Das. Nie. Wieder«, sagt er noch einmal mit Nachdruck und küsst sie erneut. Diesmal zärtlicher doch nicht minder leidenschaftlich. Eine Hand liegt auf ihrem Rücken und drückt sie eng an sich, während sich die Finger der anderen in ihren Haaren vergraben.

Plötzlich beendet Mila den Kuss, schlingt die Arme um seinen Hals und beginnt laut zu schluchzen. Sie bettet ihren Kopf in seine Halsbeuge und inhaliert seinen männlich herben Geruch, als benötige sie ihn dringender als Sauerstoff.

Damian hebt sie hoch und trägt sie zum Bett. Dort setzt er sich mit ihr auf dem Schoß hin und wiegt sie wie ein kleines Kind. Immer wieder küsst er ihr Haar. Mila klammert sich an ihn. Sie spürt ihn, sieht ihn, hört seinen Herzschlag und dennoch fürchtet sie, nur zu träumen.

»Du bist wirklich gekommen«, flüstert sie, als sie sich endlich ein wenig beruhigt hat.

»Natürlich bin ich gekommen, das habe ich dir doch versprochen. Du hast den Brief gefunden, oder?«

Mila nickt.

Sie richtet sich auf und betrachtet sein Gesicht. Die blauen Augen sehen sie liebevoll an, genau so, wie sie es in Erinnerung hat. Zärtlich streichelt sie ihm über die Wange, dann entfernt sie ihm eine seiner blonden Strähnen aus der Stirn. Damian lässt ihr die Zeit, die sie braucht, um sich vollständig zu überzeugen, dass er echt ist.

»Kann es sein, dass du mich ebenfalls ein klein wenig vermisst hast?«

Mila lacht auf. »Ein klein wenig? Ich habe zehn Kilo abgenommen, weil ich vor lauter Kummer nichts mehr essen konnte.«

Besorgt begutachtet er ihren Körper, der tatsächlich etwas dünner zu sein scheint als vor drei Wochen. »Soll ich deinen Koch unter die Fittiche nehmen? Mein Essen würdest du niemals verschmähen, egal wie schlecht es dir geht.«

»Lass das bloß Jeremy nicht hören. Er hält große Stücke auf dich.«

»Wer ist Jeremy?« Fragend mustert er sie.

Mila haucht ihm einen Kuss auf die Wange.

»Mein Küchenchef und bester Freund. Er ist der Einzige, dem ich von dir und dem Job erzählt habe.«

»Du hast wohl ein Faible für Köche. Was habe ich getan, um so hoch in seiner Gunst zu stehen?«

»Du hast mich dazu gebracht, den Vertrag vom Research Center zu unterschreiben.«

Erstaunt sieht er sie an.

»Du hast ihn wirklich unterschrieben?«

Damian kann nicht fassen, dass sie den Wisch unterschreibt, aber zu feige ist, ihn anzurufen. Aus dieser Frau soll einer schlau werden.

»Ja, sie müssten mir bald meine Kopie zurückschicken und mir mitteilen, wann ich dort anfangen kann.«

»Das ist toll, Süße. Ich freue mich für dich. Wie hat dein Bruder reagiert?«

Mila steht auf und läuft nervös im Zimmer umher, dann bleibt sie stehen und blickt Damian an.

»Bis jetzt weiß er es noch gar nicht. Ich fand keine Gelegenheit, es ihm zu sagen.«

»Du hast Schiss.«

Mila nickt.

Er geht zu ihr und zieht sie in seine Arme. Dankbar kuschelt sie sich an ihn.

»Er wird ausrasten.«

»Warum sollte er? Süße, ich kenne deinen Bruder nicht. Ist er auch nur zur Hälfte so wie du, wird er sich für dich freuen.«

Mila seufzt auf. »Ich habe versprochen, immer für ihn da zu sein. Wenn ich jetzt gehe …«

»Du ziehst doch nicht auf einen fernen Planeten. Mila. Nur weil du in einer anderen Stadt einen Job annimmst, heißt das keinesfalls, dass du aus der Welt bist. Sobald er dich braucht, wirst du da sein. Außerdem ist er erwachsen.«

Damian ist ihr Zögern unbegreiflich. Sie lässt keinen kleinen Jungen zurück. Ryan ist ein Mann. In seinem Alter war er selbst schon weit weg von zu Hause und musste ohne Eltern oder Geschwister zurechtkommen.

»Du verstehst das nicht.«

»Dann erklär es mir.«

Er führt sie zum Bett und nimmt Platz. Mila setzt sich neben ihn und hält seine Hände.

»Du weißt, was mich und meinen Bruder verbindet.«

Sie wartet auf Damians Bestätigung, die in Form eines Kopfnickens erfolgt. »Trotzdem verschließt er sich vor mir. Er schweigt über die Geschehnisse am Todestag unserer Eltern. Sobald ich ihn darauf anspreche, habe ich das Gefühl, wieder den fünfzehnjährigen, trotzigen Jungen vor mir zu haben. Er wird wütend, aggressiv und ausfallend.«

»Schlägt er dich etwa?«

Mila schüttelt den Kopf. »Das würde er niemals tun.«

»Das will ich ihm auch geraten haben. Wenn du willst, komme ich mit und stärke dir den Rücken.«

Damian steht auf und reicht ihr die Hand.

»Du meinst jetzt?« Sie hält erschrocken die Luft an. »Von dir weiß er ebenfalls nichts.«

Verdutzt lässt er den Arm sinken. »Du informierst deinen Koch, lässt aber deinen Bruder in Unkenntnis?«

Verlegen senkt sie den Blick. Wie soll sie Damian erklären, dass sie es unnötig fand, Ryan von ihm zu erzählen. Sie rechnete doch gar nicht damit, dass sie ihn je wiedersehen würde.

Er geht vor ihr in die Hocke und legt beide Hände auf ihre Schenkel. Sie hebt den Kopf. Ihre Augen schimmern feucht.

»Du dachtest wirklich, ich hätte nur mit dir gespielt«, stellt er erstaunt fest. »Großes dummes Mädchen.«

»Ich kann ja jetzt noch kaum glauben, dass du real bist«, flüstert Mila mit belegter Stimme.

»Dann werde ich dich wohl überzeugen müssen.«

Kapitel 20

Damian zieht sie an den Händen empor. Quälend langsam befreit er sie aus ihrer Bluse. Milas Brustkorb hebt und senkt sich unter seinen Fingern. Er schiebt ihr den leichten Stoff über die Schultern und öffnet den BH. Liebevoll haucht er Küsse auf die zarte Haut.

»Bitte kein Blümchensex. Ich muss dich heute richtig spüren.«

Mila quiekt erschrocken auf, als er ihre Brustwarze zwischen die Zähne nimmt und daran zupft. Dann lässt er sie los und richtet sich auf. Streng blickt er in ihr Gesicht.

»Ich soll dich also ficken?«

Mila nickt stumm.

»Hart?«

Wieder nickt sie kurz.

»Du weißt, dass ich immer noch sauer auf dich bin?«

Sie nickt erneut.

»Es könnte sein, dass ich ohnehin darauf aus bin, dich für die letzten Wochen zu bestrafen, und deshalb sowieso ein wenig grob werde. Ist es das, was du im Sinn hast?«

Er geht lauernd um sie herum.

Mila schluckt. Damians Worte lösen ein sehnsuchtsvolles Ziehen in ihrer Mitte aus. Sie will bestraft werden, denn sie hat es verdient. Wegen ihr hatten sie gelitten und das nur, weil sie zu feige gewesen war, ihn anzurufen.

»Antworte«, fordert er herrisch.

»Ja!«, haucht sie demütig mit zittriger Stimme.

Damian tritt hinter sie. Er nimmt je eine Brustwarze zwischen Daumen und Zeigefinger und rollt sie hin und her. Erst mit leichtem Druck, den er stetig erhöht, bis Mila zu wimmern beginnt.

»Behalte gut im Gedächtnis, was ich dir jetzt mitteile. Solltest du mich noch einmal so zappeln lassen, lege ich dich übers Knie und bestrafe dich, wie man kleine ungezogene Mädchen bestraft.«

Er legt ihr eine Hand an den Hals, während die andere über ihren Bauch zum Bund ihres Rocks wandert.

»Hast du mich verstanden, Mila?« Seine Finger schlüpfen unter den schwarzen Stoff.

Stöhnend nickt sie, doch Damian reicht das nicht.

»Sag es! Sag, dass du es nie wieder tun wirst.«

»Nie mehr«, stammelt Mila.

»Genauer!«

Damian drückt ihr leicht den Hals zu.

»Ich verspreche, dass ich dich nicht noch einmal so lange warten lasse.«

Sie zittert vor Erregung. Niemals hätte sie vermutet, dass es sie so anmachen würde, von ihm dominiert zu werden. Bislang war immer sie die Starke.

»Braves Mädchen und jetzt zieh dich aus!«

Er tritt einen Schritt zurück.

Während Mila Rock und Höschen nach unten streift, entledigt er sich ebenfalls seiner Klamotten. Als sie die Riemen ihrer Schuhe öffnen will, hält er sie davon ab, indem er sie am Oberarm packt und hochzieht.

»Die behältst du an! Geh zum Bett und stütz dich mit dem Oberkörper auf.«

Sie gehorcht ihm. Er tritt hinter sie und streicht ihr federleicht über den Rücken. Schließlich lässt er einen Finger ihre Poritze hinuntergleiten und drückt sanft gegen die Rosette. Mila spannt ängstlich die Pobacken an.

Damian beugt sich über sie.

»Du solltest dich entspannen, dann tut es nicht so weh«, flüstert er in ihr Ohr.

Sein Tonfall lässt keinen Zweifel daran, dass er es tun wird. Er wird sie nehmen, wie sie niemals zuvor genommen wurde. Ein Zittern geht durch ihren Körper. Leichte Panik steigt in ihr auf und doch erregt sie die Vorstellung, es auf diese Weise von ihm besorgt zu bekommen.

»Ich habe noch nie …«, stammelt sie mit schwacher Stimme.

»Ich dachte, ich soll dich bestrafen, Babygirl? Du vertraust mir doch, oder?« Damian haucht ihr beruhigend einen Kuss auf die Schulter.

Milas Herz klopft wie verrückt. Trotz der Beklommenheit, die sie verspürt, nickt sie. Ja, sie vertraut ihm.

»Gut. Bleib genau so stehen.«

Er geht ins Bad. Lächelnd öffnet er den Kulturbeutel und holt neben einem Kondom auch eine Tube Gleitgel hervor.

Obwohl es alles andere als sicher war, dass sie ihn mit offenen Armen empfangen würde, hatte er sich in Miami mit diversem Sexspielzeug eingedeckt.

Nun freut er sich darauf, es in den folgenden Tagen zum Einsatz zu bringen. Er wird Mila auf alle erdenkliche Arten beglücken, damit sie ihn nicht vergisst, bis er das nächste Mal zu Besuch kommt. Aber zunächst muss er ihr genügen.

Er streift sich das Gummi über und kehrt mit der Tube ins Zimmer zurück. Das Bild, das sich ihm bietet, treibt sämtliches Blut in seine Lenden und lässt ihn steinhart werden.

Mila streckt ihm mit leicht gespreizten Beinen den Po entgegen. Sie hat den Oberkörper tief nach vorne gebeugt und atmet schwer.

Damian lässt sich Zeit. Er genießt den Anblick. Langsam nähert er sich ihr und erkennt, dass sie immer unruhiger wird.

»Ganz ruhig, Süße, entspann dich. Ich werde vorsichtig sein.« Kaum spürbar wandert seine Hand ihren Rücken entlang.

Mila zuckt zusammen. Eine Gänsehaut breitet sich auf ihrem gesamten Körper aus. Seine Finger streichen über ihren Po die Schenkel hinab. Behutsam drückt er gegen die Sprunggelenke und bringt sie dazu, die Beine noch weiter zu spreizen.

»Schließ die Augen«, fordert Damian und Mila beugt sich auch diesem Befehl.

Ihres Sehsinnes beraubt, konzentriert sie sich darauf, seine Hände und Lippen zu erspüren. Er fährt mit der Zunge ihre Schenkel hinauf. Seine Finger folgen der feuchten Spur, bis sie wieder am Po angelangt sind.

Sie hört ein schmatzendes Geräusch und fühlt plötzlich etwas Kaltes zwischen ihren Pobacken. Unwillkürlich schließt sie ihre Beine.

Damian lacht amüsiert auf. »Damit kannst du mich nicht aufhalten.«

Er drückt mit einer Hand ihren Rücken nach unten, während sich ein Finger der anderen erneut ihrer Rosette nähert. Ein Wimmern kommt über ihre Lippen, als er mit leichtem Druck in sie eindringt.

»Schscht Süße … nicht anspannen«, flüstert er und verharrt regungslos, bis der Druck um seinen Finger nachlässt. Dann bewegt er ihn vorsichtig vor und zurück.

Mila stöhnt auf. Der erwartete Schmerz bleibt aus, dafür ist das Gefühl, das Damian in ihr auslöst, so intensiv, dass sie es kaum erträgt. Ihre Mitte pulsiert und sollte er sie jetzt dort berühren, würde sie höchstwahrscheinlich augenblicklich zerspringen.

Doch Damian kann die Signale ihres Körpers genau deuten. Bevor sie zum Höhepunkt kommt, zieht er seinen Finger aus ihr zurück. Ein enttäuschtes Jammern zeigt ihm, dass er den richtigen Zeitpunkt gewählt hat.

»Noch hast du es nicht verdient zu kommen«, sagt er mit dezent spöttischer Stimme und verteilt erneut Gleitgel in ihrer Pospalte. Sanft drückt er ihre Pobacken auseinander. Obwohl er sie zuvor etwas gedehnt hat, ist ihm bewusst, dass er sehr vorsichtig sein muss.

Ängstlich hält sie die Luft an. Damian rechnet damit, dass sie ihn abstoppen wird, doch sie vertraut ihm und kein Wort kommt über ihre Lippen. Er dringt behutsam in sie ein. Diesmal verspürt sie ein leichtes Ziehen, das jedoch schnell verfliegt.

»Gefällt dir das, Mila?«

Er fasst an ihre Hüften und kreist mit dem Becken.

Statt ihm zu antworten, stöhnt sie laut und drängt ihren Po gegen seine Lenden. Damian schiebt eine Hand nach vorne zwischen ihre Beine.

Mila schreit auf, als er ihre Lustperle massiert. Zuckend empfängt ihre Mitte seine Finger, die sich langsam immer tiefer schieben.

Als er merkt, dass sie bereits ihren Höhepunkt erreicht hat, kann er sich nicht mehr zurückhalten. Er erhöht das Tempo und wenige harte Stöße später kommt auch er. Erschöpft legt er seinen Oberkörper auf ihren Rücken. Er streicht ihr das Haar aus dem Nacken und küsst ihre Schulter.

Plötzlich zittert Mila und Damian hört ein Schluchzen. Besorgt zieht er sich zurück. Sie krabbelt vollständig auf das Bett. Dann bleibt sie auf dem Bauch liegen. Ihr Atem geht schwer und sie wird unaufhörlich von einem Zittern erschüttert.

Damian kniet sich am Kopfende des Bettes nieder. Sanft streichelt er ihr Haar. Mila hat die Augen geschlossen. Tränen hängen in ihren langen Wimpern, doch sie beruhigt sich langsam.

»Hey Babygirl, sieh mich an«, sagt er zärtlich und sie öffnet die Lider. Erleichtert atmet er auf, als er weder Furcht noch Hass in ihrem Blick erkennt.

»Wenn ich dich jedes Mal zum Heulen bringe, sollten wir es besser lassen«, neckt er sie.

Mila verzieht ihren Mund zu einem Grinsen. »Du solltest dich lieber sorgen, wenn ich einmal nicht weine.«

Sie rollt sich zur Seite und klopft auf die Decke.

»Ich bin sofort zurück«, flüstert er ihr zu und geht ins Bad, um sich frisch zu machen. Kurze Zeit darauf legt er sich neben sie. Mit einem Finger zieht er die Konturen ihres Körpers nach. Sie stoppt ihn jedoch sofort. »Kannst du mich bitte einfach nur festhalten?«

»Wie, Miss Dearing? Noch zu erschöpft für Runde zwei?« Er grinst sie frech an.

»Ha, ha! Du willst mir jetzt nicht weismachen, dass du schon wieder könntest.«

»Nein, kann ich nicht, aber ich habe Spielzeug dabei.«

Mila bekommt große Augen. Er wird doch nicht? … Jetzt? … Nein, das hält sie auf gar keinen Fall aus. Sie rückt ein Stück von ihm ab, um feststellen zu können, ob er sie eventuell auf den Arm nimmt.

Jedoch Damian mustert sie ernst. Nervös schiebt sie sich weiter zurück, da zieht er sie lachend an sich.

»Keine Angst, Süße. Ich gönne dir ein wenig Zeit, dich zu erholen.«

»Sehr gnädig von dir. Wer sagt, dass ich dich überhaupt noch mal ranlasse.«

Mila drückt ihn von sich weg und reckt ihm herausfordernd das Kinn entgegen.

»Du drohst mir?«, knurrt er leise und steht auf. Mit einem schäbigen Grinsen geht er erneut ins Bad. Als er zurückkommt, hält er etwas Schwarzes in der Hand.

»Eigentlich wollte ich dich ein paar Stunden in Ruhe lassen, aber wer frech zu mir ist, muss mit den Konsequenzen leben.«

Neugierig schielt Mila auf das runde Teil, das zwischen seinen Fingern hervorblitzt.

Amüsiert beobachtet Damian sie dabei, dann legt er ihr das Vibro-Ei in die Hand.

»Ich möchte, dass du das bis heute Abend trägst.«

»Niemals!« Mila hat so ein Ding zwar noch nie ausprobiert, trotzdem weiß sie natürlich, wozu es gut ist.

»Oh doch. Und wenn ich es eigenhändig an Ort und Stelle packen muss.« Er macht Anstalten ihr das Sextoy wieder wegnehmen zu wollen.

Sie zieht die Hand zurück. »Wie stellst du dir das vor? Ich muss arbeiten.«

»Kneifst du etwa?« Damian grinst von einem Ohr zum anderen und mustert sie abwartend.

Mila nimmt die Herausforderung an. »Okay, aber du musst mir versprechen, dass du es auslässt, sobald Hotelgäste in der Nähe sind.«

»Angst, du könntest dich nicht unter Kontrolle haben?«

Skeptisch betrachtet sie das Ei.

»Babygirl, traust du mir wirklich zu, dass ich dich in Verlegenheit bringe? Außerdem ist die Reichweite auf wenige Meter begrenzt. Ich muss also nah an dich heran, um es zu aktivieren.«

»Was passiert, wenn ich mich weigere?«

»Nichts natürlich. Es ist ein Spiel, das du jederzeit abbrechen kannst, sollte es dir zu viel werden«, erklärt er gönnerhaft.

Mila fixiert ihn mit ihrem Blick. Die Blöße wird sie sich auf keinen Fall geben. Damian darf nicht gewinnen.

»In Ordnung, ich tu' s. Aber, wenn ich bis zum Abend durchhalte, musst du mir mein Lieblingsgericht kochen.«

»Einverstanden.« Er hält ihr die Hand hin, um es mit einem Handschlag zu besiegeln, erst danach fragt er: »Was ist eigentlich dein Lieblingsgericht?«

Sie sammelt ihre Klamotten ein und geht in Richtung Bad. Bevor sie den kleinen Raum betritt, dreht sie sich langsam um. »Burger!«

»Ich bin ein Sternekoch und du wünschst dir einen Burger? Echt jetzt?« Missbilligend schüttelt er den Kopf, doch seine Mundwinkel zucken verräterisch.

»Jepp! Ist das ein Problem für dich?« Sie nickt ihm herausfordernd zu.

»Nicht im Geringsten. Kommen wir zu deinem Einsatz.« Damians Blick lässt Mila Schlimmes befürchten. Warum hat sie bloß damit angefangen?

»Ich höre«, sagt sie tapfer.

»Brichst du vorzeitig ab, sagst du noch heute deinem Bruder, dass du nach Key Largo gehst. Und du erzählst ihm von uns.«

»Unfair, das sind gleich zwei Sachen.«

»Ich brate dir auch zwei Burger. Also Mila, letzte Chance einen Rückzieher zu machen«, bietet er ihr großzügig an.

»Nein, danke! Herausforderung angenommen.«

Mit hoch erhobenem Kopf verschwindet sie im Badezimmer. Bevor sie die Tür schließt, wirft sie ihm einen Bademantel zu. »Damit dir nicht kalt wird!«

Damian schlüpft in den kuscheligen Frotteemantel und freut sich diebisch auf den Nachmittag.

Kapitel 21

»Ich möchte mich noch einmal für die Unannehmlichkeiten entschuldigen, Mister Tinson«, erklärt Mila beim Verlassen des Zimmers, da Ramona just in diesem Moment ihren Servicewagen vorbeischiebt.

»Das Hotel spendiert Ihnen einen Drink an der Bar.«

»Vielen Dank, Miss Dearing. Ich muss sagen, Ihr Service am Kunden hat mich positiv überrascht.« Damian zwinkert ihr verschwörerisch zu.

»Wir sind darauf bedacht, unseren Gästen jeden Wunsch zu erfüllen, solange er im Bereich des Machbaren liegt.« Mila setzt ihr strahlendstes Lächeln auf.

»Ich werde Sie hin und wieder daran erinnern.« Er holt sein Smartphone aus seiner Hosentasche und tippt mit einem süffisanten Grinsen zwei Mal auf das Display.

»Nur um sicherzugehen, dass es auch funktioniert«, flüstert er ihr heimlich zu, da Ramona stehen geblieben ist und sie mit großem Interesse beobachtet.

Mila beißt sich auf die Lippen, als das Ding in ihr zu vibrieren beginnt. Na, das kann ja heiter werden. Unsicher schielt sie zu Ramona und fragt sich, ob diese das leichte Brummen hören kann, doch nichts weist darauf hin.

Mit einem verheißungsvollen Lächeln erlöst Damian Mila, nickt ihr zu und kehrt zurück ins Zimmer.

»War irgendetwas nicht in Ordnung, Miss Dearing?«, erkundigt sich Ramona mit Blick auf Zimmer 326.

»Nein, alles bestens. Hatte nichts mit Ihrer Arbeit zu tun.« Mila legt ihr wohlwollend die Hand auf die Schulter. Im Gegensatz zu ihrem Bruder hat sie ein sehr freundschaftliches Verhältnis zu den meisten Angestellten.

Mila verabschiedet sich von Ramona und eilt in die Küche. Dort schnappt sie sich Jeremy und zerrt ihn durch die Hintertür nach draußen.

»Wow, was ist denn in dich gefahren?«, erkundigt er sich, als Mila ihn endlich loslässt.

»Damian.«

»Er ist hier?«

Mila nickt und versucht, wieder zu Atem zu kommen. Jeremy mustert sie interessiert.

»So wie du aussiehst, scheint da auch schon etwas gelaufen zu sein.«

»Sieht man mir das an?« Erschrocken zupft sie an ihrer Kleidung.

Er lacht. »Nein, es ist der Ausdruck in deinen Augen, die leichte Röte im Gesicht und dein zufriedenes Grinsen.«

»Ich grinse gar nicht!« Sie boxt ihm flüchtig gegen den Oberarm.

»Oh doch, und wie. Du hast dir also umsonst Sorgen gemacht? Was jetzt?«

»Keine Ahnung.« Mila zuckt mit den Achseln. »Er bleibt erst mal drei Tage und dann sehen wir weiter.«

Jeremy legt ihr lächelnd eine Hand auf die Schulter.

»Du musst mir unbedingt zeigen, wer es ist.«

»Derjenige, der mit seinem Smartphone spielt, wenn er in meiner Nähe ist«, rutscht ihr heraus.

»Was meinst du denn damit?«

»Es vibriert.«

»Das Handy?«

»Ja, das vermutlich auch.« Sie beißt sich auf den Daumen und schielt ihn verlegen an.

Da macht es bei ihm Klick.

»Nein! Das hat er nicht getan«, prustet er. »Der Kerl wird mir immer sympathischer.«

»Wehe du verrätst, dass du es weißt.«

»Keine Sorge, ich halte dicht.«

Jeremy kann es nicht fassen. Er hätte Mila vieles zugetraut, aber sicherlich nicht, dass sie sich auf so ein Spiel einlässt. Jedenfalls nicht beim zweiten Date. Damian versteht es anscheinend, bei ihr die richtigen Knöpfe zu drücken.

»Genieß es, Boss!«

»Das klingt schräg, weißt du das?« Plötzlich wird sie ernst. »Ich habe noch eine Bitte an dich.«

»Raus damit, um was geht es?«

»Darf ich heute nach Feierabend deine Küche benutzen?«

»Du willst kochen?« Er betrachtet sie skeptisch. Nicht, dass Mila es nicht könnte. Doch seit ihr Bruder aufs College ging, hat sie keine Pfanne mehr angerührt.

»Ich nicht. Aber Damian wird sie brauchen, um seinen Wetteinsatz einzulösen.«

»Wetteinsatz?«, erkundigt sich Jeremy mit verschränkten Armen.

»Jepp, wenn ich bis heute Abend durchhalte, muss er mir einen Burger braten.«

Nun dämmert es ihm, wie Damian Mila dazu gebracht hat, mitzuspielen. Einer Herausforderung konnte sie noch nie widerstehen.

»Was ist dein Einsatz?«

»Ich muss Ryan von ihm und dem Job erzählen.«

»Mila, du weißt, dass er dich überlistet hat? Er wird die Küche nicht brauchen.«

Obwohl er ebenfalls der Meinung ist, sie sollte ihrem Bruder endlich reinen Wein einschenken, befürchtet er, dass Damian damit zu viel verlangt.

»Ich werde auf keinen Fall verlieren, Jer!«, sagt Mila entschlossen.

»Doch, ich fürchte, das wirst du. Er hat es quasi in der Hand.«

»Vergiss es einfach!«

Mila wirbelt herum und rauscht beleidigt ab. Sie ist sich sicher, dass Jeremy sich irrt. Was soll ihr mit diesem kleinen Teil schon passieren? Es vibriert bloß und das noch nicht einmal besonders stark. Dass Damian den ›Testlauf‹ auf niedrigster Stufe durchgeführt hat, ahnt sie nicht.

Mila begibt sich auf einen Rundgang um den Pool. Sie unterhält sich gerade mit dem Gärtner, als sich das Ei für einen kurzen Augenblick bemerkbar macht. Unwillkürlich stößt sie einen spitzen Schrei aus.

»Was ist passiert, Miss Dearing?« Der Mexikaner blickt sie besorgt an.

»Nichts, mich hat nur etwas gestochen«, erklärt sie hastig.

»Sie sollten vorsichtig sein, so ein Bienen- oder Wespenstich kann ganz schön gefährlich sein«, verkündet Damian und geht grinsend an ihr vorbei.

»Der Mister hat recht!«, pflichtet ihm Rodriguez bei. »Lassen Sie mal sehen.«

»Ich sagte, es ist nichts«, entgegnet sie schon fast unfreundlich und eilt hinter Damian her, der gerade die Sonnenliegen am Pool ansteuert.

Mila erreicht ihn erst, als er es sich schon bequem gemacht hat. Sie bleibt mit vor der Brust verschränkten Armen vor ihm stehen und tötet ihn mit ihrem Blick.

Er schiebt sich die Brille von den Augen und sieht sie mit Unschuldsmiene an.

»Stimmt etwas nicht? Sind diese Liegen nur für VIP-Gäste?«

»Du weißt genau, was nicht stimmt.«

»Du hast nur von Gästen gesprochen, von Personal war niemals die Rede.«

»Du Schuft!«, faucht sie ihn an und bekommt sogleich die Quittung, denn das Ei brummt fröhlich los. Wieder zuckt sie zusammen.

»Ich wäre an deiner Stelle ein bisschen konzentrierter. Du willst doch nicht, dass jemand Verdacht schöpft. Nicht immer wirst du die Schuld auf eine kleine, arme Biene schieben können. Und nun geh! Man wird schon aufmerksam auf uns.« Er genießt es sichtlich, am längeren Hebel zu sitzen.

»Erst schaltest du das aus!«, fordert sie verärgert. Dabei ist sie weniger wütend auf ihn, sondern hauptsächlich auf sich selbst, da sie erkennt, dass Jeremy recht hatte. Damian hat es in der Hand. Sollte er es darauf anlegen, wird sie verlieren.

Er blickt sie streng an.

»Geh! Ich bestimme Zeitpunkt, Dauer und Intensität.«

Fassungslos starrt sie ihn an. Das kann jetzt unmöglich sein Ernst sein. Was, wenn jemand das Brummen bemerkt? Sie würde sich in Grund und Boden schämen.

»Gibst du auf?« Abschätzend kneift er die Augen zusammen.

»Nein!«

Sie dreht sich um und stolziert davon.

Nachdem sie sich ein paar Meter entfernt hat, hört das Vibrieren plötzlich auf. Verwundert bleibt Mila stehen und blickt zurück. Ist ihr Damian etwa gefolgt? Doch der liegt entspannt auf der Liege und scheint sie nicht weiter zu beachten. Hat das Ding solch eine Reichweite? Oder schaltet es sich automatisch ab, wenn es kein Signal mehr bekommt. Mila hofft, dass Letzteres der Fall ist.

»Miss Dearing, können Sie bitte kurz kommen?« Mit einem Mal steht Maria aufgeregt vor ihr.

»Was gibt es?«

»Ein Gast weigert sich, zu zahlen. Er behauptet, er hätte schon im Voraus überwiesen.«

»Beruhigen Sie sich, Maria, das haben wir gleich.«

Sie folgt der Empfangsdame in die Lobby. Während sie sich bei ihrer Bank einloggt, um zu überprüfen, ob sie vergessen hatte, den Betrag zu buchen, schlendert Damian in ihre Richtung. Mila beißt die Zähne zusammen und erwartet, dass er sie jeden Moment erneut auf die Probe stellt.

Doch er schmunzelt nur in sich hinein und geht wortlos am Tresen vorbei, ohne dass etwas passiert.

Sie atmet erleichtert auf.

Nachdem sich die Sache mit dem Gast geklärt hat, versteckt sie sich in ihrem Büro. Grinsend setzt sie sich an den Schreibtisch. Sie würde einfach hierbleiben. Wenn sie Damian bis zum

Abend nicht mehr zu nahe kommt, kann er das Ei nicht aktivieren und somit wäre sie aus dem Schneider. Zufrieden lehnt sie sich zurück. Dann fragt sie sich jedoch, ob sie auf den Spaß wirklich verzichten will. Denn der Nervenkitzel bringt sie richtig in Stimmung.

Bevor sie entscheiden kann, ob sie sich wieder in Damians Reichweite begibt oder nicht, klingelt ihr Telefon.

»Ja bitte?«

»Miss Dearing, der Gast aus 326 möchte Sie sprechen.«

Damian! War doch klar, dass er ihr das partout nicht durchgehen lässt. Mila schüttelt schmunzelnd den Kopf. »Wo ist er jetzt?«

»Er wartet an der Bar auf Sie, Miss. Soll ich ihm ausrichten, dass Sie kommen?«

Sie überlegt kurz.

»Sagen Sie ihm, er möge sich ein wenig gedulden. Ich muss noch ein paar Telefonate erledigen.«

So hat sie wenigstens das Gefühl, selbst zu entscheiden. Sie wartet gut zwanzig Minuten, dann geht sie zu ihm.

»Miss Dearing«, begrüßt er sie mit einem selbstgefälligen Unterton.

»Wie kann ich Ihnen diesmal helfen, Mister Tinson?«, erkundigt sich Mila und gibt vor, nicht zu wissen, worauf er anspielt.

»Ich habe den Eindruck, dass Sie mir aus dem Weg gehen.«

Sein durchdringender Blick setzt sie unter Spannung. Zumal der Barkeeper sie interessiert beobachtet.

»Kannst du ein wenig leiser sprechen, oder sollen alle mitbekommen, dass zwischen uns etwas läuft?«, zischt sie.

»Ach? Tut es das? Sind Sie sicher, dass Sie wollen, dass etwas läuft?«

Damian hat seine Stimme gemäßigt, was die Wirkung seiner Worte nur noch unterstreicht. Milas Mitte zieht sich sehnsuchtsvoll zusammen. Nervös wartet sie darauf, dass er das Ding einschaltet.

Abschätzend hebt er eine Augenbraue, dann verzieht sich sein Mund zu einem hämischen Grinsen.

»Ja. Du willst es. Ich seh es dir an, dass du dir wünschst, ich würde dir Lust bereiten.«

Er zückt sein Smartphone und bringt Mila hart an ihre Grenze. Die gedämpfte Musik in der Bar übertönt das Geräusch des Sextoys, das nun auf höchster Stufe vibriert.

»Damian!« Vorwurfsvoll blickt sie ihn an, doch er grinst nur unschuldig.

Plötzlich hört sie die Stimme ihres Bruders. »Da bist du ja, Mila.«

»Ryan? Ich dachte, ihr wolltet in die Stadt?«

Sie betont seinen Namen in der Hoffnung, Damian würde ihr Spiel für eine Weile unterbrechen. Natürlich erfüllt er ihr den Wunsch nicht und das Ei summt fröhlich weiter.

»Waren wir auch, ich wollte mich gerade fürs ›JumpIn‹ zurechtmachen, aber mir ist da noch etwas eingefallen. Kann ich dich kurz sprechen?«

Erst jetzt bemerkt er den blonden Mann, mit dem seine Schwester im Gespräch ist.

»Sie haben doch nichts dagegen, oder? Mila ist gleich zurück, es dauert nicht lange.«

»Nicht nötig, wir sind ohnehin fertig. Nicht wahr, Mister Tinson?«

»Außer, Sie lassen sich dazu erweichen, einen Drink mit mir zu nehmen.« Damian gibt seiner Stimme einen hoffnungsvollen Tonfall.

Mila wirft ihm einen vernichtenden Blick zu, dann folgt sie Ryan hinaus in den Flur.

Kapitel 22

»Der steht auf dich!« Ryan grinst sie belustigt an.

»Und was ist daran so witzig? Glaubst du, nur du bist interessant?«

»Hey, ruhig Blut, Schwesterchen. So war das nicht gemeint.«

»Was willst du?« Mila atmet tief durch. Das Ei vibriert zwar nicht mehr, jedoch ist sie so erregt, dass sie am liebsten zu Damian rennen, ihn vom Barhocker zerren und vernaschen würde.

»Onkel Oliver hat sich gemeldet. Ich soll zu ihm nach New York kommen.«

Oliver ist keineswegs Ryans richtiger Onkel, aber sein Taufpate. Er war der beste Freund und Geschäftspartner ihres Vaters. Gemeinsam haben die beiden eine Hotelkette aufgebaut, zu der auch das Blackstone gehört. Oliver ist der Vorstandsvorsitzende der Kette und leitet das Unternehmen, bis ihr Bruder so weit ist, diese Aufgabe zu übernehmen.

»Und nun?« Mila hat keine Ahnung, was Ryan von ihr erwartet.

»Er will mit mir über die Zukunft der Firma sprechen.« Er dreht nervös an seinem Ring.

Mila nimmt beruhigend seine Hand. »Du wusstest, dass es dazu kommen würde.«

»Ja, aber doch nicht so bald. Außerdem bin ich mir gar nicht sicher, ob ich das überhaupt möchte. Ich will in Fort Myers bleiben. In New York habe ich mich noch nie wohlgefühlt.«

»Ryan, du warst beim letzten Mal dreizehn Jahre alt. Manchmal kann so eine große Stadt auf einen kleinen Jungen beängstigend wirken. «

»Würdest du ihn trotzdem anrufen und ihn bitten, mir etwas mehr Zeit zu geben? So fünf bis zehn Jahre vielleicht.« Mit seinem Hundeblick hat er sie in wenigen Sekunden weichgeklopft.

»Okay, ich telefoniere mit ihm und sehe, was ich erreichen kann.«

»Du bist die Beste. Habe ich dir eigentlich schon gesagt, wie froh ich bin, dass ich dich habe. Alleine könnte ich das Hotel niemals leiten. Versprich mir, dass du immer bei mir bleiben wirst.«

Mila nickt und bekommt einen dicken Kloß im Hals. Mit einem Mal sind sämtliche guten Vorsätze dahin. Wie soll sie Ryan nunmehr klarmachen, dass sie bald fort sein wird. Sie muss die Sache abblasen.

»Alles in Ordnung mit dir? Du bist plötzlich so still.«

Sie strafft die Schultern und lächelt ihren Bruder an. »Ja, alles bestens.«

»Dann gehe ich jetzt duschen, nicht dass Olivia mir sonst an die Kehle springt.«

Dieses Mädchen geht ihm tierisch auf die Nerven. Wenn sie nicht Brandons Schwester wäre, würde er sie zum Teufel jagen.

Damian beobachtet die Geschwister neugierig. Man sieht, dass sie sehr vertraut miteinander sind. Im Gegensatz zu Ryan erkennt er jedoch sofort, dass mit Mila etwas nicht stimmt. Ihre gesamte Körperhaltung verändert sich schlagartig. Nur mit Mühe kann er sich davon abhalten, auf der Stelle zu ihr zu eilen.

Als sich Ryan allerdings verabschiedet, hält ihn nichts mehr zurück. Kurz bevor er sie erreicht, stoppt sie ihn mit ihrem Blick und schüttelt traurig den Kopf, anschließend dreht sie sich um und geht zum Fahrstuhl.

Er folgt ihr, da er keinesfalls bereit ist, sie in ihrem Kummer alleine zu lassen. Was auch immer ihr Bruder zu ihr gesagt hat, es hat sie verletzt. Und dass Ryan das nicht gemerkt hat, macht Damian wütend. Im letzten Moment huscht er zu ihr in den Lift. Außer ihr sind noch zwei weitere Personen im Aufzug.

Sie drückt den Knopf für die oberste Etage. Damian wartet, bis das Pärchen im vierten Stock ausgestiegen ist, dann zieht er Mila in die Arme, doch sie wehrt sich dagegen.

»Du solltest gehen«, fordert sie leise.

»Kommt gar nicht infrage. Du musst mit deinen Problemen nicht länger alleine zurechtkommen. Gewöhne dich daran, dass ich ab sofort an deiner Seite stehe. Mich wirst du jetzt nicht mehr los. Das kannst du vergessen. Verstanden?«

Sie betrachtet ihn schweigend. Die Entschlossenheit in seinem Blick sagt ihr, dass sie ihn nicht würde abwimmeln können. Aber will sie das überhaupt? Tapfer kämpft sie gegen die Tränen an, die in ihr hochsteigen. Als der Lift sein Ziel erreicht hat, reicht sie ihm ihre Hand und sie steigen gemeinsam aus. Mila zieht Damian zu der Feuertür am Ende des Ganges, die aufs Dach hinaus führt.

Mit zitternden Fingern versucht sie, den Schlüssel ins Schloss zu stecken, doch es misslingt ihr. Damian nimmt ihn ihr aus der Hand und sperrt auf. Mila betritt das Flachdach und er folgt ihr auf eine liebevoll angelegte Terrasse hinter dem Aufbau, in dem die Klimaanlage untergebracht ist.

»Mein persönlicher Rückzugsort«, erklärt sie mit belegter Stimme. »Dad hat ihn mit mir gebaut. Wir haben ewig gebraucht, um das ganze Zeug hier hochzubekommen.« Sie setzt sich auf die kleine Holzbank.

»Was wollte dein Bruder von dir? Hatte er schlechte Nachrichten?«

Er nimmt neben ihr Platz. Vergessen ist das Spiel, das ihm so viel Vergnügen bereitet hat, jetzt zählt nur Mila.

»Es ist nicht das, was er von mir wollte, was mich so fertigmacht. Es ist das, was er zu mir gesagt hat, als er sich bedankt hat.«

Nun kann sie ihre Tränen nicht mehr zurückhalten.

Liebevoll zieht er sie in seine Arme. Mila klettert rittlings auf seinen Schoß und presst ihren Mund auf seinen. Er lässt den

Kuss über sich ergehen, erwidert ihn aber nicht. Als sie versucht, seine Hose zu öffnen, ergreift er ihre Handgelenke.

»Ich verstehe, dass du wütend bist … oder verzweifelt, dennoch, … ich werde in diesem Zustand auf keinen Fall mit dir schlafen.«

Er streicht ihr eine Strähne hinter ihr Ohr. »Erzähl mir, was dich so aus der Bahn geworfen hat.«

Unter Tränen erklärt ihm Mila, mit welchen Worten sich Ryan bedankt hatte.

Damian mustert sie ernst, dann fragt er: »Wenn du das beurteilen solltest, was würdest du sagen? Bekommt dein Bruder das alleine hin?«

»Natürlich! Er hat Hotelmanagement studiert. Wenn eine einfache Biologin ein Hotel führen kann, dann er schon zweimal.«

»Somit ist seine Forderung ein wenig egoistisch, oder nicht? Außerdem ist das eine Floskel. So etwas ist schnell gesagt.«

»Du meinst, ich sollte den Job immer noch annehmen?«

Damian trocknet ihr mit dem Daumen die Wangen.

»Selbstverständlich sollst du das. Er wird zurechtkommen.«

Zärtlich zieht er ihren Kopf zu sich herunter und küsst sie vorsichtig auf den Mund. Seine Zunge streicht über ihre Lippen, die von den Tränen ein wenig salzig schmecken. Seine Hände wandern unter ihrer Bluse den Rücken hinauf und Mila streckt ihn durch. Er legt seinen Kopf auf ihren Busen und drückt sie fest an sich.

»Ist unser Spiel nur unterbrochen oder ganz aus?«, will sie plötzlich wissen.

Mit sanftem Druck schiebt er sie ein Stück von sich weg, sodass er ihr in die Augen sehen kann. »Das hängt von dir ab.«

»Bestehst du darauf, dass wir es bis heute Abend durchziehen?«

»Sag mal, was für Kerle hattest du eigentlich bislang? Das müssen ja ziemliche Fieslinge gewesen sein.«

Damians Hand fährt durch ihr Haar.

Sie bekommt eine Gänsehaut auf dem Rücken. Der Grund, warum ihre Stimme bei der eben gestellten Frage zitterte, war nicht aus Furcht, er könne weitermachen, sondern aus Angst, er könne damit aufhören. Sie legt ihre Stirn an seine.

»Und wenn ich darauf bestehe?«, flüstert sie ihm zu.

»Sie wollen wirklich weiterspielen, Miss Dearing?«

Mila beißt sich auf die Unterlippe und nickt. »Das lenkt mich wenigstens ab.«

»Na, wenn das so ist.« Damian grinst sie an und zückt sein Handy. »Spielen wir.«

Ein sanftes Brummen dröhnt durch ihren Körper und sie stöhnt auf.

Damian legt das Smartphone auf das Gartentischchen und öffnet die Knöpfe ihrer Bluse. Er schiebt den Stoff beiseite und küsst ihren Busen. Die Brustwarzen sind unter dem weißen Spitzenstoff deutlich zu sehen. Er reibt zärtlich mit zwei Fingern über die Nippel. Milas Mitte beginnt zu pochen und Nässe sammelt sich zwischen ihren Beinen. Sie rückt näher an Damian heran, jedoch er beendet die Streicheleinheiten und knöpft ihre Bluse wieder zu.

»Wir gehen jetzt nach unten. Ich habe Hunger und du solltest dich ein wenig frisch machen. Im Moment hast du sehr große Ähnlichkeiten mit einem Waschbären.«

Enttäuscht blickt Mila ihn an, als er sie von seinem Schoß schiebt und mit dem Handy das Ei deaktiviert.

»Damian … bitte …«

Doch er schüttelt den Kopf. »Bald, Babygirl, aber zuerst das Abendessen.«

Hand in Hand verlassen sie die Terrasse. Vor dem Lift trennt sich jedoch ihr Weg. Während sich Mila in ihre Suite zurückzieht, um sich wieder salonfähig zu machen, begibt sich Damian direkt ins Restaurant.

Da er fremden Typen erst einmal nicht traut, beschließt er, sich Jeremy genauer anzusehen. Deshalb stellt er der Bedienung die unmöglichsten Fragen zu den Speisen, bis sie entnervt vorschlägt, den Küchenchef zu holen. Wenige Minuten später kommt Milas Koch auch schon an seinen Tisch.

»Wie kann ich Ihnen helfen? Mister ...?«

»Tinson. Damian Tinson. Was können Sie mir denn empfehlen?«

Jeremy ist kurz sprachlos. Dass Milas Kerl vor ihm sitzt, hat er sofort kapiert, nur was will er von ihm?

»Bin ich wirklich hier, um mit Ihnen die Speisekarte durchzugehen?«

»Sie meinen, ich könnte einen anderen Grund haben, warum ich Sie sehen wollte? Oder sollte ich vielleicht sogar einen haben?«

Abschätzend ruht Damians Blick auf seinem Kollegen.

»Wenn Sie damit andeuten wollen, dass ich eine Konkurrenz für Sie sein könnte, oder Sie für mich, dann kann ich Sie beruhigen. Ich mag meinen Boss. Sehr sogar, aber zwischen uns läuft nichts. Trotzdem ist sie mir wichtig genug, dass ich Ihnen die Eier abschneide, sollten Sie ihr wehtun.«

Damian grinst zufrieden und auch Jeremy lächelt amüsiert.

»Machen Sie sie glücklich, Damian. Sie hat es verdient.«

»Ich werde es versuchen, jedoch Mila kann manchmal ein wenig stur sein.«

»Ich weiß, also strengen Sie sich an.«

Die Männer besiegeln ihr Gespräch mit einem Handschlag und Jeremy geht in seine Küche zurück. Auf dem Weg dahin trifft er auf Mila, die die beiden aus der Ferne mit Argwohn beobachtet hat. Sie stoppt Jeremy, indem sie eine Hand an seine Schulter legt.

»Was wollte er von dir?«

»Nichts Besonderes.« Er versucht, an ihr vorbeizukommen.

»Hat er dir gedroht, Jer?«

»Nein, alles bestens. Er hat nur sein Territorium abgesteckt, was ich an seiner Stelle auch gemacht hätte. Der Kerl ist schwer in Ordnung, halt ihn gut fest.«

»Mach ich!« Plötzlich zuckt Mila zusammen und kann einen überraschten Schrei gerade noch verhindern.

Jeremy wäre niemals etwas aufgefallen, wüsste er nicht von dem Spielchen, das die beiden miteinander spielen.

»Ich glaube, das war ein dezenter Hinweis, dass du nun genug mit mir gequatscht hast. Los, geh zu ihm.«

Sie beißt sich auf die Unterlippe und lächelt. Dass Jeremy Damian mag, ist ihr sehr wichtig, denn er hat bislang jeden ihrer Typen richtig eingeschätzt.

»Na? Habt ihr gefachsimpelt?« Breit grinsend setzt sie sich zu Damian an den Tisch. Das vibrierende Ding in ihrer Mitte kann sie erfolgreich ausblenden.

»Nicht nur. Aber ich kann ihn gut leiden.« Er kneift die Augen zusammen. *Funktioniert das Teil überhaupt noch?*

»Also muss ich ihn nicht entlassen?«

»Du redest Blödsinn!«

»Und du bist eifersüchtig auf meinen Koch.« Mila blickt ihn herausfordernd an.

Er beugt sich zu ihr. »Fällt das nicht auf, wenn du andauernd in meiner Nähe bist?«

»Lenk nicht vom Thema ab.«

»Nein, im Ernst. Ich will dich keinesfalls in Schwierigkeiten bringen.«

»Dann lass uns essen und danach auf dein Zimmer gehen«, schlägt sie vor und leckt sich über die Lippen.

Plötzlich verspürt Damian eine ganz andere Art von Appetit.

Kapitel 23

»Hast du eigentlich schon eine Antwort bekommen?« Jeremy blickt von seiner Rührschüssel auf.

Mila sitzt neben ihm auf der Arbeitsplatte, nascht vom Kuchenteig und schüttelt den Kopf. »Bis heute nicht, aber du kennst ja unsere Post.«

»Dir geht es gut?«

Er sorgt sich ein wenig um sie, da sie in den letzten Tagen hin und wieder etwas abwesend wirkte. Zum Glück hat sie wenigstens ihren Hungerstreik beendet.

»Jepp, alles in Ordnung.« Sie strahlt ihn an. »Nur noch vier Tage, dann kommt er erneut an Land.«

»Wann willst du es deinem Bruder sagen?« Jeremy stellt die Schüssel beiseite und mustert sie streng.

»Ach, Jer.« Sie senkt verlegen den Kopf. »Du weißt, dass mir das nicht gerade leichtfällt.«

»Mila, eines Tages wirst du es ihm erzählen müssen. Oder willst du ewig mit Damian verstecken spielen? Und erst die Sache mit dem Job …«

»Ich fand es witzig.«

Sie hatte das Wochenende genossen.

Tagsüber flirtete sie heimlich mit Damian und warf ihm verliebte Blicke zu. Zwischendurch führten sie zweideutige Gespräche, deren Sinn den anderen verborgen blieb. Damit heizten sie sich gegenseitig dermaßen an, dass sie am Abend regelrecht übereinander herfielen.

Als Damian dann zum Schiff zurückmusste, stürzte sie für kurze Zeit in ein tiefes Loch. Bis sie merkte, dass ihr die täglichen Telefonate genügend Sicherheit gaben.

»Mila!«

Missbilligend schüttelt Jeremy den Kopf. »Versetz dich doch einmal in Ryans Lage. Stell dir vor, er würde es dir verheimlichen. Was glaubst du, was passieren wird, wenn er es zufällig erfährt?«

»Du hast ja recht. Aber zuerst muss ich ihm das mit dem Job beichten.«

Sie springt von der Arbeitsplatte und steckt ein letztes Mal ihren Finger in den Teig.

»Wovor oder vor wem flüchtest du eigentlich, dass du deinen freien Tag hier in der Küche verbringst?«

Er verdreht die Augen. »Meine Schwester ist zu Besuch. Im Moment wuseln zwei Monster durch unser Haus. Es herrscht keine Sekunde Ruhe.«

»Jeremy Jordan Scott, so spricht man nicht über seine Neffen. Die muss man lieben, vergöttern und verwöhnen. Dafür sollte man dir den Hintern versohlen«, erklärt sie mit hoch erhobenem Zeigefinger.

»Pass bloß auf, dass ich nicht deinen versohle! Und jetzt raus aus meiner Küche.« Lachend scheucht er sie fort.

Mila kehrt gut gelaunt in ihr Büro zurück. Zuvor schaut sie in der Lobby vorbei, um die Post abzuholen. Ungeprüft nimmt sie den Stapel, den ihr Maria reicht, in Empfang. Erst im Büro sortiert sie ihn durch. Sofort fällt ihr ein Brief ins Auge. Obwohl sie weiß, was sich in dem Kuvert befindet, reißt sie es hastig auf.

›Willkommen im Team des Manatee Research Centers … Erster Arbeitstag: 3. September‹

Nun ist es offiziell. Ihr neues Leben als Meeresbiologin steht kurz bevor. Mila fühlt leichte Panik in ihr hochsteigen. Jetzt ist sie gezwungen, Ryan in Kenntnis zu setzen.

Ihr bleiben etwas mehr als drei Monate, um jemanden zu finden, der ihre Stelle einnimmt. Natürlich könnte sie sich am bestehenden Personal bedienen. Der ein oder andere wäre durchaus qualifiziert. Das ändert jedoch nichts an der Tatsache, dass ein weiterer Mitarbeiter eingestellt werden muss. Am besten setzt sie noch heute eine Stellenausschreibung auf die Homepage.

Sie ist so in Gedanken versunken, dass sie nicht bemerkt, wie die Tür zu ihrem Büro aufgeht. Erst als Ryan direkt vor ihr steht, nimmt sie ihn wahr. Hastig versucht sie, den Brief vor ihm zu verstecken.

Doch er reißt ihn ihr aus der Hand.

»Was ist das?«, murmelt er und beginnt zu lesen.

Besorgt beobachtet ihn Mila dabei. Sie rechnet jeden Moment damit, dass er sie anschreit, jedoch Ryan wirft das Schreiben wortlos auf den Tisch und rauscht zur Tür hinaus.

Sie springt auf und rennt ihm hinterher.

»Ryan! Warte! Lass mich erklären.«

Wütend dreht er sich um und kommt drohend auf sie zu. »Lass es, Mila! Du hast vor, mich im Stich zu lassen. Was willst du da noch erklären?« In seinen Augen tobt ein Sturm.

Mila weiß, dass sie kein Argument vorbringen kann, das ihn zurzeit überzeugen könnte. In diesem Zustand ist er für nichts empfänglich. Das kennt sie von früher. Resigniert senkt sie den Kopf.

»Was ist hier los?«

Brandon, der vor dem Büro auf Ryan gewartet hatte, stellt sich schützend vor sie.

»Mila verlässt das Hotel und hält es nicht für notwendig, mich zu fragen.« Ryan spuckt ihnen die Worte regelrecht entgegen, dann dreht er sich um und verschwindet aus dem Verwaltungstrakt. Nicht ohne die Tür hinter sich zuzuknallen, sodass Mila befürchtet, sie würde aus den Angeln springen.

Übelkeit steigt in ihr hoch. So aufgewühlt hat sie ihren Bruder schon lange nicht mehr erlebt. Die Angst um ihn lähmt sie und lässt sie kaum noch atmen. Sie könnte es sich nie verzeihen, wenn ihm in diesem Zustand etwas zustoßen würde.

Halt suchend streckt sie die Hand aus und Brandon fängt sie auf. Er führt sie in ihren Arbeitsraum zurück, wo sie sich auf ihren Bürostuhl setzt.

»Was soll das heißen: Du verlässt das Hotel?« Er reicht ihr ein Glas Wasser.

»Ich erkläre dir das später. Bitte lauf ihm nach und kümmere dich um ihn.« Sie zeigt zur Tür, aber Brandon schüttelt den Kopf.

»Wenn ich ihm helfen soll, muss ich erst wissen, worum es geht.«

Mila nimmt den Brief vom Tisch und hält ihm das Schreiben entgegen.

Er überfliegt es und blickt sie nachdenklich an.

»Ich gehe davon aus, dass du dir das gut überlegt hast?«

»Natürlich. Ich kann nicht ewig hier im Hotel bleiben. Geh jetzt, Brandon! Ich habe Angst, dass er in seiner Wut eine Dummheit begeht.«

»Du kommst alleine zurecht?«

»Ja, doch! Verschwinde schon!«

Ryans Freund nickt ihr kurz zu, dann hastet er im Eilschritt aus dem Büro.

Sie schlägt die Hände vor das Gesicht. Endlich kann sie ihren Tränen freien Lauf lassen.

In Ryan brodelt es wie in einem Vulkan. Beklemmung breitet sich in ihm aus. Mila ist sein Anker, sein Halt im Leben. Wenn sie ihn verlässt, würde er führerlos umhertreiben, wie ein Schiff, das sich bei einem Sturm losgerissen hat.

Wie kann sie ihm das nur antun? Sie weiß genau, dass er ohne sie verloren ist. Seine Faust saust auf das Stoffdach des Autos herab.

»Du kennst die Preise für ein neues Verdeck?«

Ryan wirbelt herum.

Brandon hat beide Hände in den Hosentaschen vergraben und lehnt lässig an einer Säule. Neugierig checkt er die Situation ab.

»Was zur Hölle denkt sie sich dabei? Das kann Mila vergessen. Ich lasse sie nicht gehen!«

Aufgewühlt läuft Ryan vor dem Auto auf und ab.

»Was lässt dich glauben, dass du diese Entscheidung treffen darfst?«

»Fällst du mir nun auch noch in den Rücken?«

Wütend geht Ryan einen Schritt auf seinen Freund zu.

Brandon hebt abwehrend die Arme.

»Beruhige dich und steig ein.«

Er zeigt auf den Aston Martin.

Als Ryan die Fahrertür ansteuern will, packt Brandon ihn am Handgelenk.

»Ich fahre. So wie du gerade drauf bist, bringst du uns noch um.«

Ryan zögert kurz, schließlich siegt jedoch die Vernunft und er nimmt auf dem Beifahrersitz Platz.

Brandon lenkt den Wagen aus der Tiefgarage und fährt auf direktem Weg zum Fightclub.

Bevor er mit Ryan reden kann, muss dieser erst seine Wut loswerden und das gelingt ihm am besten, wenn er einen Boxsack bearbeitet.

Gut eine halbe Stunde beobachtet Brandon seinen Freund dabei, wie er immer wieder auf den Sack einschlägt. Dann endlich lässt Ryan sich erschöpft auf die Knie sinken.

Brandon geht zu ihm und legt ihm eine Hand auf die Schulter.

»Können wir jetzt in Ruhe darüber reden, Buddy?«

Ryan nickt und nimmt die ihm angebotene Hand an. Mit einem Ruck zieht ihn Brandon auf die Füße.

Ryans Knöchel sind gerötet, denn er verzichtete auf Handschuhe.

»Danke«, murmelt er leise, schließlich ist er sich im Klaren, was passiert wäre, wenn Brandon seine Aggressionen nicht auf den Boxsack gelenkt hätte.

»Kein Ding. Lass uns fahren. Du kannst bei mir duschen.«

Schweigend legen sie den Weg zu Brandons Wohnung zurück. Bevor Brandon ihm seine Sicht der Dinge mitteilt, schickt er Ryan unter die Dusche, in der Hoffnung, er würde die Zeit zum Nachdenken nutzen. Leider wird er enttäuscht.

»Wie kann sie mir das nur antun«, knurrt Ryan, kaum dass er das Bad wieder verlassen hat.

Brandon reicht ihm eine Tasse frisch aufgebrühten Kaffee.

»Was genau regt dich eigentlich so auf? Die Tatsache, dass du nun auf eigenen Beinen stehen musst, oder dass sie dich nicht um Erlaubnis gefragt hat?«

Brandon nippt an seinem Kaffee. Er weiß, dass er mit seiner spitzen Bemerkung einen weiteren Ausbruch heraufbeschwören könnte, doch anders würde er nicht an Ryan herankommen. In den letzten zehn Jahren hat er gelernt, mit den Launen seines Freundes umzugehen.

Ryan blickt ihn sprachlos an.

»Buddy, glaubst du wirklich, deine Schwester tut das, um dich zu ärgern? Hast du eigentlich überhaupt einen einzigen Gedanken daran verschwendet, ob sie glücklich ist?«

»Sie hat sich nie beklagt«, entgegnet Ryan aufgebracht.

Brandon lehnt sich an die kleine Theke in seiner Küche. »Hast du oder hast du nicht?«

Ryan schüttelt den Kopf.

»Mila hat viel für dich geopfert.«

»Ich weiß … verdammt. Aber sie hätte mir ihre Pläne mitteilen müssen.« Ryans Faust kracht auf die Holzplatte der Anrichte.

»Warum? Damit du es ihr wieder ausreden kannst? Denn genau das wäre passiert.«

»Natürlich hätte ich es ihr ausgeredet.«

»Etwas egoistisch, meinst du nicht?« Gelassen nippt Brandon erneut an seinem Kaffee.

Ryan beißt die Zähne aufeinander. Bevor er seine Wut ein zweites Mal an der Theke auslassen kann, meint Brandon schmunzelnd: »Könntest du ein wenig Rücksicht nehmen und meine Einrichtung heile lassen?«

Ryan stellt die Tasse ab und rennt unruhig in der kleinen Küche hin und her.

»Sie kann nicht einfach gehen und mich mit dem Hotel alleine lassen.«

»Warum? Weil du dann mit deinen fünfundzwanzig Jahren endlich einmal selbst Entscheidungen treffen musst? Meiner Meinung nach ist sie schon viel zu lange geblieben.«

»Deine Meinung interessiert mich nicht!« Wütend bleibt Ryan stehen und ballt die Hände zu Fäusten.

»Du benimmst dich gerade wie ein trotziges Kind. Mila hat ebenfalls das Recht, glücklich zu sein.«

»Sie hat nie gesagt, dass sie es nicht ist.«

»Sie hat aber auch nie gesagt, dass sie es ist, und du hast sie nie danach gefragt. Allein die Tatsache, dass sie diesen Job angenommen hat, zeigt doch, dass sie es nicht war.«

Brandon beobachtet seinen Freund aufmerksam. Das erste Zeichen, dass Ryan nachzudenken beginnt, ist, dass er wie wild an seinem Ring dreht. Brandon hat ihn genau dort, wo er ihn haben wollte. Ryan schaltet seinen Kopf ein; und das ist gut so.

»Warum hat sie es mir dann nicht gesagt?«

Brandon lacht. »Das fragst du nicht ernsthaft, so wie du dich gerade benommen hast?«

»Ziemlich daneben, oder?«

»Das kannst du laut sagen, Buddy.«

Ryan holt tief Luft, dann setzt er sich an die Theke und stützt sich mit den Ellbogen auf. Verzweifelt legt er den Kopf in seine Hände. Er weiß, dass er seine Schwester gehen lassen muss, auch wenn es ihm schwerfällt.

Er hat kein Recht, von ihr zu fordern, dass sie weiterhin ihr Leben für ihn aufgibt. Jetzt, wo seine Wut verraucht ist, muss er Brandon zustimmen. Sie hat es schon viel zu lange getan.

»Da ist wohl eine Entschuldigung fällig, denke ich.« Brandon klopft ihm aufmunternd auf den Rücken. Ryan schließt die Augen. Abbitte zu leisten, war noch nie seine Stärke.

Kapitel 24

Mila starrt aus dem Fenster. Es kommt ihr wie eine Ewigkeit vor, seit sie Brandon hinter Ryan hergeschickt hat, dabei ist kaum eine Stunde vergangen. Dass ihr Bruder keinen Gefallen an ihren Plänen finden würde, war ihr von vornherein klar. Jedoch hat sie nicht mit einer derartigen Reaktion gerechnet. Sie fühlt sich, als hätte sie einen Sprung in der Zeit zurückgemacht und Ryan wäre wieder der trotzige, vor Wut überschäumende Jugendliche von damals. Ein weiteres Mal darf er nicht in solch einen Zustand verfallen. Diesmal ist er erwachsen und niemand würde Nachsicht mit ihm üben. Niemand, außer Mila.

Sie wird dem Manatee Research Center absagen und bei ihm bleiben. Ryan wird sich nie und nimmer beruhigen, so aufgebracht, wie er war. Gerade als sie das Telefon in die Hand nehmen will, klingelt ihr Handy. Damian ruft an. Er ist der Letzte, mit dem sie jetzt Lust hat, zu sprechen. Schließlich hat er ihr das eingebrockt. Ohne ihn hätte sie das Angebot niemals angenommen. Wütend lehnt sie den Anruf ab. Aber Damian lässt nicht locker und kurze Zeit später läutet das Handy erneut.

»Was willst du von mir?«, kreischt sie hysterisch ins Telefon.

»Wouw, was ist denn mit dir los?«

»Was mit mir los ist? Ryan weiß von meinem Job und ist vollkommen durchgedreht und du bist schuld daran! Du und dein ›Lebe dein Leben, Mila!‹. Hätte ich doch nur nie auf dich gehört.« Ihre Stimme zittert vor Aufregung.

»Jetzt mach mal halblang, Babygirl. Ich bin nach wie vor der Meinung …«

»Nein! Stopp. Ich werde das nicht mehr mit dir diskutieren. Ich frage mich sowieso, wie ich einem Fremden erlauben konnte, mich so zu beeinflussen. Du kennst mich nicht. Du kennst Ryan nicht. Er ist alles, was ich noch habe und du hast dafür gesorgt, dass ich ihn verliere. Lass mich bloß in Ruhe! Ich blase die Sache ab.«

»Überstürze jetzt nichts, Mila! Du machst dich unglücklich.«

»Hör auf, mir Vorschriften zu machen«, keift sie aufgebracht. »Reicht es nicht, was du ohnehin schon angerichtet hast? Ruf mich nie wieder an! Und tauch auf gar keinen Fall hier auf.«

»Wage es nicht, jetzt aufzulegen!« Damian ist zurecht verärgert, allerdings kümmert das Mila reichlich wenig. Sie ist wütend; wütend auf ihn, auf sich selbst und auf die ganze Welt.

»Wir sind fertig miteinander! Hab ein schönes Leben!«

Seine Antwort hört sie nicht mehr, denn sie hat längst aufgelegt. Natürlich klingelt das Handy kurze Zeit später erneut. Sie drückt das Gespräch weg und Damian versucht es ein weiteres Mal. Genervt schaltet sie das Telefon aus.

Mila zittert am gesamten Körper. Ihr wird speiübel, als ihr Verstand erfasst, was sie gerade getan hat. Hastig nimmt sie ihr Handy wieder in Betrieb, doch es bleibt stumm. Um Damian von sich aus anzurufen, dafür fehlt ihr der Mut.

Plötzlich wird die Tür zu ihrem Büro aufgerissen und Jeremy stürzt herein. »Mach jetzt bloß keinen Blödsinn, Mila!«

»Woher weißt du davon?« Fassungslos starrt sie ihn an.

»Damian hat mich angerufen, nachdem er dich nicht mehr erreicht hat.«

»Ihr habt die Nummern getauscht? Warum?« Ihre Stimme nimmt einen aufbrausenden Klang an.

»Er befürchtete wohl, dass es zu so einer Situation kommen könnte.«

»Ist ja klar, dass ihr beide euch zusammengetan habt. Du bist nicht besser als er. Du hast mich genauso dazu gedrängt!«

Jeremy geht vor ihr in die Hocke und will seine Hand auf ihre legen, doch Mila entzieht sich ihm. Trotzig verschränkt sie die Arme vor der Brust.

»Jetzt atme erst einmal tief durch. Du weißt genau, dass es die richtige Entscheidung war, den Job anzunehmen.«

»Ach? War sie das? Ryan sieht das ein wenig anders.«

Er steht betrübt auf und lehnt sich mit der Hüfte an ihren Schreibtisch.

»Was?«, will Mila aufgebracht wissen. Sein Blick ist ihr unangenehm.

»Und schon wieder lässt du es zu, dass Ryan über dein Leben bestimmt.«

»Er ist mein Bruder. Er braucht mich.«

Jeremy schüttelt den Kopf. Auch auf die Gefahr hin, dass sie es ihm übel nehmen wird, spricht er das aus, was er ihr seit einer Ewigkeit hätte sagen sollen: »Hör auf, ihm andauernd alles abzunehmen. Er ist kein Teenager mehr und hat längst gelernt, eigene Entscheidungen zu treffen. Der einzige Grund, warum Ryan dagegen ist, dass du das Hotel verlässt, ist, dass es für ihn so bequemer ist. Er verschwendet dabei keinen Gedanken an dich. Du hast ihn zu einem Egoisten erzogen!«

Mila schnappt nach Luft.

»Wenn du das so siehst, ist es wohl besser, du gehst jetzt!« Wütend presst sie die Lippen aufeinander.

»Du kannst mit Giftpfeilen um dich schießen, soviel du magst. Ich sehe darüber hinweg.«

»Ach, tust du das? Aber ich nicht und falls du deinen Job behalten willst, verschwindest du jetzt auf der Stelle.«

Mila durchbohrt ihn mit ihrem Blick.

»In Ordnung. Ich gehe. Doch zuerst versprichst du mir, dass du noch einmal mit deinem Bruder redest, sobald er sich beruhigt hat – sobald ihr euch beruhigt habt. Solltest du dann nach wie vor deinen Traum in die Tonne werfen wollen, werde ich dich nicht aufhalten.«

»Das könntest du sowieso nicht!«

»Vermutlich hast du recht«, sagt er frustriert und verlässt das Büro.

Mila blickt ihm grübelnd hinterher.

Ist es das alles wert? Wegen ihrer bescheuerten Pläne hat sie gerade drei Menschen verletzt. Tränen füllen ihre Augen und bahnen sich einen Weg über ihre Wangen. Nachdenklich starrt sie das Telefon an. Soll sie auf Jeremy hören und noch ein wenig warten? Nur was bringt das? Ryan wird seine Meinung nie ändern. Oder etwa doch?

Seufzend atmet sie ein und schließt die Lider. Hat Jeremy am Ende recht, wenn er behauptet, sie hätte ihren Bruder zu einem Egoisten erzogen? Benahm er sich deshalb gegenüber Frauen so schäbig, weil sie ihm jeden Wunsch von den Lippen abgelesen hat, seine ›Liebschaften‹ indes nicht? Mila schüttelt den Kopf. Sie hat ihn nicht verwöhnt. Er musste für seine Fehltritte einstehen, mehrfach. Natürlich hat sie über das ein oder andere hinweggesehen, aber das tun richtige Eltern auch. Ryan ist durch den tödlichen Unfall gezeichnet. Der Verlust von Mom und Dad hat ihn geprägt. Darum ist er, wie er ist. Es liegt keinesfalls an ihr. Sie hat das Beste aus der Situation gemacht, tat alles, wozu sie imstande war.

Ryan läuft nervös vor Milas Büro auf und ab. Mehrmals bleibt er stehen und legt die Hand auf die Klinke, bis er sich schließlich dazu durchringen kann und die Tür öffnet.

»Mila, ich …« Schockiert hält er inne. Seine Schwester sieht schrecklich aus. Wie ein Häufchen Elend sitzt sie in ihrem Bürostuhl und betrachtet nachdenklich das Telefon in ihrer Hand. Er geht zu ihr und nimmt es ihr weg.

»Wir müssen reden. Ich muss …«

Lächelnd hebt sie den Kopf.

»Wir müssen nicht reden. Es ist alles wieder in Ordnung, Ryan. Ich werde nicht gehen. Ich habe soeben abgesagt.«

»Du hast was? Bist du denn von allen guten Geistern verlassen? Warum hast du das getan?« Entsetzt starrt er sie an.

»Ich habe dir versprochen, dass ich immer für dich da bin. Also werde ich bleiben.« Ihre Stimme klingt um Jahre gealtert.

»Das kommt überhaupt nicht infrage! Du wirst diesen Job antreten.«

»Ryan, es ist zu spät. Ich habe gekündigt.«

»Das werden wir ja sehen.«

Bevor sie es verhindern kann, drückt er die Wahlwiederholungstaste. Mit wenigen Worten klärt er die Situation auf und macht Milas Entscheidung rückgängig.

»So, das wäre erledigt!« Zufrieden lächelnd zieht er einen Stuhl heran und setzt sich Mila gegenüber, die ihn schweigend anstarrt.

Er könnte sich die Haare raufen, dass er sich nicht besser unter Kontrolle hatte. Seine Schwester ist immer für ihn da. Egal, mit welch lächerlich kleinem Problem er auch zu ihr kommt, sie bringt es in Ordnung. Dass sie das nun nicht mehr tun wird, hat ihm Angst gemacht. Doch er wird seine Gefühle nicht über Milas stellen; diesmal nicht. Ryan nimmt ihre Hände.

»Hör zu! Ich war ein Idiot. Du hast von Anfang an gesagt, dass du das Hotel verlassen wirst, sobald ich so weit bin, es selbst zu führen.« Er atmet tief ein. Bevor er weiterreden kann, sagt Mila: »Ich habe dir aber ebenfalls versprochen, dich auf keinen Fall alleine zu lassen.«

»Dieses Versprechen hätte ich dir niemals abringen dürfen. Mila, es ist okay für mich, dass du nach Key Largo willst. Ich habe dich schon viel zu lange davon abgehalten. Ich habe uns in eine Situation gebracht, in die wir ohne mein Verhalten nie gekommen wären. Würden unsere Eltern noch leben, hättest du nicht zurückkehren müssen. Ich bin der Letzte, der von dir verlangen darf, dass du deine Pläne ein weiteres Mal änderst.«

»Aber es macht mir nichts aus. Wenn du möchtest …«

Ryan schüttelt vehement den Kopf. »Nein, Mila. Du belügst dich selbst. Könntest du dich jetzt im Spiegel sehen, würdest du erkennen, wie lächerlich deine Behauptung ist. Außerdem bestehe ich darauf, dass du gehst. In ein paar Jahren würdest du mich dafür hassen, dass ich dich zum Bleiben gezwungen habe.«

»Ich könnte dich zu keiner Sekunde hassen. Du bist mein Bruder, meine Familie, alles, was mir geblieben ist.« Tränen glitzern in ihren Augenwinkeln.

Er drückt ihre Hände und fühlt sich etwas hilflos. Noch nie musste er seiner Schwester eine Stütze sein. Er hat keine Ahnung, wie er sie trösten kann, deshalb schweigt er lieber.

»Ich habe Angst, Ryan. Angst davor, dass du mich ebenfalls verlässt, wie uns unsere Eltern verlassen haben.«

»Das wird nicht passieren. Dieses Versprechen habe ich dir vor zehn Jahren gegeben und ich werde es niemals brechen.«

»Vorsätzlich vielleicht nicht. Aber wer hält dich davon ab, Dummheiten zu begehen, wenn ich nicht mehr da bin?«

Ihre Wangen sind tränenüberströmt. Ryan schluckt, zupft ein Taschentuch aus der Box auf ihrem Tisch und reicht es Mila.

»Ich werde keinen Unsinn veranstalten. Habe ich doch heute auch nicht getan.«

Die Tatsache, dass er das weniger sich selbst, sondern eher Brandon zu verdanken hat, verschweigt er lieber.

»Versprich mir das«, flüstert Mila.

»Ich verspreche es dir. Ich komme zurecht. Ganz sicher.«

»Würdest du mich bitte kurz drücken?«

Lächelnd zieht er seine Schwester in den Arm, und das, obwohl er sich immer noch leicht unwohl dabei fühlt. Nur bei Mila gelingt es ihm überhaupt, eine Umarmung zu ertragen. Nähe zuzulassen ist für ihn sonst nahezu unmöglich. Deshalb ist er auch so distanziert zu seinen weiblichen Begleiterinnen. Er schläft mit ihnen, ohne dass wirklich Zärtlichkeiten ausgetauscht werden und das ist den meisten Frauen auf Dauer zu wenig.

Nach einer Weile löst sich Mila endlich von ihm. Mit einem Lächeln im Gesicht wischt sie sich die Tränen fort.

»Es tut mir leid, dass ich es dir nicht früher gesagt habe. Nun kommen wir etwas unter Zeitdruck. Wir müssen meine Stelle besetzen. Ich werde versuchen, meinen Nachfolger noch einzuarbeiten.«

»Das bekommen wir schon hin, Mila.« Er legt seinen Kopf zur Seite und meint verlegen: »Und dass du es mir so lange verschwiegen hast, wundert mich auch nicht, so bescheuert, wie ich reagiert habe.«

»Vergeben und vergessen?« Sie boxt ihm leicht gegen die Schulter und er nickt. Dann wird sie plötzlich ganz still.

»Was hast du?«, erkundigt sich Ryan besorgt. »Ich hoffe, da kommt jetzt nicht noch mehr.«

Mila schüttelt lächelnd den Kopf. »Keine Sorge, Ryan, heute keine Überraschungen mehr. Mir ist nur gerade klar geworden, dass ich mich ebenfalls bei jemandem entschuldigen sollte.« Eigentlich sind es gleich zwei, die sie um Verzeihung bitten muss, aber das behält sie für sich. Sie kann Ryan im Moment nicht auch noch von Damian erzählen.

»Bei wem?«, will er neugierig wissen.

»Jeremy. Er kam vorhin zufällig vorbei und ich habe ihm in meiner Verzweiflung einige unschöne Dinge an den Kopf geworfen.«

»Wir Dearings haben da wohl Talent zu.«

»Scheint so. Was dagegen, wenn ich das sofort mit ihm kläre?« Mila steht auf und er blickt zu ihr hoch.

»An deiner Stelle würde ich zuerst im Bad vorbeischauen, denke ich.«

»So schlimm?« Sie nimmt ihr Handy und schaltet die Frontkamera an. »Oh ja, sollte ich so in der Küche auftauchen, laufen alle schreiend davon.«

»Ich kann Jeremy auch sagen, dass er zu dir ins Büro kommen soll.« Ryan erhebt sich ebenfalls, doch Mila ist damit nicht einverstanden.

»Das kommt ein wenig komisch rüber, meinst du nicht? Nein, ich will mich bei ihm entschuldigen, demzufolge muss ich zu ihm gehen. Das gehört sich so.«

Sie steckt das Handy ein und strafft die Schultern. Mit ein bisschen Make-up wird sie zwar kaum verhindern können, dass man ihr ihren Gemütszustand ansieht, aber das ist nebensächlich. Sie hat ihren besten Freund verletzt und das muss sie augenblicklich wieder geradebiegen. Deshalb wirft sie sich eine Portion Wasser ins Gesicht, wischt sich das verlaufene Mascara von den Wangen und begibt sich zu Jeremy in die Küche. Er blickt nur kurz auf, als sie den Raum betritt, dann geht er ungerührt seiner Arbeit nach. Mila versteht, dass er nicht vorhat, es ihr leicht zu machen.

»Jer, bitte.« Sie nähert sich ihm, doch er ignoriert sie weiterhin. Schweigend bereitet er die Zutaten für den Abend vor.

Sie legt eine Hand auf seine Schulter. Er hört zwar auf, das Fleisch zu filetieren, sieht sie jedoch immer noch nicht an.

»Gib mir eine Chance, dich um Verzeihung zu bitten.«

»Warum? Damit du mir nochmals zu verstehen geben kannst, dass dir meine Meinung egal ist?«

»Sie ist mir keineswegs egal, und das weißt du.«

»Bist du dir sicher? Hast du etwa auf mich gehört und den Job nicht abgesagt?«

Verlegen senkt sie den Blick.

»Ich wusste es!«

Jeremy tritt einen Schritt zurück und blickt sie traurig an. »Wieso hörst du nicht ein einziges Mal auf mich? Du wirst das früher oder später noch bereuen. Manchmal könnte ich deinen Bruder ...«

»Ryan hat meine Entscheidung rückgängig gemacht. Ich hab den Job nach wie vor«, fällt sie Jeremy ins Wort.

»Dein Brüderchen hat also seinen Standpunkt geändert. Wie schön für dich! Und da du nun feststellen musstest, dass ich recht behalten habe, willst du dich bei mir entschuldigen. Ziemlich armselig, oder?«

»So ist es nicht, Jer. Ich wäre auch gekommen, wenn er bei seiner Einstellung geblieben wäre.«

Jeremy blickt sie ernst an, dann werden seine Gesichtszüge weicher.

»Okay. Entschuldigung akzeptiert. Ich bin ohnehin nicht derjenige, bei dem du Abbitte leisten solltest.«

»Doch, der bist du. Es war gemein, was ich zu dir gesagt habe. Ich war verzweifelt und habe meinen Frust bei dir abgelassen. Das hätte nie passieren dürfen. Sorry dafür.«

Missbilligend verschränkt er die Arme und hebt eine Augenbraue.

»Mila, ich kenne dich nun schon lange genug, um zu wissen, wie ernst ich das von gerade eben nehmen muss. Aber Damian, er ...«

»Du hast ja recht. Ich werde auch ihn um Vergebung bitten. Er kommt ohnehin in vier Tagen.«

Jeremy verschlägt es den Atem. Das hat sie gerade nicht wirklich gesagt? »Geht's noch?«, fragt er ungläubig. »Du willst allen Ernstes vier Tage abwarten und darauf hoffen, dass Damian nochmals hier auftaucht? Ich an seiner Stelle würde darauf warten, dass du den ersten Schritt machst. Mila, er hat keinen Grund mehr, zu kommen. Du hast ihn in den Wind geschossen.«

»Ich weiß.« Sie senkt geknickt den Kopf.

»Und ich weiß, dass sein Schiff morgen in Key West anlegt. Fahr zu ihm, wenn er dir wirklich etwas bedeutet.«

Kapitel 25

Mit klopfendem Herzen beobachtet Mila, wie die MSC-Doria am Pier anlegt. Da sie ein paar Mal erfolglos versucht hatte, Damian am Handy zu erreichen, befolgte sie schließlich Jeremys Rat und begab sich nach Key West.

Nun steht sie am Hafen, ohne die geringste Ahnung, wie sie an Damian herankommen könnte. Jeremy kann sie in diesem Fall nicht um Hilfe bitten, denn Damian nimmt auch seine Anrufe nicht entgegen.

Ob sie einen der Schiffsjungen fragen kann, die gerade dabei sind, den Kreuzer zu vertäuen? Es ist jedoch wohl eher unwahrscheinlich, dass sie das Küchenpersonal kennen.

Während sie noch grübelt, wird die Gangway ausgefahren und die ersten Passagiere gehen von Bord.

Sie könnte einfach abwarten. Vielleicht meint es das Schicksal gut mit ihr und Damian verlässt das Schiff ebenfalls für einen kurzen Landgang. Doch Mila will sich nicht auf ihr Glück verlassen.

Als der Strom der Gäste verebbt, atmet sie tief durch und hofft auf den guten Willen des Personals. Zuversichtlich geht sie den Zugangssteg hinauf, bis sie vor zwei weiß gekleideten Männern steht.

»Guten Tag, Miss. Haben Sie etwas an Bord vergessen?«, begrüßt sie einer der Stewards mit einem freundlichen Lächeln.

»Guten Morgen. Ich bin kein Gast.«

Der Mann kann sein Erstaunen nicht verbergen.

»Wie können wir Ihnen dann weiterhelfen? Wir dürfen niemanden hineinlassen, der weder Passagier noch Besatzungsmitglied ist.«

»Ich möchte nicht aufs Schiff. Vielmehr ist es so, dass ich mit jemandem sprechen muss, der sich an Bord befindet. Er arbeitet in der Kombüse.«

»Rufen Sie ihn doch an und bitten ihn, herauszukommen.«

»Das würde ich gerne tun, nur leider geht er nicht an sein Handy, sobald er sieht, dass ich es bin.«

»Vielleicht sollten Sie sich fragen, ob besagte Person eventuell gar keine Lust hat, mit Ihnen zu reden«, mischt sich der zweite Steward ein.

»Da muss ich meinem Kollegen zustimmen. Der Kerl war mit ziemlicher Sicherheit nicht ehrlich zu Ihnen. Womöglich arbeitet er noch nicht einmal hier.«

»Der Fall liegt ein wenig anders, meine Herren. Ich weiß, dass er sich auf dem Schiff befindet und ich weiß auch, warum er meine Anrufe ignoriert. Ich habe jedoch die Hoffnung, dass mein Auftauchen ihm genügend imponiert, um sich zu einem Gespräch erweichen zu lassen.«

»Und jetzt wollen Sie ›was‹ von uns?«, hinterfragt der erste Steward skeptisch ihre Absichten.

»Könnten Sie vielleicht versuchen, ihn für mich ausfindig zu machen und ihm ausrichten, dass ich dort drüben auf ihn warte?«

Sie zeigt auf eine kleine Holzbank am Pier.

»Der Kerl scheint Ihnen sehr wichtig zu sein, was? In Ordnung, ich werde sehen, was ich für Sie tun kann. Wie heißt denn der gute Mann.«

»Damian Tinson. Er arbeitet hier als Koch.«

Der Steward beginnt zu schmunzeln. »Na, wenn er Ihnen das so erzählt hat, wollen wir mal nachfragen, ob er sich in der Küche befindet.«

Skeptisch mustert Mila den Mann. Irgendetwas stimmt hier nicht, so amüsiert, wie er ist. Auch sein Kollege grinst breit, bevor er sich verabschiedet und im Inneren des Schiffs verschwindet.

»Kennen Sie ihn, etwa? Kocht er für die Mannschaft?«

Kein Wunder, dass sich Damian eine neue Stelle gesucht hat. Für die Besatzung dürfte er wohl kaum Gourmet-Mahlzeiten kreieren. Ihre Frage löst beim Steward ein lautes Lachen aus.

»Wäre schön, wenn er das täte. Aber die Einzigen, die in den Genuss seiner Kreationen kommen, sind der Kapitän, ein paar der Offiziere und die Gäste. Warten Sie kurz. Ich denke, das haben wir sofort.«

Er nimmt das Bordtelefon und drückt lediglich auf eine Taste.

»Mister Tinson? Entschuldigen Sie die Störung. Ich habe hier eine junge Dame bei mir, die Sie sprechen möchte … Ja, sie hat schwarze Haare … Moment, ich sag es ihr.«

Er hält seine Hand auf die Sprechmuschel.

»Mister Tinson lässt ausrichten, dass er beschäftigt ist.«

Mila hat zwar nicht damit gerechnet, dass Damian gleich freudestrahlend auf sie zugerannt kommt, aber trotzdem rammt er ihr mit dieser Ablehnung ein Messer in die Brust.

Wenn er jedoch glaubt, dass sie jetzt unverrichteter Dinge heimkehren wird, befindet er sich gewaltig auf dem Holzweg.

»Teilen Sie Mister Tinson bitte mit, dass ich warten werde, bis er Zeit für mich findet.«

Der Steward kommt ihrer Bitte nach und hängt anschließend kopfschüttelnd den Hörer in die Halterung.

»Was hat er geantwortet?«

»Nichts, er hat einfach aufgelegt.«

Mila quält sich zu einem Lächeln. »Ich warte dann da unten. Danke, für die Hilfe.«

»Hören Sie, Miss, für mich klang das so, als würde er nicht vorhaben, zu kommen. Sie verschwenden nur Ihre Zeit.«

Mila senkt mit einem wehmütigen Lächeln den Kopf. Sie ist sich sicher, dass Damian auftauchen wird. Er will sie zappeln lassen und sie wird die Wartezeit, die er ihr auferlegt, tapfer ertragen.

Selbst im Falle, dass es Stunden oder gar Tage dauern sollte, bis er sich ihrer erbarmt.

»Lassen Sie das ruhig meine Sorge sein. Ich habe ziemlich zähes Sitzfleisch. Dürfte ich Sie um einen letzten Gefallen bitten?«

»Natürlich, schönen Frauen kann ich nichts abschlagen.« Er mustert sie neugierig.

»Sagen Sie Mister Tinson, wenn er Sie gleich noch einmal anruft, dass ich erst verschwinde, nachdem er sich mit mir getroffen hat. Zur Not schlafe ich auch auf dieser Bank.«

Ohne auf seine Antwort zu warten, geht sie zu der kleinen Holzbank und setzt sich hin. Sie blickt zunächst aufs Meer hinaus, bis sie es nicht länger aushält, und daraufhin hoffnungsvoll die Gangway ins Visier nimmt. Immer wieder kommen Passagiere zurück und gehen an Bord, oder andere verlassen das Schiff, doch Damian taucht nicht auf.

Bedrückt schaut sie auf dem Handy nach der Uhrzeit. Sie wartet nun schon fast zwei Stunden, da bemerkt Mila, wie der Steward endlich zum Bordtelefon greift und seinen Blick sogleich auf sie richtet. Mila ist sich sicher, dass Damian sich soeben nach ihr erkundigt hat.

Wenige Minuten später kommt er tatsächlich den Zugangssteg heruntergeschlendert. Er geht zu ihr und lässt sich neben ihr nieder.

Wortlos reicht er ihr einen Becher mit Kaffee.

»Danke«, sagt Mila und schielt ihn von der Seite an.

Damian sieht richtig heiß aus, in seiner strahlend weißen Kochjacke. Mila hat ihn bislang ja immer nur in Zivilkleidung gesehen. Aber das typische Kochoutfit steht ihm.

Er blickt aufs Meer hinaus.

»Ich mag diesen Hafen«, erklärt er melancholisch, ohne sie anzusehen. »Speziell die Sonnenuntergänge sind hier fantastisch.«

Ein Lächeln huscht über ihr Gesicht. Obwohl Damian sauer auf sie ist, versucht er, ihr so zu zeigen, dass er ihr zuhören wird.

Sie nippt an ihrem Kaffee. Entschlossen holt sie tief Luft, dreht sich zu ihm und legt eine Hand auf seinen Schenkel, aber er schiebt sie eilends beiseite.

»Nicht! Sag, was du zu sagen hast und dann geh wieder.«

»Stoß mich nicht weg.« Milas Herz droht, vor Angst in ihrem Brustkorb zu zerspringen. Er kann sie doch nicht ernsthaft zurückschicken wollen.

Nun richtet er ebenfalls seinen Blick auf sie.

»Warum bist du hier? Glaubst du, es genügt, dass du einfach auftauchst und der liebe Damian empfängt dich sofort mit offenen Armen? Nein, Mila. Es ist eine Sache, wenn du mir in deiner Impulsivität verletzende Dinge an den Kopf wirfst. Aber du kannst nicht mit mir Schluss machen und jetzt denken, dass ich dich anstandslos zurücknehme.«

»Ich weiß. Damian, ich …« Nach einem tiefen Atemzug fährt sie fort: »… ich bin gekommen, um mich bei dir zu entschuldigen. Ich erwarte nicht, dass du über die Sache hinwegsiehst. Ich …« Sie schließt kurz die Augen. »… ich hoffe nur, dass du mir noch eine Chance gewährst.«

»Damit du mich ein weiteres Mal abschießen kannst, wenn es schwierig wird? Sorry, Mila, ich zweifle mittlerweile daran, ob du überhaupt selbst weißt, was du willst. Wie ernst kannst du es mit mir meinen, wenn du mich erst wochenlang zappeln lässt und dann unsere Beziehung so leichtfertig beendest?«

Verlegen faltet sie die Hände in ihrem Schoß und senkt ihren Blick. Sie versteht Damians Einwand nur zu gut. Ihr Benehmen ihm gegenüber lässt gar keine anderen Schlüsse zu.

»Ich habe versucht, dich zurückzurufen.«

»Ich hatte aber keine Lust, mit dir zu sprechen.« Gleichgültig zuckt er mit den Schultern.

»Das habe ich gemerkt.« Mila schielt zu ihm hoch. Sie fragt sich, ob er überhaupt noch Interesse an ihr hat, oder ob sie ihn nicht schon längst verloren hat. So distanziert, wie er ihr im Moment begegnet, war er nicht einmal an ihrem ersten Abend gewesen.

»Gib mir einen guten Grund, warum ich es ein weiteres Mal mit dir versuchen sollte.« Mit keiner Regung gibt er seine Gefühle zu erkennen.

Mila senkt kurz den Kopf, dann atmet sie tief durch und blickt ihm eindringlich in die Augen.

»Weil ich dich liebe und dir notfalls in jeden Hafen folge, bis du mich zurücknimmst.«

Da verändert sich Damians Mimik und sein Lächeln kehrt zurück. Er nimmt Milas Gesicht in seine Hände und küsst sie leidenschaftlich. Völlig überrumpelt lässt sie es geschehen.

»War das jetzt so schwer zuzugeben?«

Fassungslos starrt sie ihn an.

»Soll das heißen, du bist nicht mehr böse auf mich?«

»Babygirl, ich war nie wirklich böse, nur enttäuscht. Ich dachte: Viel kann ich ihr ja nicht bedeuten, wenn sie mich so wegwirft.«

Er legt seine Stirn an ihre.

»Als mich heute der Steward anrief, und mir sagte, dass du hier bist, wollte ich am liebsten sofort zu dir rennen. Du hast keine Ahnung, wie viel Kraft es mich gekostet hat, es nicht zu tun. Allerdings so leicht wollte ich es dir dann doch nicht machen.«

»Ich habe es verdient, dass du mich hast warten lassen. Du warst sehr nachsichtig mit mir. An deiner Stelle hätte ich mich länger zappeln lassen.«

»Vermutlich war es für mich schlimmer, als für dich. Andauernd hatte ich Angst, dass du aufgeben könntest und ich damit alles kaputtmache.«

»Ich hatte vor, hier zu übernachten.« Mila zeigt auf die Bank.

»Wäre sicher unbequem geworden.«

»Du wärst mir das alle Mal wert gewesen. Damian … ich … du … ach, verdammt.« Mila will ihm noch so vieles sagen, aber sie weiß nicht, wo sie beginnen soll.

»Süße, ganz tief einatmen. Was ist los?«

»Ich kann dir nicht versprechen, dass wir beide nie mehr aneinandergeraten. Dafür bin ich zu impulsiv, wie du ja selbst festgestellt hast. Jedoch werde ich versuchen, mich zurückzuhalten. Es reicht, wenn mein Bruder diesen Part übernimmt.«

»Ich hoffe, er hat sich wieder beruhigt?«

Damian nimmt ihre Hand und verschränkt mit ihr die Finger.

»Ja, hat er.«

»Und du hast gekündigt?«

»Ja, habe ich.«

»Warum, Mila? Das war deine Traumstelle. Wieso hast du sie aufgegeben?«

Entsetzt schüttelt er den Kopf.

Sie lächelt milde. »Ganz ruhig, Damian. Ich bin noch nicht fertig. Ja, ich habe gekündigt, aber Ryan hat im Center angerufen und es rückgängig gemacht.«

»Er hat dort angerufen?«

Mila nickt.

Damian muss seine Meinung über Ryan wohl noch einmal überdenken. Bislang dachte er, Milas Bruder würde nur an sich denken und alles andere wäre ihm egal.

»Warum traust du ihm eigentlich so wenig zu? Er scheint ja durchaus dazu fähig zu sein, vernünftige Entscheidungen zu treffen und wird das Hotel nicht gleich in den Ruin treiben.«

»Es ist nicht das Hotel, um das ich Angst habe. Ich sorge mich um ihn selbst. Er schleppt eine Bürde mit sich herum, die er überhaupt nicht schleppen müsste. Ich fürchte, er könnte wieder in sein altes Muster zurückfallen, wenn ich ihm die Sicherheit nehme, dass ich zu jeder Zeit für ihn da bin.«

»Du kannst nicht wissen, ob es passiert.«

Damian küsst ihren Handrücken.

»Aber ich wäre wesentlich beruhigter, wenn ich wüsste, dass da jemand ist, der ihn an meiner Stelle auffangen könnte.«

Seufzend blickt sie aufs Meer hinaus.

»Hat er denn keine Freunde?«

»Schon. Er hat Brandon. Auf den hört er auch. Sogar mehr als auf mich.«

»Somit ist doch alles gut. Außerdem ist dein Bruder älter geworden und hat bestimmt ein wenig Abstand gewonnen.«

»Gut möglich«, seufzt sie. »Wenn er wenigstens eine Freundin an seiner Seite hätte. Nur so wie er die Frauen behandelt, bleiben sie nie lange genug.«

»Dann war er vermutlich niemals ernsthaft verliebt«, erklärt Damian nachdenklich. Plötzlich reift in ihm eine Idee, von der er Mila aber noch nichts erzählt.

Kapitel 26

»Was fangen wir nun mit dem Tag an?«, erkundigt sich Damian mit einem Mal und klatscht in die Hände.

Erstaunt mustert sie ihn. »Musst du denn heute nicht mehr arbeiten?«

»Eigentlich schon. Aber ich habe die zwei Stunden genutzt, um so weit alles vorzubereiten, dass ich es mir leisten kann, meine Zeit bis zum Abend an Land zu verbringen.« Er erhebt sich von der Bank.

»Solltest du da nicht erst deinen Vorgesetzten fragen?«

»Ach, Ivan sieht das locker. Solange die Essen pünktlich auf dem Tisch stehen, lässt er mir freie Hand. Außerdem wissen meine Leute, was zu tun ist und kommen auch einmal ein paar Stunden ohne mich zurecht.«

»Deine Leute?« Skeptisch beäugt sie ihn. Ihr Blick fällt plötzlich auf die Abzeichen auf seiner Schulter. Da ist eindeutig mehr als ein Streifen zu sehen. Nun versteht sie, was der Steward mit seiner Andeutung gemeint hat, und warum es so leicht war, Damian ausfindig zu machen. »Du bist kein einfacher Koch auf dem Schiff, oder?«

Er grinst sie schelmisch an. »Nein, bin ich nicht. Ich führe die Küche des Gourmetrestaurants.«

»Warum hast du das niemals erwähnt?«

»Weil es dazu keine Gelegenheit gab. Hätte es etwas geändert?« Er streckt den Arm nach ihr aus, um ihr hochzuhelfen.

Mila schüttelt den Kopf. Auch wenn er ein kleiner Tellerwäscher gewesen wäre, hätte sie sich in ihn verliebt.

»Okay, Maestro, was schlagen Sie nun vor?«, erkundigt sie sich gut gelaunt und ergreift seine Hand.

»Wie wäre es mit Schnorcheln? Ich habe mir sagen lassen, dass es vor Key West ein paar schöne Riffe geben soll.« Damian zieht sie mit einem Ruck an seine Brust und presst seine Lippen auf ihre.

»Schnorcheln finde ich klasse, ich liebe Schnorcheln«, antwortet Mila atemlos, als er wieder von ihr ablässt.

»Gut, dann werde ich mal meine Badesachen holen. Nicht fortlaufen, hörst du?« Er zwinkert ihr zu, stiehlt sich einen weiteren Kuss und eilt die Gangway hinauf zum Schiff.

Mila muss eine ganze Weile warten, bis er zurückkommt. Lächelnd geht sie ihm entgegen. In Jeans und mit T-Shirt gefällt er ihr eindeutig besser.

»Können wir los?« Damian nimmt sie in den Arm und küsst ihren Haaransatz.

»Im Prinzip, ja. Allerdings habe ich keine Badesachen dabei. Wir müssten also einen Bikini besorgen.«

»Kein Problem, lass uns shoppen gehen, Miss Dearing. Wo ist dein Auto?«

Verlegen blickt Mila zu Boden. Sie hat ihm ebenfalls längst nicht alles über sich erzählt.

»Ich bin nicht hergefahren. Ich bin geflogen.«

»Hm … dann hast du ja gar nicht die Strapazen einer endlos ermüdenden Autofahrt auf dich genommen, um mich zu sehen.«

»Ich wollte nur, dass wir genügend Zeit füreinander haben«, versucht sie, sich zu verteidigen.

Damian lacht. »Beruhige dich Babygirl, ich ärgere dich bloß ein bisschen. Wann geht dein Rückflug?«

»Wann ich will. Ist der Privatjet meines Bruders.«

Er bleibt erstaunt stehen.

»Privatjet? Was verheimlichst du mir, Mila? Bist du eine Prinzessin und das Hotel dient dir als Tarnung?«

Mila schmunzelt. »Nein, es ist mehr so, dass mein Bruder nicht nur das Hotel in Fort Myers besitzt. Dad hat sich ein kleines Imperium aufgebaut. Das da vorne gehört ebenfalls dazu.« Sie zeigt auf ein Hotel in der Nähe, das über eine große Dachterrasse verfügt.

»Wow«, sagt Damian ernsthaft beeindruckt. »Dass du reich bist, hast du mit keinem Wort erwähnt.«

»Bin ich auch nicht, Ryan ist es. Ändert das etwas zwischen uns?«

»Sollte es?« Er blickt sie eindringlich an. »Ich glaube, du kennst die Antwort. Mir ist es gleich, ob du im Geld schwimmst, oder arm wie eine Kirchenmaus bist.«

»Zum Glück trifft beides nicht zu und deshalb gehen wir nun einfach einen Bikini kaufen.« Mila verspürt keine Lust mehr, weiter darüber zu reden.

»Genau, lass uns den Tag genießen, Prinzessin.« Er zieht sie zu sich. Seine Lippen streichen sanft über ihre und stehlen sich einen Kuss.

»Babygirl gefällt mir besser«, erklärt Mila und pustet sich eine Strähne aus dem Gesicht. »Sweetheart!«

»Nicht dein Ernst, oder?« Damian gibt sich entsetzt. »Sweetheart? Echt jetzt?«

Gut gelaunt schlendern sie Richtung Duval Street. Sollten sie nicht bereits unterwegs auf einen Laden mit Badeklamotten stoßen, werden sie auf Key Wests bekanntester Einkaufsstraße in jedem Fall fündig.

Kurz vor Mittag kehren sie zum Hafen zurück. Gerade noch rechtzeitig, um mit einem der Boote, die sich zu den Riffen aufmachen, hinauszufahren. Es dauert nicht lange, dann haben sie auch schon ihr erstes Ziel erreicht.

Die Besatzung verteilt Neoprenanzüge und Schwimmwesten und gibt eine rasche Einführung in die Verhaltensregeln. Mila hört kaum hin. Hektisch steigt sie in den Neopren und linst über Bord. Sie hatte bislang keine Gelegenheit in Key West zu schnorcheln. Deshalb freut sie sich ungeheuer auf den Tauchgang. Damian scheint sich seiner Sache nicht mehr so sicher zu sein, denn bei der Erwähnung der Haie zuckt er nervös zusammen.

»Na? Angst bekommen?«, neckt sie ihn.

»Ein wenig. Also ich könnte auf die Viecher mit den spitzen Zähnen gerne verzichten«, erklärt er und schlüpft in die Schwimmweste.

»Du hast doch gehört: Einfach Ruhe bewahren.«

»Sagt mir das Mädchen, dass am liebsten vor Aufregung vom Boot springen würde.« Er zwinkert ihr zu.

»Sag bloß, das sieht man.«

»Hast du noch nicht gemerkt, dass der Skipper schon eine Beruhigungsspritze für dich aufgezogen hat? Er wartet einzig und allein auf den richtigen Moment, um sie dir zu verabreichen.«

»Du bist doof!«, beschwert sich Mila lachend. »Aber warte nur. Rache ist süß. Sobald ich einen Hai sehe, locke ich ihn zu dir.«

Damian greift nach ihren Oberarmen und zieht sie an sich. »Wage es nicht!«, flüstert er ihr ins Ohr. »Sonst wirst du dir wünschen, dass ich mich nie mehr in Fort Myers blicken lasse.«

»Lass hören! Was erwartet mich in dem Fall? Damit ich abschätzen kann, ob es mir den Spaß wert ist.« Kokett klimpert sie mit den Wimpern.

»Du glaubst doch nicht wirklich, dass ich dir sage, was dir dann blüht? Finde es heraus, wenn du dich traust.«

»Haben Sie alles verstanden? Sind Sie so weit?«, unterbricht sie der Skipper.

»Jawohl, Chef!« Mila fällt es tatsächlich schwer, nicht sofort von Bord zu springen. Zum Glück muss sie nicht lange warten, denn schon werden sie aufgerufen und sind als Nächstes dran.

Damian legt ihr eine Hand an den Rücken und schiebt sie zum Heck des Bootes.

»Bereit?«, erkundigt er sich, nachdem Mila sich Flossen und Taucherbrille angezogen hat.

»Aber so was von!«

»Dann los!« Er lässt sich rückwärts ins Meer fallen.

Mila folgt ihm einige Sekunden später. Beide stecken sich den Schnorchel in den Mund und den Kopf unter Wasser. Mit leichten Flossenschlägen entfernen sie sich vom Boot. Verschieden hohe, mit Korallen bewachsene Felssteine ragen bis wenige Meter unter die Wasseroberfläche empor. Mila bemüht sich, an den flacheren Stellen ihre Beine nicht zu weit absacken zu lassen, um die filigranen Gebilde keinesfalls zu beschädigen. Zwischen den Seeanemonen tummeln sich Schwärme bunter Fische. Sie ergreifen erst die Flucht, als Mila ihnen zu nahe kommt. Trotz der Schönheit, die das Riff bietet, wirft sie immer wieder einen Blick zu Damian hinüber. Er scheint den Ausflug genauso zu genießen wie sie selbst.

Erneut lenkt sie ihren Blick unter Wasser. Ein Prachtexemplar eines Kofferfisches schwimmt neugierig auf sie zu, dreht jedoch wenige Zentimeter vor ihr ab, da eine Schildkröte hinter einem Felsen hervortaucht. Mit einem Mal hält Mila die Luft an. Majestätisch ziehen zwei Barrakudas an ihr vorbei. Obwohl sie weiß, dass es sehr unwahrscheinlich ist, dass diese Raubfische sie angreifen werden, klopft ihr Herz wie verrückt. Plötzlich entsteht Hektik neben ihr. Damian hat die beiden Fische ebenfalls entdeckt und bleibt nicht so gelassen wie sie. Mila schwimmt zu ihm und streckt die Hand nach ihm aus.

»Damian, pass auf das Riff auf! Die Barrakudas sind längst weg. Hol mal tief Luft.« Beruhigend grinst sie ihn an und schüttelt belustigt den Kopf.

»Mistviecher«, grummelt er in seinen Schnorchel, kommt jedoch Milas Aufforderung nach und entspannt sich. Er atmet tief durch und lenkt seine Aufmerksamkeit wieder auf die Geschehnisse unter Wasser.

Hand in Hand schwimmen sie weiter.

Schlagartig wird sein Griff um ihre Finger fester. Er zeigt zu einem etwas breiteren Felsspalt, auf dessen hellen Sandboden ein Hai liegt. Regungslos hält er ein Schläfchen und zuckt noch nicht einmal mit der Schwanzflosse. Mila taucht auf und schiebt sich die Taucherbrille auf die Stirn. Damian, der neben ihr ebenfalls den Kopf aus dem Wasser streckt, sieht ein wenig ängstlich aus.

»Na? Wollen wir ihn zu uns rufen?«, neckt sie ihn.

»Wage es nicht.«

»Schisser!«

Lachend rückt sie sich die Brille zurecht und taucht ab, ehe Damian sie daran hindern kann.

Besorgt beobachtet er von der Wasseroberfläche aus, wie sie sich dem Felsspalt nähert, eine Weile regungslos davor verharrt, um dann wieder aufzutauchen.

»Hast du sie noch alle«, schimpft er los, während sie auf ihn zuschwimmt.

»Was denn?«, erkundigt sie sich unschuldig. »Ich habe ihn nur gefragt, ob er zu uns kommen will, aber er zieht es vor, weiter zu chillen.«

»Hast du vorhin eigentlich nicht zugehört? Die haben extra betont, dass man von den Haien wegbleiben soll.«

»Damian. Stopp! Jetzt halt mal kurz die Luft an und überlege. Was bin ich?« Seine Sorge um sie amüsiert sie sehr.

»Verrückt, sorglos, leichtsinnig! Reicht das?«

»Damian! Ich meinte von Beruf. Denkst du nicht, dass ich als Meeresbiologin genau abschätzen kann, was ich da tue? Das war ein harmloser Ammenhai. Der frisst Seeigel und Krustentiere. Weder du noch ich stehen auf seiner Speisekarte.«

»Also hast du mir bewusst einen Schrecken eingejagt.«

»Scheint so.« Mila grinst frech.

»Allein dafür sollte ich dich übers Knie legen.« Erleichtert schüttelt Damian den Kopf. »Lass das in Zukunft bitte sein. Ich bin fast durchgedreht vor Sorge.«

Sie zeigt zum Boot, auf dem der Skipper nach ihnen winkt. »Sie wollen, dass wir zurückkommen. Wieso durchgedreht?«

»Ich fühlte mich vollkommen hilflos. Mila, ich habe vor diesen Tieren absoluten Respekt. Ach was! Beschönigen wir es nicht: Ich habe vor den Biestern Schiss ohne Ende. Ich bin nur dir zuliebe ins Wasser gegangen. Wenn er dich angegriffen hätte, weiß ich nicht, ob ich meine Furcht vor ihnen hätte überwinden und dir helfen können«, erklärt er, während sie zum Boot zurückschwimmen.

Auf einmal wird Mila ganz ernst.

»So ähnlich geht es mir mit meinem Bruder. Andauernd fühle ich diese Hilflosigkeit, ihm in seiner Not nicht beistehen zu können und fürchte mich davor, schlussendlich den Kampf gegen seine Dämonen zu verlieren.«

Kapitel 27

Damian überredete Mila, ein paar Tage bei ihm auf dem Schiff zu verbringen. Sie genoss die Überfahrt nach Miami in vollen Zügen. Dann jedoch holte sie der Alltag ein. Auf schnellstem Wege kehrte sie nach Hause zurück, denn ihr lief die Zeit davon. Sie hatte nur noch wenige Wochen, um die Assistentenstelle mit einer geeigneten Person zu besetzen. Sofort, als sie wieder im Hotel war, verfasste sie eine Stellenausschreibung und stellte sie online. Nun trudelten nach und nach die ersten Bewerbungen ein.

»Na, Schwesterchen? Wie ich sehe, haben sich bereits einige auf unsere Anzeige gemeldet.«

Ihr Bruder tritt näher an ihren Schreibtisch heran und nimmt sich eine der Mappen. »Mir graut schon davor, die alle durchzulesen.«

»Ich kann sie dir vorsortieren, wenn du willst.«

»Das wäre super. Da fällt mir ein: Du hast mir noch gar nicht erzählt, wie es in Key West war.«

»Gut.« Mila täuscht ein besonderes Interesse an einem Schreiben vor. »Woher weißt du, dass ich in Key West war?« Sie hatte Ryan lediglich gesagt, dass sie hinsichtlich des neuen Jobs ein paar Tage wegmüsse. Sollte er nun wissen wollen, was sie dort tatsächlich gemacht hatte, steckt sie tief in der Klemme.

»Glaubst du im Ernst, es bleibt mir verborgen, wenn meine Bombardier samt Piloten mehrere Tage vom Heimatflughafen abgängig ist?«

»Sorry, ich hätte um Erlaubnis fragen sollen.« Sie blickt ihn unsicher an.

»Jap. Außerdem wäre es schön, wenn ich in Zukunft nicht mehr von unserem Koch erfahren müsste, wo du steckst.«

»Jeremy?« Mila hofft, dass er Ryan nichts von Damian erzählt hat.

»Ja, er meinte, du hättest kurzfristig eine Einladung zu einem Vortrag über Meeresschildkröten erhalten.«

Erleichtert atmet sie auf. Dafür hat Jeremy etwas gut bei ihr.

»Ja, die Zeit war ein wenig knapp, deshalb das Flugzeug.«

»Nimm sie dir, wenn du sie brauchst. Informiere mich allerdings bitte das nächste Mal rechtzeitig. Nicht, dass ich ohne dastehe, sollte ich sie einmal benötigen.«

»Du nutzt sie sowieso kaum.« Mila spielte hin und wieder mit dem Gedanken, den Privatjet zu verkaufen, jedoch Oliver hat ihr davon abgeraten. Er meint, Ryan würde später keinesfalls darauf verzichten wollen.

»Noch nicht. Aber sobald ich nach New York muss ... Was hat Onkel Oliver gesagt? Hast du überhaupt schon mit ihm telefoniert?«

Er geht zum Fenster und blickt hinaus. Zum ersten Mal seit Jahren verspürt er so etwas wie Sehnsucht nach den Pferden. Seine Augen suchen die Koppeln ab, die hinter dem eigentlichen Hotelgelände liegen, doch er kann seinen Hengst nirgendwo entdecken. Wenn er nicht wüsste, dass Tom ihm sofort Bescheid gäbe, sollte dem Tier irgendetwas passieren, würde er sich jetzt Sorgen machen. Stattdessen vertreibt er die Gedanken und wendet sich wieder seiner Schwester zu, die ihn besorgt ansieht.

»Sorry, ich war gerade woanders. Wie lange habe ich noch?«

»Du klingst, als müsstest du zur Schlachtbank.«

»Fühlt sich auch ein wenig so an. Am liebsten wäre mir, Oliver würde den Job für immer übernehmen.«

Ryan steckt seine Hände in die Hosentaschen und grinst.

»Nur leider wird der alte Herr auch nicht jünger. Also? Wie viel Schonzeit gibt er mir?«

»Ein Jahr, vielleicht eineinhalb. Er möchte aber, dass du ab sofort einmal im Monat zu ihm kommst.«

»Damit kann ich leben – glaube ich.«

Sein Blick fällt auf die Uhr an der Wand. »Mist! Schon so spät. Ich muss mich beeilen, Mila. Brandon wartet auf mich. Du kümmerst dich demzufolge um die Bewerber?«

»Ja, ich sortiere sie dir vor. Nur die letzte Entscheidung musst du selbst treffen.«

»Wenn es unbedingt sein muss.«

»Ja, muss es. Es ist dein Stellvertreter, den wir suchen, nicht meiner«, entgegnet sie barsch.

»Ist ja gut. Leg sie auf meinen Schreibtisch, ich schau sie mir dann spätestens am Wochenende an. Ich muss nun wirklich los.«

Mila blickt ebenfalls auf die Uhr. Damian hat ihr vor zwei Stunden Bescheid gegeben, dass er auf dem Weg zu ihr sei. Da sein Schiff diesmal in Tampa vor Anker liegt, könnte er längst eingetroffen sein. Sie nimmt ihr Telefon und ruft in der Lobby an.

»Maria, wissen Sie zufällig, ob Mister Tinson schon angekommen ist?«

»Ja, Miss, er hat bereits eingecheckt, vor etwa zehn Minuten.«

Sie bedankt sich und legt auf, danach kontrolliert sie ihr Handy. Damian hat ihr bis jetzt keine Nachricht geschickt. Von Sehnsucht getrieben eilt sie trotzdem zu seinem Zimmer. Obwohl sich auf ihr Klopfen hin niemand meldet, sperrt sie die Tür auf und betritt es.

Damian ist mit leichtem Gepäck angereist. Sein Rucksack liegt auf dem Bett, doch von ihm ist nichts zu sehen. Gerade als sie sich umdrehen will, um das Bad zu kontrollieren, packen sie von hinten zwei Arme. Eine Hand drückt gegen ihren Bauch und sie wird an einen männlichen Oberkörper gepresst. Die andere hält ihr den Mund zu, um sie am Schreien zu hindern.

»Mit dir hab ich noch eine Rechnung offen, du Miststück.«

Sie erkennt Jonathans Stimme sofort. Sein Atem riecht nach Alkohol. Wie zur Hölle kommt Nate hierher? Und was macht er in Damians Zimmer? Wo ist Damian überhaupt?

Mila schlägt um sich und versucht, ihn zu kratzen und zu treten. Obwohl sie Jonathan empfindlich am Schienbein trifft, lässt dieser nicht locker. Mit einem Fuß kickt er die Tür ins

Schloss. Dann zerrt er sie zum Bett, drückt sie rücklings auf die Matratze und klettert über sie. Er klemmt ihre Arme zwischen seinen Beinen fest und setzt sich auf ihre Hüfte. Unter seinem Körpergewicht begraben, kann sich Mila kaum noch bewegen. Nach wie vor hält er ihr den Mund zu. Sie wehrt sich mit aller Kraft und windet sich, um freizukommen, doch sie hat keine Chance.

Nate blickt sie hasserfüllt an. »Wegen dir bin ich aus dem Research Center geflogen. Dafür wirst du bezahlen. Du schwimmst hier im Geld. Warum musstest du auf die bescheuerte Idee kommen, wieder als Biologin zu arbeiten.«

Ihre Gedanken überschlagen sich. Sie hat niemandem von dem Vorfall im Center erzählt, also muss sie jemand beobachtet haben. Wut flammt in ihr auf und sie versucht, Nate zu beißen, indem sie ihren Mund fest gegen seine Finger drückt, was ihr auch tatsächlich gelingt.

Nate zieht fluchend die Hand weg und verpasst ihr eine Ohrfeige, dass es ihr die Tränen in die Augen treibt.

»Mach das noch einmal und ich bringe dich um«, knurrt er. »Und wage es nicht zu schreien, sonst ...«

»Sonst was?«, brüllt sie ihm ins Gesicht und kämpft weiterhin, um sich unter ihm herauszuwinden. »Geh von mir runter. Ich habe nichts damit zu tun, dass du geflogen bist.«

Er stutzt kurz, dann verzieht er seinen Mund zu einem teuflischen Grinsen.

»Soll ich dir etwas sagen? Das ist mir vollkommen egal. Du hast es sowieso dringend nötig, dass dich jemand richtig durchvögelt. Oder lässt du es dir etwa von deinem Brüderchen besorgen?«

An Jonathans Gesichtszügen ist nichts Menschliches mehr zu erkennen. Der Alkohol enthemmt ihn völlig.

»Du bist doch krank!« Mila spuckt ihm die Worte regelrecht entgegen. »Das war also vor Jahren dein Problem. Du warst eifersüchtig auf Ryan.«

»Halt dein verdammtes Maul, Miststück!« Erneut verpasst er ihr eine, dass ihr Kopf zur Seite fliegt. Daraufhin reißt er an ihrer Bluse, bis die Knöpfe nachgeben und in alle Richtungen fliegen. Brutal schiebt er den BH nach oben und betrachtet sie mit einem gierigen Blick.

Mila wimmert, als er ihre Brust gefühllos zu kneten beginnt. Ihre Augen füllen sich mit Tränen und sie macht sich auf das Schlimmste gefasst. Sie holt gerade Luft, um sich die Lungen aus dem Leib zu schreien, da wird Nate von ihr heruntergerissen.

Krachend landet eine Faust mitten in seinem Gesicht und bricht ihm die Nase. Damian hat Milas Angreifer dermaßen überrascht, dass dieser nicht einmal versucht, sich zu wehren. Stattdessen hält er schützend seine Arme vor den Körper. Damian schlägt noch ein paar Mal zu, bevor Nate endlich zu Boden geht.

»Bleib liegen, Arschloch, oder ich mach dich fertig!«, befiehlt er mit zorniger Stimme. Dann eilt er zu Mila, die zitternd auf dem Bett sitzt und die Bluse vor ihrer Brust zusammengerafft hat. Ihre Wangen sind tränenüberströmt.

»Verdammt! Hat der Mistkerl dir etwa ins Gesicht geschlagen?«

Besorgt betrachtet er ihre gerötete Backe, dabei lässt er Jonathan keine Sekunde aus den Augen. Hastig zieht er sein T-Shirt über den Kopf und reicht es Mila, die es erleichtert überstreift.

»Warum warst du nicht hier?«, schluchzt sie und klammert sich an ihn.

»Ich bin nur kurz in die Lobby. Wie hätte ich denn wissen können … Ist alles in Ordnung? Oder hat er?«

Sie schüttelt den Kopf. »Du bist rechtzeitig gekommen. Ich konnte Nate lange genug hinhalten.«

»Kennst du den Kerl etwa?« Verächtlich mustert er Jonathan, der brav auf dem Boden kauert und sich die blutende Nase hält.

»Ja, er war einmal mein Freund. An dem Tag, an dem wir zwei uns kennengelernt haben, habe ich ihn im Center wiedergetroffen. Da hat er schon versucht, mir an die Wäsche zu gehen. Ich habe ihm mit einem Tritt in die Weichteile verdeutlicht, was ich davon halte …«

»Der arbeitet im Center? Ruf die Polizei! Ich sorge dafür, dass er dort keinen Fuß mehr in die Tür setzt.« Seine Stimme zittert vor Wut.

»Keine Polizei, Damian.« Sie legt beschwichtigend ihre Hand auf seinen Unterarm. Den damit verbundenen Trubel würde sie vor Ryan nicht verbergen können, also würde er unweigerlich von Damian erfahren. Sie hat keinen Nerv dazu, ihm das jetzt zu erklären.

»Mila! Du kannst ihm das nicht durchgehen lassen. Er wird es wieder tun.« Damian springt auf und eilt zu Nate, der sich soeben erheben will. Mit einem gezielten Tritt in die Seite bringt er ihn erneut zu Boden.

»Ich sagte, du sollst unten bleiben.«

»Hör auf, Damian, es reicht. Er hat' s kapiert. Nicht einmal Nate kann so blöd sein …«, fleht Mila ihn an.

»Ich verstehe dich nicht. Du hast Mitleid mit ihm, obwohl er versucht hat, dich zu vergewaltigen?«

Mila nickt.

»Du bist ja rechtzeitig gekommen, also ist eigentlich nichts passiert.«

»Nichts passiert? Soll ich dir einen Spiegel holen?« Fassungslos schüttelt er den Kopf.

»Er war nicht immer so, Damian. Und er ist betrunken. Nate hat auch seine guten Seiten und durch Ryan weiß ich, wie schnell jemand abrutschen kann. Irgendwer hat uns im Center beobachtet und den Vorfall gemeldet. Er hat dadurch schon seinen Job verloren. Craig hat die anderen gewiss vorgewarnt, sodass er in Florida vermutlich in keinem National- oder Statepark mehr eine Anstellung bekommt.«

Damian hat zwar keine Ahnung, wer Craig oder die anderen sind, aber er versteht, was sie ihm sagen will. Obwohl er der

Meinung ist, dass dieser Nate bestraft werden sollte, beugt er sich ihrem Wunsch.

»Was stellen wir nun mit ihm an?«

Mila steht auf und geht zu Nate, der sich in Erwartung auf den nächsten Schlag schützend die Hand vor den Kopf hält. Verächtlich schaut sie zu ihm herab.

»Hilf ihm auf, Damian!«

Damian kommt ihrer Aufforderung nach und zerrt Jonathan auf die Beine. Mila blickt ihm frontal ins Gesicht.

»Ich sorge dafür, dass du in Florida auch außerhalb der Stateparks nirgendwo mehr eine Anstellung bekommst. Am besten verschwindest du von hier und gehst zurück nach Georgia. Ist das klar, Nate?«

Jonathan nickt und stammelt geknickt: »Es tut mir leid, Mila.«

»Spar dir deine geheuchelte Entschuldigung. Und jetzt raus mit ihm, ich kann ihn nicht mehr sehen.«

Sie dreht sich um, geht ans Fenster und starrt demonstrativ hinaus, während Damian Nate unsanft aus dem Zimmer befördert.

»Du hast zehn Minuten, um aus diesem Hotel und aus der Stadt zu verduften. Wenn ich dich ein weiteres Mal in ihrer Nähe erwische, wanderst du ins Kittchen«, presst er zwischen zusammengebissenen Zähnen hervor. Dann verpasst er Nate noch einen Stoß, sodass dieser gegen die gegenüberliegende Wand stolpert. Anschließend geht Damian zurück ins Zimmer und schließt die Tür. Er öffnet die Minibar und holt eine Coladose heraus, die er Mila reicht.

»Ich habe keinen Durst«, lehnt sie dankend ab.

»Nicht zum Trinken, für die Wange«, erklärt er und hebt sie vorsichtig an die gerötete Stelle.

Kapitel 28

»Würdest du dir bitte endlich etwas anziehen?« Mila sitzt im Schneidersitz auf dem Bett und hält sich mittlerweile die zweite Getränkedose an die Backe.

»Macht dich mein Astralkörper nervös?« Damian fischt schmunzelnd ein T-Shirt aus seinem Rucksack und zieht es sich über.

»Irgendwie schon. Mein Kopf sagt ›Nein‹, der Rest vom Körper ›Ja‹.«

Vorsichtig betastet sie ihre Wange.

»Warum können Kerle einer Frau nur immer so gut ins Gesicht schlagen. Verdammt, das bekomme ich nie überschminkt.«

»Ich könnte dich für eine weitere Woche auf mein Schiff entführen und dich in der Kajüte verstecken, bis es verheilt ist.«

Er setzt sich neben sie und begutachtet nun in Ruhe die gerötete Stelle.

»Ich bin immer noch der Meinung, dass du ihn anzeigen solltest.«

»Das würde nur unser Hotel in Verruf bringen. Was glaubst du, wie es die Gäste finden, zu erfahren, dass sie bei uns Angst haben müssen, überfallen zu werden? Und wie erkläre ich das Ryan?«

»Sorry, aber irgendwas wirst du ihm sagen müssen. Die Spuren sind nicht zu übersehen. Und die Meinung der Gäste interessiert mich nicht.«

»Aber mich interessiert das.«

»Darf ich ihn dann wenigstens vierteilen?«

»Lass gut sein, Damian. Nate hat genug eingesteckt. Verstehst du jetzt, weshalb ich solche Angst habe, Ryan alleine zu lassen?«

»War er etwa genauso? Er hat sich doch nicht ebenfalls an Mädchen vergriffen, oder?«

Damian wirkt sichtlich entsetzt.

»Nein, hat er nicht. Aber er hat sich oft betrunken und sich regelrecht zusammenschlagen lassen. So will ich ihn nie wieder sehen.«

Plötzlich springt sie auf und streckt die Hand nach ihm aus.

»Komm, ich will dir etwas zeigen.«

»Du solltest erst die zerrissene Bluse ausziehen, bevor du mit mir irgendwo hingehst.«

»Stimmt. Dann schauen wir also zuerst in meiner Wohnung vorbei.«

Nachdem sich Mila umgezogen hat, schlendert sie mit Damian den Pool entlang. Zum Glück dämmert es schon. Sie hat die Wange zwar mit etwas Make-up überschminkt, jedoch konnte sie die Spuren nicht gänzlich verstecken. Als sie den Pool umrundet haben, geht sie nach rechts und zeigt auf ein zweistöckiges Gebäude, dem man ansehen kann, dass es noch nicht sehr alt ist.

»Da oben ist Ryans Domizil; darunter ein paar Personalwohnungen. Als mein Bruder es bauen ließ, dachte ich, er hätte den Platz bewusst ausgewählt.«

Mila seufzt laut auf.

»Wie meinst du das?«

Neugierig sieht er sich um, kann aber nichts Besonderes entdecken.

»Komm weiter. Ich zeig dir, was ich meine.«

Sie führt ihn zu einem kleinen Fußweg, der gut getarnt hinter dem Haus beginnt. Gemächlich gehen sie den Weg entlang, bis sie ein Stallgebäude erreichen, in dem einige Pferde dösen.

»Gehören die euch?« Damian ist von der gepflegten Anlage sichtlich beeindruckt. »Reitest du etwa?«

»Ich nicht.«

»Ryan?«

»Nicht mehr.« Ihr Gesicht nimmt traurige Züge an.

»Was macht ihr dann mit den Tieren?« Er streicht einer braunen Stute über die Nüstern.

»Ryan weigert sich, sie zu verkaufen. Sie sind für ihn ein Andenken an unsere Mutter.«

»Verstehe.«

Er bückt sich und holt eine Karotte aus dem Eimer, der zwischen zwei Boxentüren an der Wand steht. Die Stute gibt ein erwartungsvolles Gluckern von sich und sofort streckt auch das Nachbarpferd den Kopf aus der Box.

»Jetzt hast du etwas angefangen«, stellt Mila amüsiert fest, da Damian nun von beiden Seiten bedrängt wird. »Du magst Pferde, oder?«

»Nur vom Boden aus, ich würde mich niemals auf eines setzen. Und du?«

Nachdenklich krault sie der Braunen die Stirn.

»Nein, als die Pferdegene verteilt wurden, war ich wohl irgendwie abwesend. Sie haben mich nie wirklich interessiert. Das war Ryans Ding. Er ist geritten. Früher. Bevor der Unfall geschah«, erklärt sie leise. »Als er das Haus so nah am Stall bauen ließ, hoffte ich, dass er wieder damit anfangen will. Doch es steht schon über zwei Jahre und er war kein einziges Mal hier.«

»Das meintest du also mit ›bewusst ausgewählt‹.«

Damian legt einen Arm um ihre Schultern.

»Manchmal ändern sich die Interessen auch.«

»Nicht was Ryan und Pferde betrifft. Das ist wie mit mir und den Manatis. So eine Liebe bleibt – für immer. Deshalb weiß ich: Solange Ryan die Pferde meidet, stimmt irgendetwas nicht mit ihm. Komm, ich zeig dir noch etwas.«

Sie löst sich aus der Umarmung, nimmt seine Hand und geht mit ihm die Koppeln entlang. Dabei erzählt sie Damian von Deutschland, aus welchem Grund Ryan dort war und wie es zu dem Unfall kam.

»Dein Bruder tut mir echt leid. Du hast nie erwähnt, dass er zusehen musste, wie eure Eltern starben.«

»Ich rede nicht gerne darüber. Aber ich möchte, dass du verstehst, warum es mir so schwerfällt, meinen Bruder alleine zu lassen und vor allem, warum ich so sicher bin, dass er keineswegs über den Tod unserer Eltern hinweg ist.«

Sie bleibt stehen und kneift die Augen zusammen. Dann entdeckt sie den Hengst unter einem Baum.

»Darf ich dir Blackstorm vorstellen.«

Sie zeigt auf die Koppel.

Wie aufs Stichwort kommt der Schwarze herangaloppiert. Im Gegensatz zu den anderen Pferden wirkt er ungepflegt. Seine Mähne ist an einigen Stellen verknotet und das Fell vom Schlamm verschmutzt. Trotzdem kann man ihm eine gewisse Schönheit nicht absprechen.

Damian will sich dem Zaun nähern, doch Mila hält ihn zurück.

»Nicht weiter.«

Noch bevor er nach dem ›Warum‹ fragen kann, galoppiert der Rappe knapp am Zaun vorbei und schlägt in ihre Richtung aus. Krachend trifft er mit dem Huf eines der Bretter.

»Wow, was ist denn mit dem los?« Damian stolpert ein paar Schritte zurück.

»Das ist der Hengst, der den Unfall überlebt hat. Er ist unberechenbar. Seit seiner Rückkehr aus Deutschland steht er hier auf der Koppel. Niemand traut sich auch nur in seine Nähe. Ich finde, man hätte ihn damals einschläfern lassen müssen.«

»Aber?«

Damian beobachtet den Schwarzen mit Argusaugen.

Blackstorm galoppiert ein weiteres Mal auf sie zu. Einige Meter vor dem Zaun stoppt er und bäumt sich auf. Er schlägt gezielt mit den Vorderbeinen nach ihnen. Anschließend lässt er die Vorderhand fallen und schießt mit angelegten Ohren heran, bis er mit der Brust an den Brettern ansteht. Er schnappt in ihre Richtung, bevor er mit einem schrillen Wiehern davongaloppiert.

»Ryan hat sich mit Händen und Füßen dagegen gewehrt. Das tut er heute noch. Nur ihm hat es der Hengst zu verdanken, dass er noch am Leben ist. Blackstorm kam eigentlich als Zuchthengst zu uns. Dieser Aufgabe kommt er sogar noch nach. Es ist zwar jedes Mal ein Spießrutenlauf, die Stute aus der Koppel zu bekommen, jedoch laut unserem Stallmeister lohnt es sich. Aber ich schweife ab …«

Mila schluckt schwer. Sie wirft einen letzten Blick in die Wiese, wo der Rappe in einigen Metern Entfernung zornig mit dem Huf aufstampft und ein aufgebrachtes Fauchen von sich gibt.

»Gehen wir und lassen ihn in Ruhe.«

Sie zieht Damian von der Koppel fort, dann nimmt sie den Faden des Gesprächs wieder auf.

»Jedenfalls war es zwischen Ryan und Blackstorm Liebe auf den ersten Blick. Mein Bruder war damals vierzehn und der Hengst alles andere als leicht im Umgang, weshalb Mom ihm verboten hatte, in seine Nähe zu kommen. Doch er hörte natürlich nicht auf sie und schlich heimlich zu ihm. Eines Tages riss der Hengst sich los, als er auf die Wiese geführt werden sollte. Er lief geradewegs auf Ryan zu. Mom hatte ihn schon von Hufen zermalmt am Boden liegen sehen, aber er bot ihm einfach die flache Hand an. Blackstorm senkte den Kopf und legte sein Maul darauf. Bei Ryan war er zahm wie ein Schoßhund. Als Mom das sah, ließ sie meinen Bruder auf ihm reiten. Sie trainierten jeden Tag und die beiden waren verdammt gut, weshalb sie auch nach Deutschland geschickt wurden.«

»Klingt nach einer äußerst engen Bindung. Und er geht überhaupt nicht mehr zu ihm?«

»Nein, und das bereitet mir Sorgen. Die Pferde waren sein Leben. Er hielt es keinen Tag ohne sie aus, und jetzt …«

Damian spürt, wie ein Zittern Milas Körper erschüttert. Er bleibt stehen und zieht sie in seine Arme.

Sie kuschelt sich an ihn. Ein Mantel der Geborgenheit umhüllt sie. Wie sehr würde sie das auch ihrem Bruder wünschen. Ein Seufzer dringt tief aus ihrer Brust.

Als er sie auf die Stirn küsst, hebt Mila den Kopf und bietet ihm ihre Lippen an. Sein Kuss ist zärtlich. Sanft legt er ihr eine Hand in den Nacken und krault ihren Haaransatz. Tränen steigen ihr in die Augen, angesichts der Fürsorglichkeit, die er ihr entgegenbringt.

Schließlich löst sie sich von ihm und blickt ihn mit feucht glänzenden Augen an.

»Danke, dass du mich gerettet hast. Und ich meine damit nicht nur heute.«

Damian lächelt. Jetzt ist der beste Zeitpunkt, um ihr von seiner Idee zu erzählen. Er nimmt ihre Hände und drückt sie leicht.

»Was würdest du dazu sagen, wenn ich eine Lösung hätte, wie wir auch Ryan retten könnten?«

»Wie meinst du das?«

»Nehmen wir an, ich wüsste da jemanden, dem ich es zutraue, deinen Bruder zu knacken.«

»Wen?«

»Meine Schwester«, sagt er aus voller Überzeugung.

»Wie soll sie ihm denn helfen? Ist sie hier? Ich meine in Florida?«

Damian hat ihr ein wenig von seiner Familie erzählt. Soweit sie sich erinnern kann, leben jedoch alle in Österreich.

»Noch nicht, aber wir könnten sie herholen.«

»Wie?«

»Du suchst doch eine Assistentin für deinen Bruder. Kira hat soeben ihr Hotelmanagement-Studium abgeschlossen und ich weiß von ihr, dass sie sich gerade nach geeigneten Stellen umsieht. Sie will wie ich etwas von der Welt sehen, bevor sie in den sicheren Heimathafen zurückkehrt … oder auch nicht«, fügt er nach einer kurzen Pause hinzu.

»Eine Studiumsabsolventin? Nichts gegen deine Schwester, Damian, aber …« Mila schüttelt den Kopf. »Ryan braucht jemanden mit Berufserfahrung und keinen Grünschnabel.«

»Warte, Mila. Du weißt, dass meine Eltern ebenfalls einen Hotelbetrieb führen. Wir Kinder wurden bereits früh mit diesem Gewerbe vertraut gemacht. Kira ist vielleicht noch jung, dennoch weiß sie, wie der Hase läuft.«

»Wie willst du sie überzeugen, hierherzukommen?« Damians Zuversicht lässt sie ernsthaft darüber nachdenken.

»Habe ich schon.« Er grinst sie schelmisch an.

»Wie?«

»Ich habe vor zwei Tagen mit ihrer Freundin Ashley telefoniert, ihr von eurer Stellenausschreibung erzählt und davon geschwärmt, wie schön das Hotel ist und wie gut sich doch ein Auslandsaufenthalt in Kiras Bewerbungsunterlagen machen würde. Sie hat sofort angebissen und mir versprochen, meine Schwester dazu zu bringen, ihre Unterlagen an euch zu schicken. Die Bewerbung ist gestern raus. Jetzt musst du nur dafür sorgen, dass Kira die Stelle bekommt.«

»Was lässt dich annehmen, dass sie Ryan helfen könnte?« Noch ist Mila skeptisch. Sie kann sich nicht vorstellen, warum gerade dieses Mädchen die Rettung für ihren Bruder sein soll.

»Kira hat ein besonderes Einfühlungsvermögen. Sie umgibt sich immer mit Menschen, die in irgendeiner Weise in Schwierigkeiten stecken. Ihre beste Freundin zum Beispiel ist ein Scheidungskind. Ashley hatte Probleme in der Schule und sich mit den falschen Freunden abgegeben. Meine Schwester war die Einzige, die Zugang zu ihr fand und sie auf den rechten Weg zurückbrachte.«

»Ryan wird sie nicht an sich heranlassen. Er hat sich noch nicht einmal Brandon und mir vollständig geöffnet.« Sie seufzt traurig.

»Du kennst Kira nicht. Je mehr er sich wehrt, desto intensiver wird sie sich darum bemühen, in sein Innerstes zu sehen. Mila, vertrau mir. Wenn es jemand schafft, deinen Bruder zu öffnen, dann ist das meine Schwester.«

»Du bist dir sehr sicher, was das betrifft. Warum?«

»Weil ich es bei ihr schon mehrfach beobachten konnte. Kira hat irgendetwas an sich, das Fremde dazu bringt, ihr zu vertrauen. Sie erfährt Dinge, ohne die Menschen dabei zu etwas zu drängen. Ich weiß nicht, wie ihr das gelingt, aber sie vollbringt es immer wieder. Muss wohl an ihren empathischen Fähigkeiten liegen. Eigentlich hätte sie Sozialarbeiterin werden sollen, oder Psychologin.«

»Ryan bringt mich um, wenn Kira durchsickern lässt, weswegen wir sie hergeholt haben.«

Mila schwankt zwischen der Hoffnung, Ryan endlich helfen zu können und der Angst, ihn dadurch gänzlich zu verlieren. Diesen Vertrauensbruch würde er ihr niemals verzeihen. Ist es den Versuch wirklich wert?

»Sie kann sich nicht verplappern, da sie nichts davon weiß. Ich habe Ashley nur von der freien Stelle erzählt.«

»Wie soll das dann funktionieren? Wie kannst du wissen, dass sie überhaupt Interesse an Ryan zeigen wird?«

Damian grinst diebisch.

»Ich kenne den Geschmack meiner Schwester, was Männer betrifft. Dein Bruder fällt allein schon rein optisch hundertprozentig in ihr Beuteschema. Wenn sie obendrein noch spürt, dass er etwas vor ihr verbirgt, hat er keine Chance mehr.«

»Du bist dir echt sicher, dass das funktioniert, oder?«, erkundigt sich Mila hoffnungsvoll.

»Absolut sicher, Babygirl.«

»Hast du denn keine Angst, dass er ihr wehtun könnte? Ryan kann ganz schön aufbrausend sein. In solchen Situationen rastet er verbal schon mal ziemlich aus.«

»Aufbrausender als du?« Als sie nickt, nimmt Damian sie lachend in den Arm.

»Kira ist mit zwei Brüdern aufgewachsen. Und glaube mir, wir waren nicht immer einfach, trotzdem hatte sie uns fest im Griff. Sie ist hart im Nehmen. Gib ihr eine Chance … gib deinem Bruder eine Chance.«

»Okay, dann lass es uns versuchen. Holen wir Kira nach Florida!«

Mila bettet ihren Kopf an Damians Brust und schließt die Augen. Dass sie ihn getroffen hat, ist ein Segen. Ohne ihn hätte sie den Sprung zurück in ihr eigenes Leben nie gewagt. Er hat ihr in den richtigen Momenten gezeigt, wohin sie ihr nächster Schritt führen sollte.

Wie schön wäre es, wenn auch Ryan ein wenig Glück finden würde. Vielleicht liegt es wirklich in der Hand von Damians Schwester, ihm diesen Weg zu öffnen, und falls nicht, hätten sie es wenigstens versucht.

Wie lange kann die Liebe warten?

Sechs Jahre sind vergangen, seit Melanie die Liebe ihres Lebens das letzte Mal zu Gesicht bekam. Sechs Jahre, in denen sie den heißen Dominikaner nie vergessen konnte, hatte sie doch ein Geschenk unter ihrem Herzen aus dem Urlaub mitgebracht.
Gemeinsam begeben sich Mutter und Tochter auf eine ungewisse Reise in das Urlaubsparadies, um Moeshas Papá zu finden. Doch die Suche gestaltet sich schwieriger als erwartet, und als Joshua plötzlich vor ihnen steht, ist nichts so, wie es einst war ...

ISBN: 978-3-946204-12-1

Kapitel 1

»Mama! Mama! Wach doch auf, Mama!« Wie ein Wirbelwind stürmte meine fünfjährige Tochter ins Schlafzimmer. Sie sprang mit einem großen Satz mitten auf das Bett und zerrte an der Bettdecke. »Mama! Augen auf, es ist schon hell!«

Schlaftrunken linste ich zum Wecker. Das konnte nicht wahr sein. Wir hatten gerade einmal sieben Uhr und mein kleiner Wildfang war putzmunter. Ihre krausen Haare standen ungebändigt in alle Richtungen und wippten bei jedem Schritt lustig auf und ab. Sie war ihrem Vater wie aus dem Gesicht geschnitten. Fröhliche Augen blitzten unter den dunklen, geschwungenen Augenbrauen hervor. Den Kopf leicht zur Seite geneigt grinste sie verschmitzt. Genau so hatte mich Joshua immer angesehen, bevor er mich küsste. Die vollen Lippen ließen unmissverständlich ihre Herkunft erkennen und waren der eindeutige Beweis dafür, dass zum Teil afrikanisches Blut in ihren Adern floss. Nur die Stupsnase und die etwas hellere Farbe der Haut zeugten davon, dass sie auch meine Tochter war. Ebenso ihr überschwängliches Temperament, das meinem in nichts nachstand.

»Moesha, du sollst mich doch schlafen lassen. Ich habe gestern bis spät in die Nacht gearbeitet«, rügte ich sie. Dabei versuchte ich, meiner Stimme einen tadelnden Klang zu verleihen. Unbeeindruckt schlüpfte sie zu mir unter die Decke und kuschelte sich an mich. »Aber Mama, du musst jetzt unsere Koffer packen«, drängelte sie ungeduldig.

»Süße, dafür haben wir noch den ganzen Tag Zeit.« Seufzend drückte ich mein Mädchen an mich. Ich konnte ihre Aufregung gut verstehen, denn langsam aber sicher machte sich auch in mir Unruhe breit. Schließlich wollten wir am nächsten Morgen in aller Frühe aufbrechen, um in das Land zu reisen, in dem ihr Papá lebte.

Sechs Jahre waren vergangen, seit ich Joshua Raymond verlassen musste. Mehr als seine zwei Vornamen kannte ich nicht. Obwohl ich kaum Hoffnung hegte, ihn wiederzufinden, wollte ich es trotzdem versuchen.

Moesha hatte ich in meine Pläne bislang nicht eingeweiht und sie in dem Glauben gelassen, dass wir in die Dominikanische Republik flogen, um ihr das Heimatland ihres Vaters zu zeigen. Und das war gut so. Sie hatte in ihrem kurzen Leben bereits zu viele Enttäuschungen ertragen müssen.

»Mama? Treffen wir dort meinen Papá?«, erkundigte sie sich aus heiterem Himmel. Moesha war schlauer, als ich es von einer Fünfjährigen erwartet hätte. Ihre rehbraunen Augen fixierten mich, als wüssten sie genau, wo ich gerade mit meinen Gedanken war. Zärtlich streichelte ich ihr die Wange. »Das weiß ich leider nicht, meine Süße.«

»Aber wir suchen ihn, oder?« Sie strahlte über das ganze Gesicht und schlüpfte mit ihren kalten Füßen unter mein Oberteil. Instinktiv hielt ich die Luft an, dann wuschelte ich ihr seufzend durch die Locken. »Ja, Kleines! Das machen wir.«

»Erzählst du mir von Papá?«

Lächelnd betrachtete ich mein Kind. Moesha konnte nicht genug Geschichten über ihren Vater hören und ich war immer gerne bereit, ihrem Wunsch nachzukommen. Immerhin hatte ich mit Joshua die schönsten Wochen meines Lebens verbracht.

»Was willst du wissen?«

»Sehe ich wirklich so aus wie er?«

Ich wickelte mir eine Strähne ihres widerspenstigen Haares um den Finger. Es fühlte sich fein an, nicht borstig, wie man es dem Aussehen nach erwarten würde.

»Ja, Kleines. Dein Haar ist wie seins. Weich und flauschig wie ein Wattebausch, mit ebenso süßen krausen Löckchen.«

Skeptisch beäugte mich meine Tochter. Ihr Wuschelkopf war andauernd ein Streitthema zwischen uns, da Moesha lieber meine glatten Haare hätte.

»Und genau deshalb bin ich froh, dass du nicht meine blonden Zotteln hast. Wenn ich dir über den Kopf streiche, erinnert mich das an deinen Papá.« Melancholie ergriff Besitz von mir. Noch immer gelang es mir nicht, ohne Wehmut an Moeshas Vater zu denken. »Komm, wir fangen an zu packen«, forderte ich meine Kleine auf, bevor mir noch Tränen in die Augen stiegen.

Vorsichtig löste ich mich von ihr, streckte ein Bein aus dem Bett und angelte nach den Hausschuhen. Ich war erleichtert, dass Moesha sofort wieder Feuer fing, und somit vergaß, weitere Fragen zu stellen. Heute ging mir der Gedanke an damals besonders nah.

Mein Vater stahl mir sechs Jahre meines Lebens, indem er verhinderte, dass ich den Kontakt zu Joshua auch nach dem Urlaub aufrechterhalten konnte. Nachdem er erfahren hatte, dass ich eine ›Affäre mit einem Bimbo‹ hatte – wie er es verächtlich bezeichnete – behielt er mich die restlichen Tage, die wir in der Dom Rep verbrachten, im

Auge. Dadurch bekam ich keine Gelegenheit mehr, Joshua nach seiner Adresse oder Telefonnummer zu fragen. Auch nach meiner Rückkehr gelang es mir nicht, sie ausfindig zu machen. Als ich später auch noch gestehen musste, dass die Liaison nicht ohne Folgen geblieben war, gab es für ihn keine Tochter mehr.

»Dieses Mulattenbalg wird niemals mein Enkel sein!«, hatte er gebrüllt und mir über meine Mutter mitteilen lassen, dass es in seinem Haus für mich keinen Platz mehr geben würde, sollte ich dieses Kind bekommen. Gereizt zerrte ich einen Koffer aus der Abstellkammer. Wenn er wüsste, dass ich im Begriff war, in die Dominikanische Republik zurückzukehren, um nach Moeshas Vater zu suchen, wäre er vermutlich an die Decke gegangen.

An dem Tag, an dem meine Tochter das Licht der Welt erblickte und er mit Entsetzen feststellen musste, dass ich dieses Baby auf gar keinen Fall zur Adoption freigeben würde, machte er seine Drohung wahr und sprach kein Wort mehr mit mir.

Wenigstens musste Moesha nicht auch noch auf ihre Oma verzichten, denn meine Mutter liebte ihre Enkelin abgöttisch. Trotzdem fand sie nicht den Mut, sich gegenüber meinem Vater durchzusetzen, und so besuchte sie zwar mich, mir hingegen blieb der Zutritt zu meinem Elternhaus weiterhin verwehrt.

Natürlich hatte der Tyrann von einem Vater mir sofort nach Moeshas Geburt den Geldhahn zugedreht. Zum Glück schaffte ich es aber mithilfe meiner Mutter und meiner Ersparnisse, das Jurastudium zu beenden. Es war alles andere als einfach und im Nachhinein betrachtet, wunderte ich mich, wie ich es geschafft hatte, Studium, Baby und Job unter einen Hut zu bekommen. Obwohl mir gerade der Job die Situation doch sehr erleichterte. Da mich mein Vater von Anfang an kurzhielt, musste ich bereits während des Studiums in einer Kanzlei arbeiten, um über die Runden zu kommen. Zu meinem Chef, Stephan Kern, hatte ich rasch ein freundschaftliches Verhältnis aufgebaut, das mir in meiner prekären Lebenslage nun zugutekam. Schon vor dem Urlaub hatte er mir mitgeteilt, dass ich nach dem Studienabschluss übernommen werden sollte. Dazu stand Stephan auch noch, als er von meiner Schwangerschaft erfuhr.

»Das Kind schaukeln wir gemeinsam«, hatte er mit einem Lächeln zu mir gesagt und dafür gesorgt, dass ich oft von zu Hause aus arbeiten konnte. So war ich nicht gezwungen, mein Kind in fremde Hände zu geben, und Moesha musste nur selten auf ihre Mama verzichten.

»Darf ich das blaue Kleid mitnehmen?« Meine Tochter kam mit Klamotten beladen ins Schlafzimmer gestürzt und warf sie mitten aufs Bett, um daraufhin sofort in ihr Zimmer zurückzulaufen.

»Hey! Stop, Kleines! Ich helfe dir. Die meisten Sachen, die du angeschleppt hast, kannst du in der Karibik nicht gebrauchen. Du weißt doch, dass es dort viel wärmer ist als bei uns.«

Moesha blieb stehen, nickte eifrig und rannte zurück. Dann schnappte sie sich zwei der Pullover, um sie wieder in ihr Zimmer zu bringen. Ich kam nicht einmal dazu, in meine Jeans zu steigen, da klingelte es an der Tür.

»Moesha, kannst du bitte aufmachen? Ich muss mich noch anziehen. Das ist bestimmt die Omi.«

Ich hätte mir sparen können, sie dazu aufzufordern. Meine Kleine war längst an der Tür, und bevor der letzte Klingelton verhallte, fiel sie ihrer Großmutter um den Hals.

»Omiiii!«, kreischte sie und gab ihr einen dicken Kuss auf die Backe.

»Guten Morgen, Mäuschen«, lachte sie und nahm ihre Enkelin auf den Arm. »Na? Bist du schon aufgeregt?«

»Und wie! Wir werden meinen Papá suchen!«

Irritiert warf mir meine Mutter einen fragenden Blick zu. Ich hob abwehrend beide Hände und band mir anschließend die Haare im Nacken zu einem Knoten zusammen. »Sie ist selbst draufgekommen. Ich habe ihr nichts verraten«, verteidigte ich mich.

Meine Mutter stellte Moesha auf den Boden, die sogleich in ihr Zimmer flitzte, und kam auf mich zu. Liebevoll hauchte sie mir einen Kuss auf die Stirn. Sie roch wie immer nach ihrem sündhaft teuren Parfum. Auch wenn einige silbrige Strähnen ihr kurzes blondes Haar durchzogen, sah man es ihr nicht an, dass sie schon bald ihren zweiundfünfzigsten Geburtstag feiern würde.

»Du weißt, ich wünsche euch von ganzem Herzen Glück bei eurer Suche. Aber was wirst du tun, wenn du ihn tatsächlich findest?«

Ich zuckte ratlos mit den Schultern und nahm meiner Mutter den Mantel ab. Darüber hatte ich mir noch keine Gedanken gemacht.

»Melanie, in den sechs Jahren kann so viel passiert sein. Du hast keine Ahnung, was er heute macht, wo er gerade ist. Vielleicht hat er geheiratet und mit einer anderen Frau eine Familie gegründet. Du könntest mit deiner Suche sein ganzes Leben durcheinanderbringen. Willst du ihm das wirklich antun?«

»Mama! Darüber haben wir doch schon gesprochen. Ich habe schon viel zu lange damit gewartet. Er hat ein Recht darauf zu erfahren, dass er eine Tochter hat. Das bin ich ihm schuldig. Erst muss ich ihn finden, alles andere wird sich dann ergeben.« Ich hielt inne und atmete tief ein. »Kannst du bitte bei Moesha bleiben? Ich muss auf einen Sprung in die Kanzlei.«

»Sicher! Ich mach meiner Lieblingsenkelin Frühstück. Willst du einen Kaffee?«, erkundigte sie sich und verschwand in der Küche.

»Keine Zeit!«, rief ich und hastete ins Badezimmer. Heute musste eine Katzenwäsche reichen. Anschließend suchte ich fluchend nach meiner Handtasche und schnappte mir die Akten, die ich gestern noch bearbeitet hatte. Moesha fing mich an der Tür ab und musterte mich verunsichert.

»Keine Angst, Süße. Ich brauch nicht lange. Ich muss nur Onkel Chris etwas vorbeibringen.«

»Du fliegst nicht ohne mich, oder?«, ängstlich hielt sie meinen Arm fest.

»Aber nein, was denkst du von mir? Ich kann doch nicht auf die beste Spürnase der Welt verzichten.«

Übermütig kniff ich ihr in die Seite und sie ließ sich glucksend auf den Boden fallen. Ich beugte mich zu ihr herunter und kitzelte sie weiter.

»Aufhören! Aufhören! Ich muss Pipi«, wimmerte Moesha nach kurzer Zeit und ich stoppte meine Kitzelattacke. Sie sprang eilig auf und hastete quer durch die Wohnung, um es rechtzeitig auf das WC zu schaffen. Schnell nutzte ich die Gelegenheit, nickte meiner Mutter zum Abschied zu und schloss leise die Tür hinter mir. Bevor ich das exklusive Wohnhaus verließ, in das ich vor einem Jahr eingezogen war, holte ich tief Luft.

Draußen auf dem Gehweg strömte das Leben an mir vorbei. Ein Mann im Maßanzug – das Handy ans Ohr gedrückt und angeregt in ein Gespräch vertieft – achtete kaum auf seinen Weg. Kinder trugen ihre übergroßen Ranzen in Richtung Schule und foppten sich gegenseitig.

Eine ältere, gut gekleidete Dame aus der Nachbarschaft ging schwerfällig mit einem Dackel Gassi, der sich mit lautstarkem Gebell über den Labrador auf der anderen Straßenseite brüskierte.

Lachend schüttelte ich angesichts des Größenwahns des kleinen Kerlchens den Kopf und ließ mich vom Menschenstrom mitreißen. Die Kanzlei ›Kern&Kern‹, in der ich arbeitete, befand sich nur wenige

Straßen stadteinwärts und zählte zu den renommiertesten Wiens.

Stephan hatte sich in den letzten fünf Jahren wie ein Vater um mich gekümmert. Völlig egal, um was es ging, unterstützte er mich immer, so gut er konnte.

Ohne ihn hätte ich nie den Mut gefunden, die Reise anzutreten. Es war seine Idee gewesen, dass ich auf die Insel zurückkehren sollte, um nach Moeshas Vater zu suchen. Kurzerhand verpasste er mir Zwangsurlaub und drückte mir zwei Flugtickets in die Hand. Er konnte es nicht mehr mit ansehen, wie die Mutter seines Patenkindes darunter litt, ihr Mädchen alleine großziehen zu müssen, ohne dass der leibliche Vater von der Existenz seines Kindes überhaupt etwas ahnte.

Er sah in mir die Tochter, die er und seine Frau Sonja nie bekommen hatten. Gemeinsam mit seinem Sohn Christopher, der wie ein Bruder für mich war, hatten sie mich in ihre Familie aufgenommen. Sie gaben mir den Rückhalt, den mir der eigene Vater nicht mehr gewährte.

Ich lehnte mich mit aller Kraft gegen die Tür des Altbaus, bis sie knarrend nachgab. Jeder meiner Schritte hallte in dem hohen Treppenhaus wider und ich beeilte mich, in den zweiten Stock zu kommen.

In der Kanzlei wurde ich von unserer Empfangsdame mit einem fragenden Blick begrüßt. »Guten Morgen, Melanie. Ich dachte, Sie haben ab heute Urlaub?«

»Guten Morgen, Silvia. Habe ich auch. Aber ich muss Chris noch die Unterlagen vorbeibringen. Kann ich zu ihm? Ist er in seinem Büro?«

Silvia nickte, und als sie der Meinung war, ich würde es nicht mehr bemerken, warf sie mir einen verächtlichen Blick hinterher. Sie war von Anfang an eifersüchtig auf mich gewesen. Es missfiel ihr, dass ich sofort ein engeres Verhältnis zu Christopher aufgebaut hatte als sie.

Silvia war seit über acht Jahren für die Kanzlei ›Kern&Kern‹ tätig und himmelte den Juniorchef bereits an, als ich dort zu arbeiten begann. Dass dieser glücklich verheiratet war und mit seiner bezaubernde Frau Caroline einen bildhübschen, aufgeweckten Sohn hatte, schien sie nicht zu interessieren.

Ich klopfte an Christophers Tür und wartete auf ein Zeichen, um sein Büro zu betreten. Erst nach einer ganzen Weile ertönte ein kurzes ›Herein‹ und ich trat ein.

»Hallo Chris.« Skeptisch musterte ich ihn. »Ich hoffe, ich störe nicht.«

»Guten Morgen, Mel. Nein, mach dir keine Gedanken. Es tut mir leid, dass du warten musstest. Ich hatte noch ein Telefongespräch mit einem Mandanten. Du bringst mir die Unterlagen?«

Er erhob sich hinter seinem Schreibtisch und forderte mich mit einer einladenden Geste auf, mich zu setzen.

Ich konnte Silvia schon verstehen, warum sie nicht aufgeben wollte, von ihm zu träumen. Man konnte Christopher zwar nicht als hübsch bezeichnen, doch durch sein souveränes Auftreten strahlte er Autorität aus und das wiederum machte ihn interessant.

Seine fachliche Kompetenz und der ungebrochene Kampfgeist ließen ihn zu einem der erfolgreichsten Anwälte Wiens aufsteigen. Dementsprechend musste sich die Kanzlei ›Kern&Kern‹ auch keine Sorgen machen, an neue Mandanten zu kommen. Im Gegenteil, viele prominente Leute rissen sich darum, von uns vertreten zu werden.

»Ich habe für dich gestern noch alles Relevante hervorgehoben und ich konnte zwei passende Fallbeispiele finden.« Mit einem Lächeln streckte ich ihm die Unterlagen entgegen. »Und Chris, danke, dass du für mich einspringst.«

»Jetzt hör schon auf, dich zu bedanken. Ich habe dir doch gesagt, dass es für mich selbstverständlich ist.«

Er nahm die Akte und schlug sie interessiert auf. Ich ließ ihm ein wenig Zeit, um die Blätter zu überfliegen, dann erklärte ich: »Die Mandantin kommt heute Nachmittag. Ich habe ihr versichert, dass sie bei dir in den besten Händen sei. Mich ärgert es, dass dieser Termin so kurzfristig verschoben wurde. Wäre er wie geplant letzte Woche gewesen, hätte ich beruhigt abfliegen können.«

Ich war kurz davor gewesen, die Reise abzublasen, als ich von der Terminverlegung erfuhr, aber Stephan und Christopher wollten nichts davon hören. Chris beteuerte mir mehrmals, dass es sowieso nur noch eine Formsache wäre, vor Gericht zu erscheinen.

»Mach dir keine Sorgen. Du hast im Vorfeld so großartige Arbeit geleistet, dass gar nichts mehr schiefgehen kann.« Chris legte mir besänftigend seine Hände auf die Schultern. »Geh nach Hause, pack deine Koffer und flieg in die Karibik. Genieß deinen Urlaub, du hast ihn dir mehr als nur verdient.«

Ich atmete tief durch und sah ihn dankbar an, dann erhob ich mich, um mich von ihm zu verabschieden.

»Du wirst ihn finden, Mel, da bin ich mir ganz sicher. Und melde dich bei Eva-Lisa. Sie ist gerade dabei, ein paar Erkundungen einzuholen.«

Er drückte mir einen kleinen Zettel mit ihrer Telefonnummer in die Hand. Dass Christopher durch einen Mandanten Beziehungen zu einer Anwältin in der Dominikanischen Republik hatte, war ein glücklicher Zufall. Sie hatte ihn vor nicht allzu langer Zeit bei einem Grundstückskauf unterstützt.

Meine Chancen, mit der Suche erfolgreich zu sein, stiegen dadurch um einiges. Durch sie bekam ich Zugang zu Melderegistern und anderen Unterlagen, die ich sonst nie zu Gesicht bekommen hätte. Chris kontaktierte sie, als feststand, dass ich mich auf das Abenteuer einlassen würde, und sie sagte sofort ihre Hilfe zu.

»Jetzt mach, dass du verschwindest! Ich will dich erst in drei Wochen wiedersehen.« Christopher drückte mir einen brüderlichen Kuss auf die Schläfe und schob mich zur Tür hinaus.

Seufzend rückte ich mir meine Tasche auf der Schulter zurecht und machte mich auf den Weg nach Hause, wo ich von meiner Tochter schon ungeduldig erwartet wurde.

Nach einer kurzen, unruhigen Nacht saßen Moesha und ich mit gepackten Koffern im Taxi, das uns zum Flughafen Wien-Schwechat brachte. Meine Kleine kam aus dem Staunen nicht mehr heraus. Für sie war es das erste Mal, dass sie mit einem Flugzeug verreisen durfte.

Mit offenem Mund drückte sie sich an der Fensterscheibe der Abflughalle die Nase platt. Während ich das Gepäck aufgab, beobachtete sie, wie die Flugzeuge auf die Startbahn rollten, um dann mit lautem Getöse abzuheben.

»Die machen aber viel Krach, Mama!«, meinte sie beeindruckt.

»Hast du Angst?«

»Nee! Wann dürfen wir in unseren Flieger?«

»Schon bald, Süße. Wollen wir vorher noch ein wenig bummeln gehen, oder möchtest du hier bleiben und weiter zugucken?«

Moesha sprang von dem kleinen Podest am Fenster, nahm meine Hand und zog mich unternehmungslustig in Richtung der Geschäfte. In einem Zeitungsladen entdeckte sie sofort die Kiste mit den Fillys und bettelte mich stumm mit den Augen an. Wie jedes kleine Mädchen war sie in diese bunten, fröhlichen Zauberponys völlig vernarrt. Ich erlaubte ihr zwei auszusuchen, die sogleich ein neues Zuhause in ihrem Sammelköfferchen fanden.

Dann begaben wir uns auf den Weg zu unserem Gate. Hinter dem Flughafen reckte gerade die Sonne ihre ersten Strahlen empor und tauchte die Ebene in ein tiefrotes Licht, als würde sie in Flammen stehen.

Aus dem Augenwinkel bemerkte ich, wie mein kleines Mädchen herzzerreißend gähnte. Der gestrige Tag war lang gewesen, deshalb hegte ich die Hoffnung, dass sie den Flug zum größten Teil verschlafen würde. Ich hatte einen Direktflug nach Santo Domingo gebucht, doch die elf Stunden Flug würden auch so sehr anstrengend werden.

Als wir beim Sicherheitscheck ankamen, konnte sie kaum noch die Augen offenhalten und hing mit ihrem ganzen Gewicht an meinem Arm. Der Beamte, der unsere Pässe kontrollierte, versuchte mit ihr zu scherzen, doch sie reagierte nur noch mit einem müden Lächeln.

Ich hob mein Töchterchen kurz entschlossen hoch und setzte sie mir auf die Hüfte. Dankbar ließ sie ihr Köpfchen auf meine Schulter fallen und begann mit zwei Fingern in meinen Haaren zu zwirbeln.

Der Polizist war wie die meisten Menschen von Moeshas Anblick verzaubert. »Die Kleine schläft Ihnen gleich ein«, schmunzelte er.

»Ja, sie fliegt zum ersten Mal und hat vor Aufregung heute Nacht kaum geschlafen. Wie weit ist es bis zum Gate?«

»Wohin fliegen Sie denn?« Interessiert musterte er unsere Tickets, dann fügte er hinzu: »Den Gang hinunter, der vorletzte Schalter. Schaffen Sie es mit der Kleinen oder soll ich Ihnen helfen?«

»Vielen Dank, sehr nett, aber ich komme schon zurecht. Wenn Sie mir vielleicht mein Handgepäck geben könnten?«

»Wissen Sie was, ich habe jetzt sowieso Feierabend. Ich begleite Sie.«

»Das ist wirklich nicht nötig. Es ist ja nicht weit. Aber trotzdem danke«, ich nickte dem Mann freundlich zu.

Er reichte mir Moeshas Köfferchen, das sie sofort von mir einforderte. Sie stopfte es zwischen ihre und meine Brust und flüsterte artig ein ›Danke‹. Dann nahm ich den kleinen Trolley in Empfang, auf den der nette Mann meine Jacke gehängt hatte, und machte mich auf den Weg.

Am Gate wurden wir von einem Steward erwartet, der mir das Gepäck abnahm und uns ins Flugzeug begleitete. Kurze Zeit später saß ich endlich auf meinem Platz und Moesha kletterte auf ihren Sitz. Sie hatte einen Fensterplatz und legte ihre Wange an die kalte Scheibe. Mit müden Augen beobachtete sie, wie wir auf die Startbahn rollten. Als das Flugzeug durchstartete, griff sie ängstlich nach meiner Hand und war schlagartig putzmunter. Ich bemerkte, wie sie die Luft anhielt und leicht vor Aufregung zitterte. Doch kaum hatten wir den Boden verlassen, atmete sie erleichtert aus und meinte total überwältigt: »Wir fliegen, Mama!«

»Ja, meine Süße. Wir fliegen.« Ich lächelte über mein begeisterungsfähiges Töchterchen. Sie drehte ihren Kopf zu mir und hauchte mit matter Stimme: »Bald sehe ich meinen Papá.«

»Das hoffe ich, meine Kleine«, murmelte ich traurig, weil ich mir nicht sicher war, ob unsere Suche von Erfolg gekrönt sein würde.

In den sechs Jahren konnte so vieles passiert sein. Moeshas Vater träumte damals davon, in den USA Karriere zu machen. Er wollte nach Las Vegas, um dort auf einer der berühmten Showbühnen groß rauszukommen. Was, wenn er sich diesen Wunsch erfüllt hatte?

»Ich hoffe es wirklich, meine Süße.« Sanft streichelte ich Moesha über die Wange und ihre Augen wurden immer schwerer. Kurze Zeit später war sie auch schon eingeschlafen. Zärtlich zog ich die dünne Decke über ihre Schultern, die ich von der Stewardess bekommen hatte, und machte es mir im Sitz bequem. Die Ungewissheit, ob meine Reise den gewünschten Ausgang haben würde, zehrte an meiner Kraft.

Erschöpft schloss auch ich die Lider und meine Gedanken wanderten zum ersten und gleichzeitig einzigen Mal zurück, als ich in die Karibik flog. Bilder, so scharf, als wäre es erst gestern gewesen, erschienen vor meinem inneren Auge.

Ich war damals einundzwanzig, ohne festen Freund und heiß auf ein Abenteuer …

Kapitel 2

»Melanie, trödle nicht so herum, sonst fliegt das Flugzeug ohne uns ab.« Die tadelnden Worte meines Vaters übertönten alle Geräusche in der Abflughalle. Ich war für zwei Minuten auf dem WC und er tat so, als hätte ich eine halbe Ewigkeit gebraucht.

»Ich komm ja schon. Reg dich nicht auf, wir haben noch über eine Stunde Zeit.« Missbilligend schüttelte ich den Kopf.

»Ich soll mich nicht aufregen? Du kannst gerne hierbleiben, wenn du frech wirst.« Mein Vater befand sich heute mal wieder in Höchstform.

Wahrscheinlich wäre es doch besser gewesen, zu Hause zu bleiben, schoss es mir durch den Kopf. All meine Freunde rümpften die Nase, als ich erzählte, dass ich mit meinen Eltern in den Urlaub fuhr. Na gut, sie hatten auf eine Art recht, doch es war nicht einfach nur ein Urlaub. Es war ein Traumurlaub, für den ich keinen Cent beitragen musste. Dafür würde ich Vaters Launen drei Wochen lang geduldig ertragen können.

»Wolfgang. Lasst uns lieber die freie Zeit genießen, anstatt uns zu streiten«, versuchte meine Mutter uns zu besänftigen.

»Ich streite mich doch gar nicht. Mich ärgert es nur, dass Madam anscheinend der Meinung ist, dieses verdammte Flugzeug würde auf sie warten.«

Er warf mir einen vorwurfsvollen Blick zu, der so viel heißen sollte wie: Na, siehst du, was du angerichtet hast? Du hast deiner Mutter den Urlaub verdorben.

Da mir bekannt war, dass er unter Flugangst litt, ignorierte ich ihn einfach. Seine Laune würde sich bessern, sobald seine Tabletten endlich wirkten, und genau so kam es dann auch. Nachdem wir den Bodenkontakt verloren hatten und der Vogel sicher in die Luft gestiegen war, holte mein Vater tief Luft und grinste meine Mutter und mich an. »Endlich geht's los. Melanie, es freut mich, dass du dich doch dazu entschieden hast, mit uns zu kommen. Eigentlich dachte ich, dass du lieber mit Michael in den Urlaub fahren würdest.«

»Papa, mit dem ist doch schon seit Wochen Schluss.«

Die Trennung war hässlich gewesen, aber längst überfällig. Michael hatte begonnen, mich zu kontrollieren. Er folgte mir in die Uni und beschattete mich auf Schritt und Tritt, um mich beim Fremdgehen zu erwischen. Als ich ihm auf die Schliche kam, wollte ich sofort die Notbremse ziehen. Doch so einfach war das nicht. Die letzten Monate drohte er immer wieder, dass er sich umbringen würde, sollte ich ihm den Laufpass geben.

Als er jedoch einen meiner Kommilitonen grundlos angriff und ihn wüst beschimpfte, war das Maß voll. Ich brüllte ihn an, dass ich es nicht mehr mit ihm aushalten würde, und als er wieder mit der Selbstmord Geschichte anfing, tat ich so, als wäre es mir egal. Ich bot ihm sogar an, einen Strick zu kaufen, sollte er sich fürs Erhängen entscheiden. Anscheinend hatte ich damit genau das Richtige getan, denn er trat fluchend den Rückzug an. Im Nachhinein musste ich zugeben, dass ich das schon viel früher hätte tun sollen.

»Das verstehe ich nicht. Michael ist so ein netter Junge. Er wird bestimmt einmal ein guter Arzt. Sprich doch mit ihm, vielleicht vergibt er dir ja.«

Dass mein Vater mutmaßte, ich wäre schuld am Scheitern der Beziehung, überraschte mich überhaupt nicht. Immer ging er davon aus, dass es an mir lag, wenn etwas nicht funktionierte. Er traute mir auch nicht zu, eine gute Anwältin zu werden, und bezeichnete mein Studium von Anfang an als Schnapsidee. Zum Glück schaffte es meine Mutter, ihn vom Gegenteil zu überzeugen. So durfte ich mit dem Jurastudium beginnen, obwohl mein Vater der Ansicht war, ich sollte mir lieber einen Mann suchen – am besten einen Arzt –, heiraten und Kinder großziehen. Zu mehr sei eine Frau nicht fähig, betonte er immer wieder.

»Vergiss es, der Arsch kann sich eine andere suchen«, sagte ich verbittert und starrte aus dem Fenster.

»Claudia, kannst du deine Tochter zur Vernunft bringen?«, herrschte mein Vater meine Mutter an.

»Lass sie doch, Wolfgang. Michael war einfach nicht der Richtige für sie. Vielleicht klappt es ja mit diesem Christopher, der ist doch nett.«

»Mama!«, stöhnte ich genervt auf. »Ich habe dir schon mehrmals gesagt, dass Christopher mich nur von der Feier nach Hause gefahren hat. Er ist verheiratet und hat gerade einen Sohn bekommen.«

»Och, das ist aber schade«, meinte meine Mutter enttäuscht.

Ich steckte mir die Kopfhörer in die Ohren und war froh, dass das Bordsystem mittlerweile hochgefahren war. Dankbar blendete ich die Nörgelei meiner Eltern aus und konzentrierte mich auf den Film. Die nächsten neunzehn Stunden waren die längsten und anstrengendsten meines bisherigen Lebens.

Wir mussten zweimal umsteigen, da mein Vater zu geizig war, einen Direktflug zu buchen. Beide Male war ich kurz davor, den Heimweg anzutreten. Manchmal könnte ich meinen alten Herrn in der Luft zerreißen. Als Chefarzt in der städtischen Klinik verdiente er nicht schlecht, doch er hielt uns an der kurzen Leine, als hätten wir Geldprobleme.

Erfreulicherweise stand mir für die Dauer unseres Aufenthalts ein eigenes Zimmer zur Verfügung, was allerdings nur dem Zufall zu verdanken war. Mein Vater hatte zwar versucht, eine Suite zu buchen, aber in diesem Club gab es keine und die anderen Hotels waren ihm zu teuer. So musste er sich mit zwei übereinanderliegenden Zimmern begnügen, die sich mit sechs weiteren in einem kleinen Häuschen befanden.

Zu meinem Glück! Drei Wochen in einem Raum mit meinem Vater wären tödlich gewesen. Für mich oder für ihn. Wäre es nicht die Karibik gewesen, mit der meine Eltern mich gelockt hatten, hätten mich keine zehn Pferde zum Mitfliegen bewegen können. Aber ein Aufenthalt in der Dominikanischen Republik übertrumpfte alle negativen Aspekte, die mir in den Sinn kamen.

Die Ferienanlage, in der wir unseren Urlaub verbrachten, beherbergte mehrere Resorts, ein kleines Einkaufszentrum und einige Bars, die in der Nacht gut besucht waren. Die meisten der Hotels waren höchstens ein bis zwei Jahre alt, unseres sogar erst ein paar Monate. Stellenweise roch es noch nach frischer Farbe und ich war mir nicht sicher, ob in meinem Bett überhaupt schon jemand geschlafen hatte. Lächelnd fotografierte ich die zwei kunstvoll zu einer Blüte gefalteten Handtücher, die der Zimmerservice liebevoll auf der Tagesdecke des Bettes drapiert hatte. Nach einem weiteren Motiv suchend sah ich mich um.

Auf einem Tischchen neben der Balkontür stand eine Vase mit einem Orchideenzweig. Ich liebte diese zarten Blumen, die auf der Insel genauso verbreitet waren wie bei uns zu Hause der Löwenzahn. Egal ob auf Bäumen oder darunter, ob in Blumentöpfen oder auf der Rasenfläche vor dem Hauptgebäude, wo ich hinsah, wuchs eine Orchidee. Es gab sie in allen Farben und Formen und diese Exemplare verströmten zudem einen betörenden Duft. Ich knipste ein paar Nahaufnahmen der rosafarbenen Blüten, dann warf ich seufzend die Kamera auf das Bett und begab mich auf den Balkon.

Irgendjemand hatte meinem Vater erzählt, der Februar wäre der beste Monat, um in die Dom Rep zu fliegen. Zu dieser Zeit wären die Temperaturen noch angenehm und die Regenzeit schon vorbei. Das mit der Regenzeit mochte ja stimmen, aber unter ›angenehmen Temperaturen‹ verstand ich etwas anderes. Vielleicht empfand ich es auch nur als so heiß, da zu Hause tiefster Winter herrschte. Laut Thermometer hatten wir nämlich gerade einmal achtundzwanzig Grad Celsius. Schweißperlen bildeten sich auf meiner Stirn, die sich nach kurzer Zeit über meine Schläfen und meine Nasenspitze einen Weg nach unten bahnten. Der sanfte Wind verschaffte nur hin und wieder ein wenig Erleichterung. Lange hielt ich es in der Nachmittagssonne nicht aus und war deshalb keineswegs böse, als mich ein Klopfen zurück ins Zimmer rief. Noch bevor ich den Gast hereinbitten konnte, öffnete meine Mutter die Tür.

»Bist du so weit, Melanie? Dein Vater möchte essen gehen.« Neugierig inspizierte sie mein Reich, um sogleich vorwurfsvoll mit dem Kopf zu schütteln. »Du hast ja noch nicht einmal ausgepackt.«

»Das mache ich nachher«, erklärte ich und zerrte aus den Tiefen meines Koffers ein leichtes Sommerkleid hervor.

»Dein Zimmer ist etwas kleiner als unseres«, stellte meine Mutter fest, während sie ungeduldig auf mich wartete. »Beeil dich, sonst dreht dein Vater noch durch. Du weißt doch, wie er ist, wenn er hungrig ist.«

»Mama, er ist immer so. Ich verstehe nicht, wie du es mit ihm überhaupt aushältst.« Ich schnappte meine Sonnenbrille und steckte sie in meine Haare. Als Chefarzt brachte ihm seine herrische Art sicherlich Vorteile, doch als Familienvater versagte er in meinen Augen auf ganzer Linie. Meine Mutter zuckte nur mit den Schultern und hielt mir die Tür auf.

»Ich habe damals versprochen, in guten wie in schlechten Tagen zu ihm zu halten.«

»Das hat er auch und er hält sich nicht daran«, argumentierte ich und ging die Treppe hinunter. Eigentlich tat sie mir leid. Sie litt unter der Beziehung, konnte aber aufgrund ihrer religiösen Einstellung nicht loslassen. Meine Mutter kam nicht mehr dazu, mir zu antworten, da mein Vater in diesem Moment zu uns stieß.

»Na meine Damen, auch schon fertig?«, erkundigte er sich zynisch und musterte mich von oben bis unten. »Hast du abgenommen, Melanie? Du siehst in dem Kleid aus wie ein Klappergestell.« Ungeduldig schob er meine Mutter aus dem Haus.

Widerwillig folgte ich den beiden. In mir brodelte es gewaltig. Mein Vater konnte mich nicht eine Minute in Frieden lassen. Am laufenden Band fand er etwas zum Bemängeln. Ich war so verärgert, dass ich nicht einmal die Schönheit der Hotelanlage wahrnahm, und kam erst zur Ruhe, als ich im Restaurant in einen bequemen Sessel sank.

Die Bedienungen, die hier herumflitzten, waren alle Dominikaner. Sie spiegelten die bunte Mischung verschiedener Kulturen und Rassen wider, die sich hier im Laufe der Jahre gebildet hatte.

Dunkelhäutigen Menschen war ich bisher nur ein paar Mal begegnet, daher starrte ich den Kellner, der sich in gebrochenem Englisch nach unseren Wünschen erkundigte, fasziniert an. Seine haselnussbraune Haut glänzte in der düsteren Beleuchtung, als hätte er sie eingeölt. Er stellte sich als Pepe vor und seine schneeweißen Zähne blitzten, als er mich dabei anlächelte.

Meine Mutter knuffte mich in die Rippen, sobald Pepe den Tisch verlassen hatte, um unsere Getränke zu holen. »Der ist aber süß. Und wie der dich angelächelt hat.«

Noch bevor ich etwas sagen konnte, polterte mein Vater los: »Sag mal, Claudia, hast du vollständig den Verstand verloren? Melanie macht doch nicht mit einem Schwarzen rum!«

Bestürzt starrte ich meinen Vater an. Diese rassistische Seite an ihm kannte ich noch nicht. Dass er an meinen Typen kein gutes Haar lassen konnte – Michael war die einzige Ausnahme –, daran hatte ich mich schon gewöhnt. Ungeachtet dessen hatte er sich noch nie in so einem abfälligen Ton geäußert.

»Schau nicht so entsetzt. Ich finde das ekelhaft.« Es schüttelte ihn regelrecht und die Abscheu, die bei dem Gedanken in ihm hochstieg, konnte man deutlich erkennen.

»Reg dich ab, Wolfgang, sie will ihn ja nicht gleich heiraten. Gegen einen Urlaubsflirt ist doch nichts einzuwenden«, verteidigte mich meine Mutter.

»Bist du von allen guten Geistern verlassen? Kein Schwarzer vergreift sich an meiner Tochter«, schnauzte er sie an, bevor er sich noch einmal eindringlich an mich wandte. »Wenn ich dich auch nur in der Nähe dieses Kellners erwische, kannst du den Rest des Urlaubs auf dem Zimmer verbringen. Wer weiß, was du dir bei so einem alles holst.«

»Papa! Jetzt reicht es aber! Er ist sowieso nicht mein Typ.« Ich rollte genervt mit den Augen.

Pepe kam mit den Getränken beladen an den Tisch zurück. Mein Vater musterte ihn abfällig von oben bis unten. Mit einer stoischen Gelassenheit ignorierte der Kellner die Verachtung, die ihm entgegenschlug, und stellte mit einem strahlenden Lächeln eine Cola vor mich hin. Da er mir ein wenig leidtat, nickte ich ihm freundlich zu. Sein Grinsen wurde noch breiter, als ich mich in fast akzentfreiem Spanisch bei ihm bedankte.

»Kind, ich versteh dich nicht. Der Junge ist doch richtig süß«, versuchte meine Mutter, mich noch einmal zu überzeugen, nachdem Pepe weitergezogen war.

Ich rollte mit den Augen »Ja genau. ›Junge‹, das trifft den Nagel auf den Kopf. Er ist wahrscheinlich gerade erst volljährig geworden, wenn überhaupt. Womöglich käme ich noch wegen ›Verführung Minderjähriger‹ ins Gefängnis.«

»Red keinen Unsinn. Ich find ihn niedlich!«

»Dann schnapp ihn dir doch selbst!« Zu meinem Glück konnten meine Eltern die Antwort nicht mehr hören, denn in diesem Moment fing die Abendunterhaltung an. Laute lateinamerikanische Klänge dröhnten von der Bühne zu uns herüber. Ich reckte meinen Kopf, um die Tänzer besser sehen zu können, erhaschte aber nur hin und wieder einen Blick auf die Paare. Frustriert beschloss ich, dafür zu sorgen, dass wir das nächste Mal einen Tisch direkt vor dem Podium bekamen.

Ich mochte alles, das irgendwie mit Tanzen zu tun hatte. Seit etwa einem Jahr besuchte ich einen Tanzkurs, den die Uni für die Studenten anbot. Obwohl wir Mädels in der Überzahl waren, machte es tierischen Spaß und ich konnte von mir behaupten, in den lateinamerikanischen Standardtänzen sattelfest zu sein. Nur Merengue, Bachata oder Son hatte ich bislang noch nie getanzt. Da unser Essen auf sich warten ließ, nutzte ich die Gelegenheit, um das WC aufzusuchen. Dass ich dafür an der Bühne vorbei musste, war mir natürlich bewusst. Ich entschuldigte mich bei meinen Eltern und schlenderte los. Hinter der Säule, die mir zuvor die Sicht versperrt hatte, verweilte ich und beobachtete eingehend, was die Tänzer zu bieten hatten.

Vier Pärchen, die Männer in Anzügen, die Damen in knappen Minikleidchen, wirbelten über das Parkett. Bevor ich die Animateure näher in Augenschein nehmen konnte, wechselte die Musik und ich traute meinen Ohren nicht. Sie spielten tatsächlich den Ententanz. Sollte das witzig sein?

Ja, es war witzig, wenn auch nicht beabsichtigt, denn der Moderator kündigte im selben Moment an, dass dies ein deutscher Volkstanz Namens Polka sei. Lachend kehrte ich zu unserem Tisch zurück, ohne auch nur einen weiteren Blick auf die Bühne zu werfen. Für heute hatte ich genug gesehen. Dass ich eigentlich aufs WC wollte, vergaß ich vollkommen.

»Kann man das stille Örtchen aufsuchen?«, erkundigte sich meine Mutter. Sie hatte eine Phobie, was öffentliche Toiletten anging.

Da ich nicht wahrheitsgemäß antworten konnte, zuckte ich nur mit meinen Schultern und meinte: »Geht so.«

Meine Mutter nahm dies zum Anlass, von einem Besuch abzusehen.

Dementsprechend schnell musste ich mein Abendessen hinunterschlingen. Wir verließen das Lokal in dem Moment, in dem die Michael-Jackson-Show begann.

»Die wollte ich eigentlich sehen«, murrte ich. Der Urlaub fing ja super an.

»Wir sind ganze drei Wochen hier. Wenn wir Pech haben, müssen wir das sogenannte Showprogramm tagtäglich über uns ergehen lassen. Du wirst es verkraften, noch einen Tag darauf zu warten.«

Mein Vater duldete keine Widerrede. Ich musste mit meinen Eltern zu unseren Zimmern zurückzukehren, ob ich wollte oder nicht. Obwohl ich mittlerweile einundzwanzig war, behandelte er mich immer noch wie ein kleines Mädchen. Deshalb war es wie eine Befreiung, als ich aufgrund des Studiums zu Hause ausziehen konnte. Ich musste unbedingt einen Weg finden, mich auch hier abzunabeln, sonst würde ich die Abende gelangweilt auf meinem Zimmer verbringen.

»Ich geh noch schnell in die Lobby«, startete ich den ersten Versuch.

»Was willst du denn dort?« Mein Vater verzog unwillig das Gesicht.

»Das Freizeitprogramm von nächster Woche holen. In den Unterlagen war nur das Alte. Das gilt nur bis morgen«, flunkerte ich.

»Wir haben ein Aktuelles im Zimmer. Das kannst du haben, da wir sowieso nirgendwo mitmachen.« Mein Vater wollte mir einfach keine Chance geben, alleine loszuziehen. Seufzend folgte ich meinen Eltern, nahm den Flyer entgegen und begab mich in meine eigenen vier Wände.

Für heute gab ich auf, da mir der Flug noch in den Knochen steckte. Ich stellte mir allerdings den Wecker, um mich in aller Frühe zu den einzelnen Angeboten anzumelden.

Kapitel 3

Um sieben Uhr dröhnte es neben mir auf dem Nachttischchen und ich verwünschte meine bekloppten Ideen. Völlig gerädert verließ ich das Bett und stapfte ins Badezimmer. Der Waschbär auf Droge, der mir aus dem Spiegel entgegenstarrte, überzeugte mich davon, doch unter die Dusche zu springen.

Eine halbe Stunde später stand ich wie aus dem Ei gepellt in der Lobby, in der mir ein zuvorkommender Concierge erklärte, wo ich mich für das Freizeitprogramm anmelden konnte. Ich folgte seiner

Wegbeschreibung, musste ihn jedoch missverstanden haben, oder er hatte mich mit Absicht in die Irre geführt. Jedenfalls erreichte ich erst über tausend Umwege und nach weiteren dreißig Minuten den kleinen Raum, in dem die Listen aushingen.

Frustriert stellte ich fest, dass bis auf Tennis und Tauchen alle Plätze vergeben waren. Tauchen kam für mich nicht infrage, da ich dabei immer Ohrenschmerzen bekam. Also biss ich in den sauren Apfel und schrieb meinen Namen in die freie Zeile. Tennis, in der Hitze, na toll!

»Du musst heute Abend kommen.« Lächelnd sammelte eine dominikanische Schönheit die Listen ein. »Wir hängen sie ab sechs Uhr aus.«

»Na super«, dachte ich. »Das hätte mir auch mal jemand sagen können.« Artig, wie man es mich gelehrt hatte, bedankte ich mich ungeachtet dessen und verfluchte im Stillen meinen Vater. Hätte er mich gestern in die Lobby gehen lassen, wären sicher noch mehr Plätze frei gewesen. Er schien es sich zum Ziel gesetzt zu haben, mir meinen Urlaub zu versauen, aber da konnte ich durchaus mithalten.

Lauter als notwendig klopfte ich an die Zimmertür meiner Eltern. Sekunden später wurde sie auch schon aufgerissen. Mit schreckgeweiteten Augen blickte mich meine Mutter an.

»Sag mal, Melanie, spinnst du? Du weißt doch genau, dass Papa im Urlaub ausschlafen möchte.«

»Ich gehe frühstücken«, erklärte ich unbeeindruckt. »Um neun habe ich Tennis.«

»Mach das, mein Kind.« Nervös warf meine Mutter einen Blick über die Schulter, doch mein Vater schnarchte unüberhörbar weiter.

»Treffen wir uns anschließend am Pool?«, erkundigte sie sich leise.

»Keine Ahnung«, gab ich pampig zurück. »Ich will mich hier noch ein wenig umsehen. Wurde ja gestern erfolgreich daran gehindert.« Verächtlich deutete ich mit dem Kopf in Richtung meines Vaters, den höchstwahrscheinlich nicht einmal eine Bombe aufgeweckt hätte.

»Melanie, tu mir das bitte nicht an. Du weißt doch, wie Papa reagiert, wenn du …«

»Mama!«, unterbrach ich verärgert ihre Standpauke. »Ich bin kein Baby mehr und ich werde auf keinen Fall die ganze Zeit bei euch hocken.«

»Das musst du auch nicht. Aber bitte schau ab und zu bei uns vorbei. Mir zuliebe.«

Nur weil ich wusste, dass mein Vater seinen ganzen Frust an meiner

Mutter auslassen würde, nickte ich.

Erleichtert atmete sie aus. »Hab Spaß, Kleines. Wir sehen uns dann zum Mittagessen am Pool.«

Ein wenig besser gelaunt zog ich los. Doch so beschissen, wie der Tag begonnen hatte, sollte er auch weitergehen. Als gäbe es nur einen einzigen Kellner auf dieser Welt, wurde ich wieder von Pepe bedient. Er hatte anscheinend mit einem Kollegen den Tisch getauscht, und als ich mich in dem Restaurant umsah, konnte ich mir auch denken warum. Entweder saßen da Tattergreise, die kurz davor waren, die letzte Reise anzutreten, oder Familien mit kleinen, nervigen Kindern. Von jungen Leuten in meinem Alter war nicht einmal ein Hauch einer Spur zu entdecken.

Mir hätte gleich klar sein sollen, dass es an dem Urlaub einen Haken gab. Seufzend ergab ich mich meinem Schicksal und hoffte, dass Pepe sich zurückhielt und mich in Ruhe ließ.

Irgendwie hatte meine Mutter recht. Er war auf eine Art süß, aber das war es auch schon. Ich verspürte zwar keinerlei Interesse, mich auf ein Abenteuer mit ihm einzulassen, wollte ihn mir jedoch warmhalten, bis ich etwas Besseres sichten würde. Zur Not frisst der Teufel ja bekanntlich Fliegen.

»Guten Morgen, Pepe«, trällerte ich deshalb und zwang mich zu einem Lächeln. Augenblicklich strahlte das Bübchen über das ganze Gesicht.

»Guten Morgen, mi Hermosa. Gut geschlafen? Kaffee?«

Ich nickte und Pepe füllte meine Tasse. »Wir haben hier ein Buffet. Da kannst du dir aussuchen, was du essen willst. Ich bringe es dir aber auch gerne«, erklärte er beflissen.

Ich schüttelte über seinen Eifer belustigt den Kopf. Es war so offensichtlich, was er damit bezwecken wollte, und langsam fand ich Gefallen daran. Wer ließ sich nicht gerne verwöhnen? Ich beschloss, ein wenig mit ihm zu spielen, bis mir hoffentlich etwas Schmackhafteres über den Weg lief.

»Das ist lieb von dir, aber du hast doch noch andere Gäste«, antwortete ich zuckersüß und klimperte mit den Wimpern. Zufrieden registrierte ich, dass er den Atem anhielt, und ein Blick auf seine Hose verriet, dass mein Gebaren seine Wirkung nicht verfehlte. Wie gesagt, ein Bübchen eben.

»Das … das ist schon OK«, stammelte er und ich musste mich zusammenreißen, um nicht laut loszulachen. Wie in Zeitlupe stand ich auf und trat an ihn heran. »Kühl dich ein wenig ab«, flüsterte ich ihm zu und prompt verfärbte sich sein schokoladenbraunes Gesicht dunkel. Nun tat er mir fast schon leid. Hastig suchte er das Weite und ich begab mich zum Buffet.

Der Tisch war überladen von Köstlichkeiten, doch mich interessierte nur das Obst. Ich füllte meinen Teller, nahm eine Schüssel mit Joghurt und kehrte an meinen Platz zurück.

Schmunzelnd stellte ich fest, dass Pepe vom Nachbartisch herüberschielte. Ich tat, als würde ich es nicht bemerken, und machte mich über das Frühstück her.

»Noch Kaffee?«

Hartnäckig ist er ja, musste ich anerkennend zugeben und entschied spontan, das Spiel mit Pepe kurz ruhen zu lassen. Freundlich nickte ich ihm zu und erkundigte mich unverfänglich: »Arbeitest du schon lange hier?«

»Seit der Eröffnung. Mein erster richtiger Job«, erklärte er stolz.

»Wie alt bist du eigentlich?« Gelassen nippte ich an meinem Kaffee und versuchte, ihn so unschuldig wie möglich anzusehen, um ihn nicht wieder in Verlegenheit zu bringen.

»Siebzehn, und du?«

Also hatte ich doch recht. Der Kleine ist noch nicht einmal trocken hinter den Ohren. Ein eindeutiges Ausschlusskriterium.

»Einundzwanzig. Also ein klein wenig zu alt für dich.« Ich hoffte, Pepe würde den Wink mit dem Zaunpfahl verstehen, doch leider wurde ich enttäuscht.

»Ich steh auf ältere Frauen«, erklärte er prompt.

Na vielen Dank auch! Mich als ältere Frau zu bezeichnen, katapultierte ihn endgültig ins Aus. Trotzdem beschloss ich nach einer kurzen Bedenkzeit, ihm den Gnadenstoß vorerst zu ersparen.

»Sag mal, Pepe. Wo ist hier abends etwas los?« Ich setzte ein Lächeln auf, das jeden Filmstar eifersüchtig werden ließ, und blickte ihm tief in die Augen. Er wich mir sofort aus und ich jubilierte innerlich. Es machte mir tierischen Spaß, den Jüngling aus der Fassung zu bringen.

»Es gibt hier auf dem Gelände eine Diskothek, die für alle Gäste der umliegenden Hotels zur Verfügung steht. Dort darf sogar das Personal rein. Wenn du willst, begleite ich dich. Ich habe um zehn Uhr Feierabend.« Hoffnungsvoll ruhte sein Blick auf mir und ich zeigte Erbarmen.

»OK, einverstanden.«

»Wir können uns außerhalb des Hotelgeländes treffen. Die Hotelleitung sieht es nicht so gerne, wenn die Angestellten mit den Gästen losziehen.«

Ich nickte, steckte mir die letzte Ananas in den Mund und schleckte genüsslich meine Finger ab. Dass ich den armen Pepe damit an den Rand der Verzweiflung brachte, war mir wohl bewusst.

»Sehen wir uns dann heute Abend? Kurz nach zehn an der Schranke?«, erkundigte er sich.

»Gute Idee, so machen wir das«, stimmte ich ihm zu.

Pepe lächelte siegessicher und ich verzog mich schleunigst, um nicht laut prustend mitten im Lokal auf den Boden zu sinken. Glaubte er wirklich, dass ich mit ihm ... absurd.

Die Tennisplätze waren leicht zu finden und lagen wenigstens zu einem großen Teil im Schatten. Biata, meine Trainerin, hatte glücklicherweise Mitleid mit mir und forderte mich nicht allzu sehr. Nach etwa fünfundvierzig Minuten beendete sie meine Stunde und warf mir eine Wasserflasche zu.

»Endlich wieder jemand, mit dem es Spaß macht zu spielen«, schmunzelte sie und setzte sich neben mich auf die Bank.

»Kann ich mir vorstellen bei den vielen Rentnern, die hier Urlaub machen«, grinste ich zurück und versprach ihr, am nächsten Tag wiederzukommen. Müde aber dennoch zufrieden kehrte ich in mein Zimmer zurück, duschte und zog unter meinem Sommerkleid meine Badesachen an. Zähneknirschend machte ich mich um des lieben Friedens willen auf den Weg zum Pool.

Es war nicht schwer, meine Eltern zu finden. Schließlich kannte ich die Vorliebe meines Vaters, so nah wie möglich an der Bar Stellung zu beziehen. Er war der Auffassung, ein Urlaub sei dazu da, den Körper so wenig wie möglich zu bewegen. Bekanntlich forderte ihn sein Job über das restliche Jahr zur Genüge.

Meine Mutter saß artig neben ihm, sah gut aus und las ein Buch. Ich schüttelte meinen Kopf, da ich wusste, wie gerne sie etwas unternommen hätte. Ich konnte schon damals nicht verstehen, warum sie bei meinem Vater blieb. Sie war eine tolle Frau. Charmant, klug und wortgewandt. Innerhalb kürzester Zeit konnte sie sich auf ihr Gegenüber einstellen und die Person in ein anregendes Gespräch verwickeln.

Mein Vater war genau das Gegenteil. Brummig, immer schlecht gelaunt und kurz angebunden. Aber bekanntlich ziehen sich Gegensätze ja an.

Mit einem Seufzer ließ ich mich am Fußende der Liege meiner Mutter nieder. Sie blickte auf und schenkte mir ein Lächeln, das mir sofort ein schlechtes Gewissen bescherte. Ich nahm mir vor, ihr gegenüber ein wenig friedfertiger zu sein.

»Na Schätzchen, Spaß gehabt?«, erkundigte sie sich ehrlich interessiert.

»Kommt darauf an, wie man Spaß definiert«, erwiderte ich. »Die Trainerin ist nett.«

»Hast du Hunger?« Sie legte ihr Buch zur Seite und drehte sich zu meinem Vater um. »Sollen wir dir etwas vom Grill mitbringen?«

»Von mir aus«, brummte er, ohne die Augen zu öffnen. Meine Mutter zuckte mit den Schultern und erhob sich. Sie war genauso froh wie ich, dass er uns nicht begleitete. Auf dem Weg zum Grill kamen wir an der Showbühne vorbei, an der das Abendprogramm abgehalten wurde. Neugierig beobachtete ich die Animateure dabei, wie sie sich über irgendetwas stritten. Auch wenn ich sprachlich sehr begabt war und in Spanisch mittlerweile schon den fünften Fortgeschrittenenkurs besuchte, verstand ich nur Bruchstücke der hitzigen Diskussion.

»Melanie? Was möchtest du essen?« Meine Mutter stupste mir in die Seite und erreichte dadurch, dass ich mich von dem Geschehen abwendete. Allein der Anblick der gegrillten Fleischstücke ließ mir das Wasser im Mund zusammenrinnen. Ich wählte ein paar dickere Stücke aus, da ich mein Rindfleisch gern medium hatte. Gemeinsam gingen wir weiter zur Salat- und Beilagenbar und ich half meiner Mutter, die mit zwei Tellern in der Hand hilflos ein Plätzchen zum Abstellen suchte.

»Lass mal, Mama. Ich mach das. Kartoffeln oder Brot für Papa?«

Meine Mutter begutachtete die Bratkartoffeln und entschied, dass sie geeignet waren, da mein Vater verbrannte Kartoffeln hasste. Also belud ich seinen Teller, klatschte noch ein wenig Soße daneben und wartete mit fragendem Blick auf weitere Anweisungen.

»Ich nehme nur Salat«, erklärte meine Mutter. »Sonst brauche ich wieder ewig, bis ich die Kilos herunter habe.«

Seufzend fügte ich mich ihrem Wunsch, obwohl ich ihr genau ansehen konnte, wie sie sehnsüchtig nach dem gebratenen Reis schielte. In einem unbeobachteten Moment ergriff ich deshalb doch den Löffel, sodass eine Portion auf ihrem Teller landete. Als meine Mutter begriff, was ich getan hatte, war es schon zu spät.

»Melanie!«

»Mama!« Ich grinste sie schief an. »Stell dich nicht so an. Es ist nur Reis und ich weiß, wie gerne du ihn isst.«

»Aber …«, startete sie einen letzten Versuch zu protestieren.

»Nix aber. Außerdem willst du bestimmt nicht, dass ich ihn zurück in die Schüssel verfrachte.« Ich lächelte milde, da ich damit ein Argument gebracht hatte, dem meine Mutter nichts entgegenzusetzen hatte. Deshalb war ich mir auch sicher, dass nicht ein Krümelchen auf ihrem Teller zurückbleiben würde.

»Lass es dir einfach schmecken und genieß den Urlaub. Du siehst klasse aus und die paar Kilos, die du eventuell zunehmen wirst, hast du nach ein paar Besuchen im Fitnesscenter schnell wieder herunter.«

»Meinst du?« Hungrig schielte sie auf ihren Teller und ich schüttelte den Kopf. An diesem verschobenen Körpergefühl war ebenfalls mein Vater schuld, denn obwohl meine Mutter nicht ein Gramm zu viel auf den Rippen hatte, bekrittelte er jeden einzelnen Bissen.

»Ja, meine ich. Und jetzt geh schon mal vor, damit das Essen nicht kalt wird.« Sie folgte meiner Aufforderung und begab sich sofort auf den Rückweg. Ich selbst nahm mir von fast allem eine kleine Kostprobe und war im Begriff, ebenfalls zurückzukehren, als mir Joshua zum ersten Mal auffiel. Wenngleich ich erst nur seine Kehrseite zu sehen bekam, genügte das, um mein Herz schneller schlagen zu lassen.

Mit Requisiten beladen erklomm er die Bühne. Den muskulösen Oberkörper unbekleidet und auf dem Kopf eine der berühmten Reggae-Mützen, unter der frech ein paar schwarze Locken hervorblitzten. Mehr Klischee ging gar nicht. Unter seiner dunklen Haut spielten bei jeder kleinsten Bewegung die Muskeln und raubten mir den Atem. Sein Knackarsch steckte in einer hippen Jeans und sah zum Anbeißen aus. An seinen Füßen suchte ich vergeblich nach Schuhen. Ich holte tief Luft und stieß einen leisen Seufzer aus.

»Das kannst du gleich vergessen«, lachte es hinter mir. Ich drehte mich erschrocken um und meine Tennislehrerin grinste mich breit an.

»Was meinst du damit?«, fragte ich unschuldig.

»Joshua.« Mit einem Kopfnicken deutete sie Richtung Bühne. »An dem beißt du dir die Zähne aus. Ich habe den noch nie mit einer Touristin zusammen gesehen, noch nicht einmal an uns zeigt er Interesse. Außer Maria existiert für ihn nichts.«

Wie aufs Stichwort kam eine dunkelhaarige Schönheit mit eindeutig afrikanischen Wurzeln auf ihn zu und küsste ihn auf die Wange. Besser gesagt, sie versuchte es, denn Joshua schien verstimmt zu sein.

Ich erkannte in ihr jenes Mädchen, das ich heute Morgen bei der Anmeldung getroffen hatte. Obwohl die Begrüßung vertraut aussah, hatte ich nicht das Gefühl, als wären sie ein Paar.

»Sind die beiden zusammen?«, erkundigte ich mich. Biata zuckte mit den Schultern.

»Das weiß niemand so genau. Sie kommen gemeinsam und sie gehen gemeinsam. Doch im Gegensatz zu Josh schmeißt sich Maria an alles heran, was nicht bei drei auf den Bäumen ist.« Missbilligend verschränkte sie die Arme vor der Brust. »Wenn er wirklich ihr Freund ist, hätte ich ihr an seiner Stelle längst den Arsch versohlt.«

»Gehörst du auch dazu? Zum Showteam, meine ich.«

»Ja. Wir dürfen hier alle mehrere Stellen besetzen.« Biata rollte mit den Augen. »Ich muss jetzt los, wir haben gleich Training.«

»Darf ich euch zusehen?« Mittlerweile hatte ich meinen Teller leer gegessen, und da ich sowieso nicht wusste, was ich den ganzen Nachmittag anstellen sollte, hoffte ich auf eine positive Antwort.

»Eigentlich haben wir das nicht so gerne. Die Jungs lassen sich immer so leicht ablenken«, schmunzelte Biata.

»Och, bitte. Ich mach mich auch ganz klein und verstecke mich hinter der Deko.« Flehend blickte ich sie an. »Was soll ich in dem Seniorenheim hier sonst tun?«

Da Biata mich sehr gut verstehen konnte, lenkte sie schließlich ein. Sie stellte mir allerdings eine Bedingung: »Sollten die anderen etwas dagegen haben, musst du kampflos das Feld räumen.« Erfreut stimmte ich ihr zu. Natürlich hoffte ich, dass es nicht so weit kommen würde, und hatte zur Abwechslung einmal das Glück auf meiner Seite. Die Truppe freute sich, mich kennenzulernen, und hatte nichts dagegen, dass ich bei ihnen herumlungerte. Es waren vier Pärchen, die sich nacheinander vorstellten. Alle, bis auf Joshua, der ignorierte mich einfach.

Skeptisch zog ich eine Augenbraue in die Höhe und fragte mich, ob ich es persönlich nehmen sollte. Maria bemerkte meinen Blick und schmunzelte. »Mach dir keinen Kopf. Er ist immer so. Nicht wahr, mein Lieber?«

Mehr als ein unwilliges Brummen kam nicht über seine Lippen. Joshua widmete sich wieder seinen Requisiten und verschwand schließlich hinter der Bühne.

»Was ist sein Problem?«, wollte ich gekränkt wissen. »Ich habe ihm nichts getan.«

»Ärgere dich nicht. Uns lässt er auch oft auflaufen. Wenn er nicht ein so begnadeter Tänzer wäre, hätten wir ihn längst auf den Mond geschossen.«

Biata lächelte mir zu und kletterte zu den anderen. Langsam formierten sich die Pärchen und nahmen ihre Plätze ein. Biata tanzte mit Carime in der ersten Reihe neben Maria und Joshua, der immer noch durch Abwesenheit glänzte.

»Kommst du jetzt endlich?«, erkundigte sich Maria ungeduldig und Joshua bequemte sich gnädigerweise zurück auf die Bühne.

Lateinamerikanische Klänge ertönten leise aus den Lautsprechern und die Truppe begann, ihre Show durchzutanzen. Sie bewegten sich völlig synchron und man konnte auf den ersten Blick erkennen, dass sie ein eingespieltes Team waren.

Nun verstand ich, was Biata meinte. Joshua stellte alle in den Schatten. Raubkatzenhaft dominierte er die Bühne. Eigentlich war er zu gut, um als Animateur in einem Club herumzuhopsen.

Ich klatschte nach jedem Lied Beifall und nickte anerkennend, bis sie zu dem Programmpunkt kamen, an dem sie unsere vermeintliche Polka zeigten. Mit aller Kraft versuchte ich, mich zu beherrschen. Leider scheiterte ich kläglich und es schüttelte mich vor Lachen. Es sah einfach zu komisch aus, wie sie da nebeneinanderstanden, mit den Armen wedelten und mit den Hintern wackelten. Irritiert bedachte mich Biata mit einem vorwurfsvollen Blick. Ich holte tief Luft und nahm mir vor, ernst zu bleiben, doch vergebens. Erneut prustete ich los und die Truppe stellte ihr Training ein.

»Kannst du uns erklären, was du so lustig findest?« Biata stemmte ihre Hände in die Hüfte und musterte mich verärgert.

»Sorry, Leute. Aber das, was ihr hier tanzt, legen wir nur zu Karneval auf das Parkett. Polka geht anders.«

»Ach ja? Dann zeig es uns doch mal, wie es richtig geht, Prima Ballerina.« Manilo, ein junger Mann Mitte zwanzig mit eindeutig spanischer Abstammung, reichte mir die Hand und zog mich auf die Bühne.

»Habt ihr noch weitere deutsche Lieder?«

Sie schoben mich zum Laptop und ich wühlte mich durch die gesamte Playlist. Schnell war ein passendes Stück gefunden und ich erklärte ihnen die Grundschritte. Dabei bemerkte ich, wie Joshua süffisant lächelnd an der Säule lehnte. Seine Körperhaltung zeigte deutlich, dass er mich nicht im Geringsten ernst nahm. Wodurch sich mein anfängliches Interesse in Wut wandelte. Ich hatte dem Typen überhaupt nichts getan und konnte daher nicht verstehen, warum er mich dermaßen herabwürdigend behandelte.

»Da du anscheinend weißt, wie es geht, kannst du es ja den anderen zeigen«, blaffte ich ihn an. Joshua zuckte zusammen, drehte sich um und verließ ohne ein Wort die Bühne. Der Arsch hatte sie doch nicht mehr alle. Es brachte mir jedoch nichts, mich über ihn zu ärgern, und so kümmerte ich mich wieder um die anderen. Ich schnappte mir Manilo und wir begannen, uns im Takt der Musik zu bewegen. Der Rest der Truppe beobachtete unsere Schritte und gesellte sich nach und nach dazu. Professionell, wie sie waren, sah es schon nach kurzer Zeit spielerisch aus und ich übergab Manilo seiner Tanzpartnerin Tessi.

»Ich habe euch doch gleich gesagt, dass wir uns lächerlich machen«, erklärte sie. Ein letztes Mal ließ sich das zierliche Mädchen von Manilo herumwirbeln, dann lief sie zu der Anlage und stoppte die Musik.

»Jetzt müssen wir uns nur eine Choreografie überlegen«, stöhnten alle im Chor.

»Ich lass euch dann mal alleine«, schmunzelte ich. »Wir sehen uns heute Abend. Bin schon gespannt, was euch Schönes einfällt.«

Gut gelaunt kehrte ich zu meinen Eltern zurück. Der Urlaub würde wohl doch nicht so langweilig werden, wie ich befürchtet hatte. Ich mochte die Truppe. Biata könnte eine gute Freundin werden. Aber auch die anderen waren durch die Bank weg sympathisch … Alle, bis auf Joshua. Ihn konnte ich nicht einschätzen. Ich hoffte, dass er mit der Zeit auftauen würde, denn wenn er sich jedes Mal so arrogant gab, würde ich ihm irgendwann an die Gurgel springen.

Zeit der Veränderung

»Wer in den Spiegel des Wassers blickt,
sieht allerdings zunächst sein eigenes Bild.
Wer zu sich selbst geht,
riskiert die Begegnung mit sich selbst.
Der Spiegel schmeichelt nicht, er zeigt
getreu, was in ihn hineinschaut,
nämlich jenes Gesicht,
das wir der Welt nie zeigen,
weil wir es durch die Persona,
die Maske des Schauspielers, verhüllen.
Der Spiegel aber liegt hinter der Maske
und zeigt das wahre Gesicht!«

(C. G. Jung)

Triumphiert die Liebe über die Vergangenheit?

Als Kira die Zusage für die Stelle im Blackstone Hotel bekommt, geht für sie ein Traum in Erfüllung. Sommer, Sonne, Strand ... und dort soll sie nun arbeiten. Aufgeregt macht sie sich auf den Weg nach Florida. Doch schnell wird ihre Euphorie gebremst, denn ihr Chef empfängt sie alles andere als warm und herzlich. Sie erkennt, dass Ryan ein dunkles Geheimnis hütet. Kiras Beschützerinstinkt macht es sich zur Aufgabe, den Schmerz aus seinen Augen zu vertreiben. Wird sie seine mühsam errichtete Mauer einreißen können? Oder verdient er ihr Vertrauen vielleicht gar nicht?
Denn Ryan birgt ein Geheimnis, an das Kira im Traum nicht denkt ...

Band 1 der Blackstorm - Reihe
ISBN: 978-3-946204-00-8

Zeit der Erinnerung

»Schlafen heißt seine Vergangenheit erleben,
seine Gegenwart vergessen und seine Zukunft ahnen.
Der Traum
ist der Strom unserer Seele,
der durch das Filter des Gewissens
aus unerforschter Tiefe
in die Höhe steigt.«

(Wilhelm Stekel)

Siegen die Schatten der Vergangenheit über die Liebe?

Noch immer verweilt Kira in Florida an der Seite ihrer großen Liebe. Gerade ist die erste Krise überwunden, da bahnen sich bereits neue Probleme an, mit denen Kira nur schwer umgehen kann. Ryan leidet an Albträumen und schlafwandelt. Dadurch findet er sich nicht nur einmal in gefährlichen Situationen wieder.
Er ist sich sicher, ... seine Jugendliebe Sam möchte ihm in seinen Träumen etwas mitteilen. Nur was?
Gemeinsam mit Kira gelingt es ihm schließlich, hinter die Bedeutung der Träume zu kommen. Doch die Enthüllung der verdrängten Erinnerung stellt die beiden vor neue, viel größere Probleme ...

Band 2 der Blackstorm - Reihe
ISBN: 978-3-946204-03-9

Zeit der Ankunft

»Nicht die Erlebnisse diktieren unsere Handlungsweisen,
sondern die Schlussfolgerungen,
die wir aus diesen Erlebnissen ziehen.«

(Alfred Adler)

Ist Liebe fähig, Brücken zu bauen?

Endlich Frieden finden! – Nichts erhofft sich Ryan sehnlicher durch seine Reise nach Europa als das. Doch leider läuft nichts wie geplant. Bevor er sich auf die Spuren seiner Vergangenheit begeben kann, wird er verhaftet und kommt für unbestimmte Zeit hinter Gitter. Kira setzt alle Hebel in Bewegung, um seine Unschuld zu beweisen und reist dafür sogar bis nach Schweden.
Endlich wieder in Freiheit muss Ryan schon die nächste Hürde meistern. Kiras Exfreund findet Gefallen daran, einen Keil zwischen das Paar zu treiben, um Kira zurückzugewinnen.
Wird es Ryan gelingen, seinem Nebenbuhler die Stirn zu bieten? Oder entscheidet sich Kira zu guter Letzt doch gegen ihn? Denn sie zweifelt zum ersten Mal an der Macht der Liebe ...

Band 3 der Blackstorm - Reihe
ISBN: 978-3-946204-06-0

Turbulente Weihnachtszeit

Kurzgeschichte

Spielt nach der Trilogie.

Band 3.1

Ihr Kinderlein kommet, so kommet doch all ...

Das neue Haus steht, Weihnachten kann kommen. Kira und Ryan freuen sich auf ein besinnliches Fest im kleinen Kreis, doch ein Anruf aus Kiras Heimat bringt ihre Pläne durcheinander. Die Eltern brauchen Hilfe und für Kira ist es selbstverständlich, dass sie ihnen beisteht. Doch nicht nur sie eilt zur Rettung des elterlichen Hotels herbei. So kommt es doch zu einem großen Fest mit beinahe allen Charakteren der Blackstorm-Reihe. Dass es da turbulent zugeht, ist schon fast vorprogrammiert, speziell dann, wenn Roland seine Finger im Spiel hat.

ISBN: 978-3-946204-09-1

18811133R00160

Printed in Poland
by Amazon Fulfillment
Poland Sp. z o.o., Wrocław